美国华裔文学中的家园与身份认同研究

2021年度河南省高校人文社会科学研究一般项目『文学研究的跨国民族主义转向研究』（2021-ZZJH-283）

王小涛 著

陕西新华出版传媒集团

陕西人民出版社

图书在版编目（CIP）数据

美国华裔文学中的家园与身份认同研究／王小涛著. —西安：陕西人民出版社，2022.3
ISBN 978-7-224-14420-8

Ⅰ.①美… Ⅱ.①王… Ⅲ.①华人文学—文学研究—美国—近现代 Ⅳ.①I712.064

中国版本图书馆CIP数据核字(2022)第028313号

责任编辑：韩　琳　晏　藜
封面设计：李　阳

美国华裔文学中的家园与身份认同研究

作　　者	王小涛
出版发行	陕西新华出版传媒集团　陕西人民出版社 （西安北大街147号　邮编：710003）
印　　刷	广东虎彩云印刷有限公司
开　　本	787mm×1092mm　1/16
印　　张	11.75
字　　数	169千字
版　　次	2022年3月第1版
印　　次	2022年3月第1次印刷
书　　号	ISBN 978-7-224-14420-8
定　　价	58.00元

目 录

导 论 ·· 1
    第一节 美国华裔文学的概念及界定 ································ 3
    第二节 美国华裔文学研究现状 ······································ 6
    第三节 跨国民族主义理论 ·· 16
    第四节 跨国民族主义视角下的美国华裔文学研究 ············ 26

第一章 早期美国华人文学中的客居意识书写 ·················· 33
    第一节 早期华人移民背景 ·· 35
    第二节 《埃仑诗集》：期盼与悲怨 ································ 37
    第三节 《西学东渐记》：容闳的两段人生 ····················· 43
    第四节 《花鼓歌》：封闭华人社区的客居者 ·················· 49

第二章 一代移民跨国民族主义书写 ································ 58
    第一节 跨国家园 ·· 60
    第二节 《吃碗茶》和《金山》：移民汇款与社会变迁 ···· 72
    第三节 《昨日之怒》：家园政治 ·································· 79

第三章 土生华裔跨国民族主义书写 ································ 93
    第一节 土生华裔与跨国民族主义 ·································· 94
    第二节 《喜福会》：代际冲突与融合 ··························· 97
    第三节 《中国佬》：鬼魂叙事 ····································· 103
    第四节 林语堂和张纯如的跨国民族主义书写 ··············· 110

第四章 跨国民族主义与土生华裔身份建构 ····················· 123
    第一节 跨国民族主义与灵活身份 ································· 124
    第二节 《唐老亚》中的文化逻辑 ································· 128

第三节 《甘加丁之路》：从背叛到维护 …………………… 134

第四节 《梦娜在希望之乡》：流动身份 …………………… 145

结　论 ……………………………………………………………… 153

引用文献 …………………………………………………………… 160

英文文献 ……………………………………………………… 160

中文文献 ……………………………………………………… 172

导 论

美国华裔文学发轫于19世纪中期华人移民美国之初，进步于20世纪50年代至70年代，繁荣于20世纪90年代。进入21世纪以来，美国华裔文学进入了平稳发展的阶段。在长达一个多世纪的历程中，众多优秀的美国华裔文学作品被创作出来，它们真实再现了华人在美国的生活和艰难的融入历程，向主流社会展示华裔的正面价值，为争取华裔被主流社会认同和接纳而呐喊。在二战之前，局限于美国华裔被歧视、异化的历史事实和当时在美华人相对较低的社会政治经济地位和影响力，美国华裔文学并未引起美国主流学术界的关注。虽然华裔美国人(Chinese American)这个概念大概产生于20世纪20年代，但其被广泛接受却是在美国20世纪60年代末。[1] 60年代后，随着美国民权运动、女权运动和其他社会运动的兴起，"亚裔美国人"(Asian American)的概念被逐步传播和接受，美国华裔也受到了更多的关注。[2] 从历史上看，美国华裔文学的研究起始于美国亚裔文学的研究。其后，因为其独特的族裔属性和与中国、中国文化的天然联系，美国华裔文学得到了美国国内和世界范围内(尤其是中国大陆和台湾地区)学者的广泛关注。

在对美国华裔群体研究上，由于批评视角不同，国内外批评界产生了两种截然不同的观念——"同化的观念占据了美国话语，从而形成了'中国问题'，但美国华裔对中国的认同却占据了中国国内对海外华人研

---

[1] 20世纪20年代之前，美国主流社会常用"中国佬"(Chinaman)这个带有歧视性色彩的词语指代华人。60年代后，随着亚裔美国人(Asian Americans)用法的流行，华裔美国人这个术语逐渐被主流社会和学术界接受。目前，华裔美国人广义上指的是具有华人血统的美国公民，狭义上则指的是从中国移民美国的美国公民。

[2] 美国日裔历史学家市冈裕次(Yuji Ichioka)在20世纪60年代首先提出亚裔美国人(Asian American)的概念。

究的中心"（Wang G. 185）。历史学家王赓武也指出："人们通常被他们所属的国家疆域所界定。移民研究经常被置于当地、国家或地区的语境之下"（Wang L. 131）。在这种研究模式下，不同国家的研究者都以自己所属的民族国家为中心来进行研究，研究结果也自然无法超越传统的民族国家框架。在美国华裔文学研究中，美国学者倾向于解读华裔文学作品中华裔被美国主流社会同化的过程，这些研究成果往往把华人的中国文化遗产视为华人融入主流社会的障碍。中国国内的研究成果要么顺从了西方的主流话语而集中于华人的"美国性"；要么集中于中国文化、中国因素在美国华人成功融入美国社会进程中的重要作用。赵文书指出："美国学者一般从反面讨论华美文学里的中国文化，即把华美文学的'中国性'看作一个'问题'，将华美文学背离中国的程度当作衡量其美国化程度的指针，淡化或屏蔽华美文学里倾向于中国和中国文化的作品。国内的华美文学研究者则大多从正面讨论华美文学里的中国文化因素，在华美文学里挖掘中国文化传统在域外发扬光大的实例"（"和声与变奏" 2）。此两种视角固然有其可鉴之处，但如果将美国华裔文学置于全球化背景下跨国民族主义实践活动不断增加的事实之下，这两种研究方式便显得不够准确。全球化时代多元文化的发展理念和环境使得移民的身份认同变得更加复杂，过去对美国华裔文学研究的二元对立研究范式亟须调整和改进。

在20世纪90年代后期兴起的跨国民族主义研究，强调移民跨越民族国家地理边界建立和保持多重社会关系的过程，注重移民在两个国家间的互动和对两个或者多个国家的认同。此视角为研究族裔文学中族裔群体的身份及文化认同提供了新的思路和路径，也有利于改变过去族裔文学研究中民族国家视角下的一元文化观点。本研究试图从跨国民族主义视角对美国华裔文学进行重新解读，探索各文本中华人的跨国民族主义。本书将围绕以下问题展开：在全球化背景下，美国华裔文学中的"家园"究竟意味着什么？美国华裔作家是如何通过书写"家园"来展示中美两国之间的跨国互动以及其所体现出的跨国民族主义？第一代美国华人与土生华裔在跨国民族主义方面有何异同？在跨国背景下，美国华裔的身份认同与中国文化认同之间的关系究竟如何？在正式探讨之前，本书将对美国华裔文学的概念及界定、美国华裔文学研究现状及跨国民族主义理论进行简单梳理。

第一节 美国华裔文学的概念及界定

对族裔作品界定较为常用的标准有族裔、国籍、语言、作品主题等。尽管批评家及学者对美国华裔文学的定义意见不一，但各个不同的定义依然没有脱离这些标准。美国学者金惠经(Elaine H. Kim)将亚裔美国文学定义为"华裔、日裔、朝裔以及菲律宾裔用英语创作、发表的作品"(Kim E. iii)。在此定义中，作者限定了四个族裔和单一的语言——英语，但此定义并非完全将其他族裔及用其他语言写就的作品排除在美国亚裔文学范围之外。金惠经做此限定只要是为了方便其研究。在序言中，作者也提出亚裔美国文学范围应该更广，而且应该包括亚裔美国人用其他亚洲语种书写的关于亚裔在美经历的作品。金惠经的定义将作家的种族限定于亚裔，将作品主题限定在亚裔的"美国经历"(American experience)，对于语言，金惠经则保持了开放的态度，将用英语和其他语言写就的作品纳入亚裔美国文学的研究范畴。

美国学者尹晓煌(Xiao-huang Yin)的《美国华裔文学史》(*Chinese American Literature since the 1850s*, 2000)从社会和历史视角，对用英文和中文创作的美国华裔文学作品进行了探讨和研究。在此著作中，除了探讨李延富(Yan Phou Lee)、伍廷芳、容闳、黄玉雪(Jade Snow Wong)、汤亭亭(Maxine Hong Kingston)等用英文书写华人在美经历的作家作品外，作者又另辟两章讨论美国的华语文学，讨论了於梨华、张系国、陈若曦、林语堂等作家在美国用中文写就的作品。虽然作者并没有特意对美国华裔文学概念进行明确界定，但其讨论的对象显然代表了作者的态度：美国华裔文学不仅包括英文作品，用中文写就的华人在美经历的作品同样应该包括在内；美国华裔作家既包括伍廷芳这样的驻美官员和华人社区领袖、黄玉雪、汤亭亭、谭恩美(Amy Tan)等二代华裔，也包括像林语堂等后来往返于中美两国的华人。

在中国国内的美国华裔研究者中，吴冰在其编著的《华裔美国作家研究》中指出："凡是华裔美国人以华裔美国人视角反映华裔美国人的文学作品都属于华裔美国文学，其中最典型、目前数量最多的'华裔美国文学是有美国国籍、华人血统的作家所写的在美经历或有关美国的作品'。至于使用语言，的确不能只限于英语。"（吴冰、王立礼，"华裔美国作家研究"4）此概念与金惠经和尹晓煌所持观点一致，但将美国华裔作家限定在了具有美国国籍、华人血统的范围内，此界定将一大批被普遍认为是美国华裔作家的人士排除在外。例如，台湾地区留美学生群体作家於梨华、陈若曦、张系国等。

国内另有一些学者的定义则较为狭窄。例如张龙海将美国华裔文学限定为美国华人或其后人用英语创作的文学作品（张龙海，"透视美国华裔文学"5）。王理行和郭英剑在讨论美国华裔文学定义时指出，由于用中文创作的华裔文学作品在美国的受众较少，对美国主流文学的影响力十分有限，美国所出版的美国文学史著作对美国华裔文学鲜有提及，而且中国国内从事"海外华文文学"研究的学者已经将美国华裔作家用中文创作的作品纳入了自己的研究范围，因此，美国华裔文学应该特指"美国华裔作家用英语创作的文学作品"（王理行、郭英剑91）。此定义除了用国籍来限定美国华裔作家范畴之外，其对写作语言也进行了限定。

维纳·索罗斯（Werner Sollors）在其著作《多语种美国：美国文学中的跨国民族主义、族裔及语言》（*Multilingual America: Transnationalism, Ethnicity, and the Languages of American Literature*）中，对美国文学、文化研究领域对非英语文本的忽视提出了批评。在索罗斯看来，双语或多语教育在全世界很多国家都较为普遍，美国作为一个移民国家，在其文化政治规范上却是"英语独尊"，这种对其他语种的忽视导致了"非英语文本被边缘化，这在比较文学、美国文学史等领域也同样如此——这实在是一个巨大的损失"（Sollors 6）。因此，索罗斯呼吁改变美国的狭隘语言观念，将用意第绪语、汉语、德语、意大利语、挪威语及西班牙语等写就的作品纳入研究范围，从而重新定义美国文学。美国文学史巨著《剑桥美国文学史》第六卷里也对美国文学作品的语言进行了讨论："甚至是最不起眼的非英语作品也能帮助我们了解美国多元文化过去的精神层面和语言方面的同化;它们也从多个角度对20世纪前半叶美国群体关系进行了揭示。以后,学生若情愿从宽泛意义上来理解美国文学,必须掌握至少10种或12种语言。"(伯克维奇439)。

在钱锁桥所编著的《华美文学:双语加注编目》①的序言中,索罗斯指出在出版全球化的时代,很难清晰界定"中国文学"和"美国文学",如果将任何人所写的美国华人/华裔美国经验的作品(不管用何种语言)都纳入美国华裔文学范畴的话无异于一种"乌托邦式的幻想,甚至是病态式的狂念"(钱锁桥4)。索罗斯认同了钱锁桥的双向标准:"英文作品来说要看华人族姓,中文作品要看语言和居住地。"(同上)相对而言,张隆溪的观点则较为宽泛,"在美国的华人/华裔作家用中文创作的文学,只要其内容描述的是华人移民或华裔美国人的生活经验,那就和用英文创作的文学作品也同样有资格成为华美文学"(钱锁桥6)。张隆溪对语言标准持开放态度,但其对作品内容"美国经验"的坚持也缩小了美国华裔文学的范畴。因为很多作家例如林语堂的《吾国与吾民》(*My Country and My People*)、哈金的《等待》(*Waiting*)等都以中国为主题。

尽管学者对美国华裔文学的定义不一,但其焦点都在于对民族国家框架下身份、文化和语言属性的认识。作为大量从世界吸纳移民的国家,美国从来都不是一个单一民族和单一语言的国家,族裔语言同样是美国语言系统的重要组成部分。因此用英语书写的作品可以被纳入美国华裔文学的范畴,用中文写就的作品也理应纳入此范畴。

上述不同学者的定义都没有脱离族裔、国籍、语言、作品主题这四个界定标准,不同观点仅仅是对单个标准侧重各异而已。为了更全面地研究美国华裔文学中的跨国民族主义,本论文采取了较为广泛的定义,所探讨的美国华裔文学,既包含了用英文书写的美国华裔作品,也包括了用中文书写的美国华裔作品;作家既包括早期移民、美国土生华裔,

---

① 钱锁桥将 Chinese American Literature 翻译为"华裔美国文学",简称"华美文学"。

也包括了留美留学生等群体；美国华裔文学的主题则主要限于美国华人的在美经历。

第二节　美国华裔文学研究现状

美国华裔文学的历史可以追溯到19世纪中期，但由于当时的作品较少，读者有限，且受制于华裔在美国的社会地位，美国华裔文学作品并未引起评论界的广泛关注。直到20世纪中后期，美国华裔文学才作为亚裔美国文学的重要组成部分引起学术界的关注。金惠经的《亚裔美国文学：作品及社会背景介绍》(Asian American Literature: An Introduction to the Writings and Their Social Context, 1982)是第一部对亚裔美国文学进行研究的专著。金惠经采用了社会历史的视角来研究亚裔美国文学，探讨了从19世纪晚期到20世纪80年代亚裔美国文学中的亚裔群体经历。作者研究的重心在于探寻社会历史背景下的文学反映。在此著作中，作者分别讨论了华裔、日裔、朝裔和菲裔美国文学著作，华裔文学并没有被作为单独的研究领域来进行研究。金惠经批评刘裔昌(Pardee Lowe)、黄玉雪、林语堂、黎锦扬(C. Y. Lee.)等人的作品，认为它们并未挑战美国主流社会对美国华裔的歧视和歪曲，而是企图展示美国华人的模范族裔形象，以求主流社会的理解和接纳。张敬钰(King-Kok Cheung)于1988年出版的《亚裔美国文学书目提要》(Asian American Literature: An Annotated Bibliography)中，对美国亚裔文学作品、评论以及研究论文进行了梳理，挖掘出多部被埋没的作家作品，对后来研究者提供了极其重要的文献信息。20世纪80年代对美国华裔文学进行研究的博士论文有韩小明(Han Hsiao-Min)的论文《根与蕾：美国华裔文学》(Roots and Buds: The Literature of Chinese Americans, 1980)、俞毓庆(Ruth Yu Hsiao)的《美国族裔文学的阶段：犹太裔和华裔美国文学》(The Stages of Development in American Ethnic Literature: Jewish and Chinese American Literature, 1986)、林茂竹(Mao-Chu Lin)的《身份与美国华裔经历：二战后的美国唐人街文学研究》(Identity and Chinese-American Experience: A

Study of Chinatown American Literature Since World War II, 1987)，以及南彭（Peng Bisiar Nan）的论文《超越善与恶：美国华裔文学中的文学自我》（Beyond Virtue and Vice: The Literary Self in Chinese-American Literature, 1990)。

韩小明对美国华裔文学进行了简单梳理，并将美国华裔作家分为四种：早期移民作家、暂居学者作家、唐人街土生华裔作家和知识界作家（intelligentsia writer），并分别讨论了各种作家群的写作背景、特征和文学种类。俞毓庆认为，美国族裔文学有着较为强大的美国犹太裔因素。这些因素展示了从东欧移民美国的移民在融入美国社会中的四个阶段。在第一个阶段，移民保持了自身文化传统、拥抱新世界；在第二个阶段，二代移民作家试图摆脱边缘化的地位，但在面对外界欢迎时却常常自我囚禁；在第三个阶段，移民作家自我融入美国社会；在第四个阶段，移民作家已经实现了安全的双重身份，他们不再追求个人身份而是追求艺术上的肯定。俞毓庆认为，大部分的华裔作家都被困于前两个阶段，只有汤亭亭进入了第三个阶段，没有华裔作家能进入第四个阶段。林茂竹在其博士论文中通过对十四部美国华裔文学作品的解读，指出美国的种族主义和刻板印象塑造了华裔的身份和经历，写就于二战和60年代民权运动中的华裔作品并没有挑战美国的白人种族主义，而是迎合了美国对中国一贯的刻板刻画，此观念与金惠经所做的评论一致。南彭的论文讨论了美国华裔文学中美国华裔人群的"自我"，认为美国华裔的自我并不由自身的美德或者邪恶决定，而是由两种文化冲突下的自我追寻决定。美国华裔有两种自我：疏离的自我和个人主义的自我。

进入90年代后，学者们对美国亚裔文学的研究进一步加深。在此期间涌现出了几部重要的学术专著和博士论文。其中比较有影响力的有林英敏（Amy Ling）的《世界之间：美国华裔女作家》(Between Worlds: Women Writers of Chinese Ancestry, 1990)、尹晓煌（Xiao-huang Yin）的博士论文《金山梦：美国华裔文学及其社会历史背景》(Gold Mountain Dreams: Chinese-American Literature and its Sociohistorical Context, 1991)、林玉玲（Shirley Geok-lin Lim）和林英敏编著的《阅读美国亚裔文学》(Reading the

Literature of Asian America，1992）以及黄秀玲（Sau-ling Cynthia Wong）的《从必要到奢侈：解读亚裔美国文学》（Reading American Literature: From Necessity to Extravagance，1993）、骆里山（Lisa Lowe）所著的《移民场景：美国亚裔文化政治》（Immigrant Acts: on Asian American Cultural Politics，1996）、张敬钰的《多民族的美国亚裔文学指南》（An Interethnic Companion to Asian American Literature，1997）和李磊伟（David Leiwei Li）的《想象国家：美国亚裔文学和文化认同》（Imaging the Nation: Asian American Literature and Cultural Consent，1998）。

林英敏在著作中细读了十八位美国华裔文学作家的作品，时间跨度上从上世纪之交的伊顿姐妹到汤亭亭，指出这些作品展示了处于两种文化之间的华裔被主流社会的拒斥、自我追求和华裔作家作品"拨乱反正"的使命。黄秀玲认为，目前边缘文学研究有三个学派：族裔学派，种族、阶级和性别学派，以及少数群体话语学派。在对美国华裔文学进行研究时，黄秀玲强调"语境"（contexts）和"互文"（intertexts）。骆里山首先通过美国历史上对公民权的法律界定的追溯和对亚裔移民的排挤来研究美国亚裔的身份，"尽管法律是界定公民权的标准，但美国的民族文化——通过置放、取代和代替个人与国家整体关系的共有形象、历史、地方叙事，强力塑造了那些人享有公民权，他们的居所，他们所记住的东西和他们所忘记的东西。"（Lowe L. 2）总之，在骆里山看来，美国亚裔的身份是流动的、异质性的和多样性的。李磊伟从全球化视角出发，提出美国的亚裔文学研究已经从"地方性"走向"全球性"，美国亚裔的本身含义及文化属性在美国亚裔文学作品中被不断地建构和解。张敬钰的《多民族的美国亚裔文学指南》的第一部分收录了十一篇论文，对美国华裔、菲律宾裔、日裔、韩裔作家的作品进行了整体介绍；第二部分则就主要的政治、理论及文化议题，例如民族主义、后殖民、离散、身份等进行了深入探讨。李磊伟依旧将美国视为美国亚裔文学文本协商和主体的中心。李考察了包括《孙行者》（Tripmaster Monkey: His Fake Book）、《喜福会》（The Joy Luck Club）、《蝴蝶君》（M. Butterfly）、《爱的痛苦》（Pangs of Love）等在内的亚裔文学文本，论证了这些文本中所体现出来的文化民族主义与移民主体性的关系,对美国文学的"正典"标准提出了批评。尤为重要的是,李磊伟在《想象国家:美国亚裔文学和文化认同》中对"民族主义"和"跨国民族主义"的讨论并没有局限于过去的二元对立模式,而是认为这两者之间是相互构成,密不可分的。限于其研究对象为美国亚裔文学和文化认同,李磊伟并未对美国华裔文学从跨国民族主义进行探索。90年代后,美国出现的还有若干以单个美国华裔文学或单个美国华裔作家为研究对象的学位论文,它们分别研究了单个华裔作家或作品。

20世纪90年代出现的对美国华裔文学研究具有开创性的论著当属尹晓煌(Xiao-huang Yin)的博士论文《金山梦:美国华裔文学及其社会历史背景》(*Gold Mountain Dreams: Chinese American Literature and Its Sociohistorical Context*, 1850—1963)。此论文从文化、社会和历史角度对美国华裔文学进行了综合研究,其对后来的美国华裔文学研究产生了深远的影响。在其著作中,尹晓煌对从19世纪中叶至20世纪80年代的美国华裔作品从社会历史角度进行了阐释。作者在论文中追溯了美国华裔文学的起源和发展,讨论其背后的社会和文化语境,阐述了造成美国华裔文学丰富类型和题材的原因。在此论文基础上形成的美国华裔文学研究专著《美国华裔文学史》也于2000年由美国伊利诺伊大学出版社出版。此著作对美国华裔文学进行了历史性的回顾与梳理。特别值得注意的是,此著作首次将美国华裔文学历史上溯至19世纪中叶。在研究对象方面,将用中文书写的华裔文学作品也纳入研究范畴,扩大了此领域研究的宽度和视野。

2000年之后,美国出版了几部关于亚裔美国文学的百科全书及专著,对包括美国华裔文学在内的作家、作品进行介绍和研究。这些著作包括凌津奇(Jingqi Ling)的《叙述民族主义:亚裔美国文学中的意识形态和形式》(*Narrating Nationalism: Ideology and Form in Asian American Literature*, 2006)、黄桂友(Guiyou Huang)的《哥伦比亚亚裔美国文学指南:二战之后》(*The Columbia Guide to Asian American Literature Since* 1945, 2006)、《亚裔北美文学百科全书》(*The Greenwood Encyclopedia of Asian American Literature*, 2009)和《亚裔美国文学研究》(*Asian American Literary*

Studies，2005）、林玉玲等编著的《跨国美国亚裔文学》(Transnational Asian American Literature: Sites and Transits, 2006)、吴思维（Seiwoong Oh）的《亚裔美国文学百科全书》(Encyclopedia of Asian-American Literature, 2007)、贝拉·金斯顿（Bella Adams）的《亚裔美国文学研究》(Asian American Literature, 2008)等作品。凌津奇在《叙述民族主义》中考察了美国亚裔文学中的种族身份和文化政治，试图纠正过去亚裔文学研究中的重内容、轻形式的批评视角。林玉玲主编的《跨国美国亚裔文学》采用跨国视角，挑战了过去常规的按照民族国家语言和空间的方式来理解文化，这种视角的全球性超越了国界。该书所收集的论文从不同角度探索了那些在亚洲和美国之间流动的作家的作品，这些作家很难再被简单定义为美国亚裔。编著还强调了跨国想象在美国文学中的作用、美国华裔作家的流动跨国身份，以及美国亚裔文学创作的灵活性。

在文学界享有盛誉的两部美国文学史作《哥伦比亚美国文学史》和《剑桥美国文学史》也都对美国华裔文学有所介绍。《哥伦比亚美国文学史》用较少的篇幅以"亚裔美国人文学"为题，简单对亚裔美国文学进行了介绍。对汤亭亭、林语堂、卡洛斯·布罗森、刘昌裔、黄玉雪、莫妮卡·曾根、约翰·岗田等作家进行了简单介绍和评论。

《剑桥美国文学史》第七卷第五部分"新兴文学"集中探讨了1940年以来美国亚裔、墨西哥裔、美国土著人和同性恋作家的散文作品。在讨论这些边缘文学的边界与少数群体文化时，作者简单评论了汤亭亭的《孙行者》《女勇士》。两部文学史都仅仅对美国华裔文学进行了简单提及，其对美国华裔文学的覆盖面较为狭窄且没有进行详尽的评价。

从上述美国学者对华裔文学进行研究的成果来看，绝大多数学者仍然站在美国中心论和一元文化论的基础之上。这些成果也基本上都将美国华裔文学视为美国华人群体在美国生活现实的反映，将主要研究对象放置于华人被美国主流社会同化的过程，并未注意到华人文化认同和身份建构的复杂性，忽略了华人跨国民族主义实践对华人自身、华人社区和中国所造成的深远影响。尽管有个别学者，如李磊伟、林玉玲等也注意到了亚裔文学中的跨国民族主义因素，但由于他们的研究对象主要是美国亚裔文学,他们并未对美国华裔文学从跨国民族主义视角进行详尽的研究与解读。

据笔者考察,国内的美国华裔文学研究始于20世纪80年代。1981年,江晓明在《外国文学》杂志发表了题为《新起的华裔美国女作家马克辛·洪·金斯顿》一文,简要介绍了马克辛·洪·金斯顿(后其译名为汤亭亭)的个人生平和她的《女勇士》(The Woman Warrior)和《金山勇士》(China Men)。① 1985年,《戏剧创作》杂志发表了题为《美国华裔剧作家黄大卫》的文章。由于篇幅极短,文章仅对剧作家黄哲伦(David Henry Hwang)做了简单介绍。1990年,郭继德在《中国戏剧》杂志发表了题为《美国华裔剧作家黄大卫》的文章,文章介绍了黄哲伦的两部剧作——《刚刚下船的人》(FOB)和《舞蹈与铁路》(The Dance and the Railroad)。

国内的华裔文学研究在20世纪90年代开始缓慢发展。据不完全统计,1990年至1999年,中国国内共发表美国华裔文学研究的论文27篇。正式对美国华裔文学从整体上进行研究的是张子清教授。1992年,张子清教授在《当代外国文学》杂志发表题为《美国华裔小说初探》的文章,对美国华裔文学历史进行了回顾,介绍了汤亭亭、李延富、林语堂、刘裔昌、黄玉雪、赵健秀(Frank Chin)、谭恩美等华裔作家。此文尤其值得关注的是,作者重点介绍了谭恩美的作品,而后又特别论述了汤亭亭的作品。张子清区分了美籍华人作家和美籍华裔作家,认为美籍华人小说家"一般站在中国人的立场,描写中国的人和事"(150),而美籍华裔作家则站在美国的立场利用中国文化及生活创作。此后中国大陆的美国华裔文学研究进入快速发展阶段。各种期刊、报纸上刊登了大量中国学者对美国华裔文学的介绍和研究成果。吴冰的《哎——咿!听听我们的声音!——美国亚裔文学初探》讨论了移民在美国化过程中不同阶段在文学上的反应,并提出了美国亚裔文学同有的主题:美国梦、边缘人、文化冲突等(1995:37—38)。亓华讨论了《女勇士》中作者对中国传统的男权

---

① 在美国华裔文学研究初期,作家及作品译名尚未统一。江晓明的文中所提到的《金山勇士》(China Men)在美国华裔文学研究后期被译为《中国佬》。

中心话语的颠覆(1999:63—68)。王家湘探讨了美国华裔文学中的主题(1993:73—78)。卫景宜和胡勇分解解读了《女勇士》中的中国传统文化作用和跨文化特征。张龙海回顾了美国华裔文学的历史和现状(1999:4—9)。总之,90年代国内对美国华裔文学的研究主要集中于华裔文学的主题、特征、多元文化等,研究对象主要集中于谭恩美的《喜福会》和汤亭亭的《女勇士》。

进入新世纪以来,中国大陆的美国华裔文学研究进入井喷阶段,对美国华裔作品进行个别研究的期刊论文,以美国华裔文学为研究对象的博、硕论文和美国华裔文学的研究专著大量出现。各种版本的美国文学史也把美国华裔文学作为单独对象进行介绍和研究,如2002年出版的《新编美国文学史》(上海外语教育出版社)的第二卷第七章"有关华裔的文学"和第三卷第五章"华裔美国文学的兴起"分别对美国华裔文学做了全面、深入的介绍。根据中国知网检索结果,从2000年至2016年,中国国内各类期刊上所发表的有关美国华裔文学的论文有3,000余篇,硕士论文564篇,博士论文55篇,其中被南京大学中文社会科学引文索引(CSSCI)收录的论文大约有100篇。另据不完全统计,2000年以来,中国大陆出版美国华裔文学研究专著48部。按照视角和主题分析,国内的美国华裔文学研究可大致分为以下几类:1. 社会历史研究;2. 后殖民研究;3. 文化研究;4. 美学研究;5. 身份研究;6. 女性主义研究;7. 性别研究;8. 流散/离散研究。其他研究视角还包括对个别作家及作品进行的阈界艺术研究、存在符号学研究等。

在上述博士论文中,卫景宜和关合凤分别探讨了美国华裔文学中的中国文化及东西方文化冲突;詹乔探讨了美国华裔文学中的中国形象;向忆秋和陈学芬分别探讨了美国华裔文学中的美国和中国形象;陈晓晖、张卓、董美含、李丽华关注于美国华裔文学中的性别;李亚萍考察了20世纪60年代从台湾和香港地区留学美国的留学生作家群和80年代后从中国大陆移民美国的新移民作家群之间的异同;侯金萍则关注于二代华裔身份建构过程,从成长小说角度对美国华裔文学进行研究。陆薇从后殖民和创伤视角出发,来剖析美国的种族歧视对美国华人所造成的创伤以及华裔的抵抗策略；蒲若茜认为美国华裔文学中存在着若干典型的"母题"，她通过对"唐人街""母与女""父与子"三个母题进行论述来展示美国华裔文学的传统与书写方式。蔡青聚焦于美国华裔女性作家作品中的疾病叙事，探讨了疾病书写的历史根源、治疗以及疾病叙事的后殖民隐喻。丁夏林、王亚丽、李红燕、蔡晓惠、袁荃、刘增美则从身份角度对美国华裔文学进行了研究。丰云在其论文中研究了20世纪七八十年代后移民美国的作家群，其中包括用汉语写作的严歌苓、张翎，用英文写作的哈金、裘小龙等，论述了他们写作的文化意蕴、审美表征和文化价值，认为"他们的作品正在超越传统移民文学中的乡愁、苦难、个人奋斗、文化隔膜等主题，而努力去关注对人性的探索，对生命价值的感悟，对一代人命运的反思，对后现代商品社会导致的人的异化的反思，对东西方文明之间的冲突与融合的思考等"(149)。张栋辉单独考察了严歌苓作品中的文化身份建构，严歌苓独特的创作实践和创作思想，跨域书写。作者认为，严歌苓的作品体现了其在异域对东西方文化的审视和对人性的关注与思考。

与90年代国内美国华裔文学研究相比，新世纪的研究视角更加多元化。除了普遍的议题例如多元文化、母女关系、身份外，后殖民视角成为这一时期美国华裔文学研究的主流，其他研究视角包括叙事学、创伤等。如蒋道超对刘裔昌（Pardee Lowe）的《父与子》（*Father and Glorious Descendent*，1943）和汤亭亭的《女勇士》进行解读，认为受制于当时的政治经济制度和华人的政治经济力量，"刘裔昌渲染了美国文化的优越以及华裔极力想得到主流社会承认的基调，而汤亭亭则更多强调已经成为美国社会一员的华裔美国人的身份和特征"(蒋道超114)。徐颖果从文化的角度分析了从李彦富到汤亭亭的作品，认为中国文化在不同时期的美国华裔文学中有着不同的作用，已经被政治化(166)。曾理在细读《喜福会》和汤亭亭的《孙行者》之后，指出第二代或第三代华裔作家主要书写的是中国文化与美国文化的对立(10)。陈爱敏从生态批评角度出发，认为美国华裔文学"展现了希望融入西方文化之中的年轻一代与持有中国文化的老一代人在生态思想上的不同态度"("生态批评"71)程爱民对美国华裔文学的发展阶段和主题内容做了分析后指出，对于与早期华裔文学作家不同，美国土生华裔作家更注重华裔在两种文化之间的困惑，他们在融入美国主流社会的过程中与父辈有着较大的差距和矛盾，但第二代华裔在成熟之后，他们才会感受到他们与中国文化的关联（"论美国华裔文学"53）。卫景宜考察了汤亭亭小说里的中国故事，认为汤亭亭通过对华人美国经历的书写颠覆了美国的"大熔炉"概念（"美国华裔作家"76）。费小平考察了美国华裔文学中"家园"的不同内涵，并指出美国华裔文学中的家园的含义从不固定，而是持续变化和协商的过程（143）。张卓认为美国主流社会对华裔的种族歧视采取了性别的形式，因此应该从社会性别身份出发研究美国华裔文学（"社会性别身份"138—142）。高红梅认为第二代、第三代美国华裔作家在写作时，他们"对美国文化的心理认同是华裔作家筛选、改写、植入中国古老传说与意象的主要文化过滤机制"（2015：197），以至于美国华裔文学依然处于一个弱势的地位。

在2000年以来出版的四十八部美国华裔文学研究专著中，其中一部分由博士论文出版而来，在此不再赘述。从研究视角来看，文化研究依然是主流，这其中的专著有王光林的《错位与超越：美、澳华裔作家的文化认同》、单德兴的《故事与新生：美国华裔文学与文化研究》、赵文书的《和声与变奏：华美文学文化取向的历史嬗变》、徐颖果的《跨文化视野下的美国华裔文学：赵健秀作品研究》、唐蔚明的《显现中的文学：美国华裔女性文学中跨文化的变迁》、薛玉凤的《美国华裔文学之文化研究》、李贵仓的《文化的重量：解读当代华裔美国文学》、蒲若茜的《族裔经验与文化想象：华裔美国小说典型母题研究》、陆薇的《走向文化研究的华裔美国文学》、胡勇的《文化的乡愁：美国华裔文学的文化认同》、丁夏林的《血统、文化身份与美国化：美国华裔小说主体研究》；从后殖民角度研究的专著有陈爱敏的《认同与疏离：美国华裔流散文学批评的东方主义视野》、徐颖果的《离散族裔文学批评读本：理论研究与文本分析》、张龙海的《透视美国华裔文学》；从其他视角进行研究的还有饶凡子的《流散与回望：比较文学视野中的海外华人文学》、方红的《华裔经验与阈界艺术：汤亭亭小说研究》、张延军的《美国梦的诱惑和虚幻：华裔美国女作家作品研究》、杨春的《汤亭亭小说艺术论》、张琼的《从族裔声音到经典文学：美国华裔文学的文学性研究及主体反思》、黄桂友、吴冰主编的《全球视野下的亚裔美国文学》、石平萍的《当代美国少数族裔女作家研究》、林涧的《语言的铁幕：汤亭亭与美国的东方主义》、石平萍的《母女关系与性别、种族的政治：美国华裔妇女文学研究》、赵文书的 Positioning Contemporary Chinese American Literature in Contested Terrains、张龙海的《属性和历史：解读美国华裔文学》、程爱民的《美国华裔文学研究》、程爱民、邵怡、卢俊等的《20世纪美国华裔小说研究》、魏全凤的《边缘生存：北美新生代华裔小说的存在符号学研究》、卫景宜的《西方语境的中国故事》等。

在上述从文化视角进行研究的美国华裔文学专著中，大多数研究者都认为美国的华人对中国文化有着极为强烈的认同感，将美国华裔文学作品中体现出来的美国华人对中国文化的保留和传承视为中华文化在海外发扬光大的例子，但却忽视了唐人街的中国文化与中国本土文化之间的差异，将美国华人文化属性和身份认同概括化和简单化。从其他视角进行研究的专著也都没能脱离美国文化中心论或者中国文化中心论的窠臼，而是将美国华裔文学置于单一的美国或者中国的语境中进行讨论，未能将两个语境结合起来进行综合研究。

总体而言，中国的美国华裔文学研究成果丰硕，其具体反映在每年都有大量的期刊论文、硕博论文及专著出现。但我们也应该更清醒地认识到，从批评视角来看，美国华裔文学研究需要从民族国家批评范式转向超越民族国家框架的跨国民族主义批评视角。就现有的研究成果而言，西方学术界更加关注美国华裔文学作品中所体现出的中国符号和中国特色，一些读者将美国华裔文学作为了解中国和在美华裔群体的社会学著作进行阅读。而中国学术界则在关注美国华裔融入美国社会的同时，放大了美国华裔文学文本中海外华裔对中国的认同。因此，目前美国华裔文学研究大部分的成果都集中于华裔的"美国性"研究，且将注意力集中于美国华裔的同化过程。这些研究成果都过分关注华裔被"同化"而融入美国社会的一面，忽略了作品中移民的跨国民族主义实践活动，且将美国华裔文学研究置于东方与西方、自我与他者、同化与异化的二元对立之中。

在过去的美国华裔文学研究中，还存在着明显的两分法。由于用英语书写的美国华裔文学对象主要是英语读者，因此强调唐人街的异国情调、描述移民在美的艰难生活、为移民融入美国社会争取理解和支持，成为了美国华裔文学的主题。与此形成鲜明对比的是，用中文书写的美国华语文学。正如尹晓煌指出的，"早期华语文学的宗旨主要是帮助移民保留对故土的记忆，就主题与内容而言，有两点尤值一提：一是阐述华人社会的伦理道德观念；二是渲染浓郁的乡情，即所谓的'叶落归根'之文化价值观"（179）。在具体写作上，用英文书写的美国华裔文学与用中文书写的美国华裔文学在作品主题、叙事手段上都有着明显差异，多数美国华文文学作品以中美两国为中心，且对于在美移民与在中国的家庭之间的经济往来、影响多有着墨，而美国华裔文学则以美国为中心来进行写作。它们的差异导致了国内外学术界倾向于把这两类有着极多交集的文学作品进行独立解读，国内英语专业的学者更关注用英语写作的美国华裔文学，而中文专业的学者倾向于解读美国华文文学。

近年来，随着全球化的发展和全球间物质、文化等交流的加速，跨国民族主义成为了社会科学研究领域的新方向，这也带来了文学研究范式的转变。跨国民族主义是一种正在进行的过程，是移民祖籍国与移居国之间一个多方向的物质与精神流动的过程，这种过程是长期的和相互的。在跨国民族主义视角下，物质、观念等的流动也在改变着两国的社会结构。因此，如将这些作品作为一个整体用跨国民族主义视野来解读的话，美国华裔文学中所描述的中美之间的相互影响将体现得更加明显。

第三节　跨国民族主义理论

美国是一个移民国家，其移民历史最早可以追溯到1620年乘坐"五月花"(May Flower)号轮船抵达美国的清教徒。① 这些清教徒有着共同的宗教信仰、文化传统和种族,他们渴望摆脱欧洲的宗教压迫,并按照自己的理想建立一个理想的"山巅之城"。尽管美国目前已经成为当今世界上族裔种类最多、最富多元文化色彩、种族融合和接纳度最高的国家,但美国文化的根基和起源依然是一元文化的,美国文化的价值观依然建立在清教徒的价值观之上。1782年,移居美国的法国人赫克托·圣约翰·克雷夫科尔(J. Hector St. John DE Crevecoeur)在《来自美国农民的信》(Letters from an American Farmer)中提出了"大熔炉"这个概念。在论及美国人的定义时,克雷夫科尔认为新的美国人必须将自己过去所有的偏见和习惯摒弃,并从他所拥抱的新生活、新政府和新角色中获取新的生活方式。其后,爱默生(Ralph Waldo Emerson)以及美国犹太作家伊斯雷尔·赞格威尔(Israel Zangwill)都表达了相同的观点。② 在赞格威尔1908年上演的戏剧《熔炉》(The Melting Pot)中,作者写道:

> 美国是上帝的熔炉,伟大的熔炉——欧洲的所有种族都在这里被融化和重塑!兄弟们,你们站在这里,当我在埃利斯岛看到他们,五十个不同的族群,五十种语言、历史、血缘关系和敌人。但是用不了多长时间,兄弟们,因为这些上帝的火焰。你的仇恨和仇敌的无花果!德国人和法国人,爱尔兰人和英国人,犹太人和俄罗斯人——你们都进入熔炉!上帝在制造美国! (Gerstle 3)

这些论述大多认为移民都必须抛弃自己过去所有的东西,融入美国单一的文化中去,并否认了移民与自己故土的关系。正如克雷夫科尔提到的:"一个贫苦的欧洲移民对一个他一无所有的国家会有什么感情?语

---

① 1607年,英国弗吉尼亚公司在现美国弗吉尼亚州的詹姆斯敦(Jamestown)建立了其在北美大陆的第一个海外殖民地,但学界普遍将1620年作为美国移民的开始。
② 爱默生于1876年提出了"熔炉"(Smelting Pot)的概念,"熔合过程就像在高炉里一样;一代人,甚至一年,就能把英格兰、德国、爱尔兰移民转化成美国人"。见 Ralph Waldo Emerson. *The Works of Ralph Waldo Emerson*. Boston: Houghton, 1884, pp. 52—53.

言知识以及对于几个跟他自己一样穷的亲戚的爱是联系着他的唯一纽带。而他的国家现在是那个给他土地、面包、保护和重要地位的国家。'哪里有面包，哪里就是国家'是所有移民的座右铭"(Crevecoeur 39)。1919年，美国最高法院大法官路易斯·兰代斯(Louis D. Brandeis)宣布移民美国化意味着"必须采用这里普遍流行的服装、举止和习俗……用英语替代母语，要确保利益和情感均扎根于此地"(亨廷顿98)。正如亨廷顿所言，这种对美国文化的一元论述和认知直到今天仍被很多人认同。在美国历史上，为了确保移民美国化，美国社会采取了各种措施来促使移民接受对美国的认同。例如包括福特公司在内的众多美国企业，在工厂内成立移民培训学校以传授英语和美国价值观，非盈利组织例如基督教青年会、北美公民同盟等积极帮助移民寻求经济机会，公立学校系统更是发挥了意识形态国家机器的作用向移民子女灌输美国国民意识。本尼迪克特·安德森(Benedict Anderson)在其《想象的共同体：民族主义的起源与散布》(*Imagined Communities: Reflections on the Origin and Spread of Nationalism*)中也提到，产生于19世纪的民族主义观念将地理边界与文化边界相等同。作为这种历史进程的结果，一个民族或者群体为了见证自身存在和捍卫自身权益，必须拥有一种独特而且通常是单一的文化与身份。这是一种霸权性国家概念，是对民族文化单一性、同质性的简单粗暴认定。

对这种论述首先提出质疑的当属美国作家、社会评论家蓝道夫·伯尔那(Randolph Bourne)。1916年，伯尔那提出了"跨—民族美国"(Trans-National America)的概念，从这个意义上来说，跨国民族主义(Transnationalism)并不是一个产生于20世纪后期的新概念。伯尔那用跨—民族美国来描述当时美国社会出现的多元文化现象和移民与他们的祖籍国保持联系的状态。伯尔那提出此番论述的背景在于当时的美国民众对于美国在全球事务中的参与及对大量拥入移民的担忧。一战中，美国被迫放弃了自己的孤立主义，但大量移民的拥入最终也导致了美国在1921年通过《紧急移民限额法》、1924年通过《移民限额法》，从而完成了美国在移民政策上的转变，美国也从"自由移民"时代进入到了"限制欧洲移民，排斥亚洲移民"的阶段。尽管伯尔那的论述具有超前的预见性，但其当时主要的关切在于美国如何对待从欧洲拥入的难民。

传统移民研究观点认为,移民在移居一个新的国家之后,需要放弃其原有的文化,而进入美国的"大熔炉",成为真正的美国人。伯尔那挑战了这种观点,在伯尔那看来,"公民身份"(Citizenship)并不完全由民族国家决定,它同样可以从一个更为宽广的国际视野来考虑。伯尔那的这个论述被普遍认为是"跨国民族主义"或者"多元文化主义"的首次表述。伯尔那对美国做了如此展望:"美国将成为一个跨—民族国家,而不是民族国家"(Bourne96)。伯尔那的论述为美国移民研究及多元文化研究提供了新的角度,但并未引起学术界的深入研究。

到了20世纪70年代,跨国民族主义这个概念开始在经济和国际关系领域被广泛使用,经济学家用其来研究劳动力和资本的全球流动,从事政治研究的学者用其来研究国际政治。到了80年代,这个概念逐步进入移民研究领域。90年代后,随着科技的发展,通信和交通的便捷性大幅提高,世界范围内资本、人员、观念等的传播和流动加速了全球化的发展,也使得移民建立跨过国家地理边界建立和保持各种社会全球化的关系成为可能。

作为全球化的产物之一,跨国民族主义与全球化相辅相成,互为因果。15世纪到17世纪欧洲的地理大发现,既是资本主义发展的必然,也是资本主义持续发展的原因之一。二战之后,科学技术的突飞猛进大大提高了全球交流的效率,并降低了全球交流的成本,跨国交流日益增多。但20世纪40年代至90年代初,以美国为首的资本主义国家和以苏联为首的社会主义国家之间的冷战延缓了世界的全球化进程。

1991年12月苏联解体,标志着冷战形成的世界两极格局结束。日裔美国学者福山(Francis Fukuyama)将苏联的解体视为历史演进的终点,即"历史终结论"。福山论述的准确性有待商榷,在二十多年后的今天也受到了诸多挑战,福山不得不对此理论进行修正和更改。但不可否认的是,苏联解体后美苏两个超级大国垄断国际政治的格局被打破,亚洲国家的兴起,也促使世界朝向多极化的时代发展,这种多极化的发展促进了国际间的交流合作,加快了全球化进程。

对于如何界定全球化，学界普遍存在两种观点。一种观点认为，全球化是一种当代现象，是随着现代电子媒介、跨国公司、全球金融机构、娱乐形式的发展而兴起的。另一种观点则认为，全球化是一种历史现象，其历史可以追溯到15世纪。15世纪，葡萄牙航海家发现了位于北大西洋的亚速尔群岛，随后哥伦布发现美洲更是将当时的航海大发现推向了高潮。

因此，全球化的起源应该追溯到15世纪末的地理大发现，只是当时受制于经济力量和科技发展，全球化的发展速度缓慢而已。对于全球化的内涵，不同学者也持有不同的观点。一些学者例如哈鲁图涅（H. D. Harootunian）认为全球化只是一种经济过程，但更多的学者倾向于认同经济与文化不可分割，经济扩张与文化扩散如影随形，所以全球化不能被简单地作为经济或者文化现象来看待。保罗·杰（Paul Jay）在其著作《全球的重要性：文学研究的跨国民族主义转向》（Global Matters: The Transnational Turn in Literary Studies）中指出，在进行全球化研究时，要注意到经济活动和文化生产之间的互动关系。

20世纪90年代后，互联网的出现加速了全球化发展，促进了资本、人员在全球范围内更加频繁的流动，也使得移民能够跨越国界参与祖籍国的活动。这其中包括对国内政治事件的参与、政治捐款、选举等。但在移民研究中，在20世纪90年代之前，移民的移居国和接受国被通常当作一个单一的分析领域。90年代初期，社会学家琳达·贝司（Linda Basch）、克里斯提娜·布兰克（Cristina Blanc）和尼娜·席勒（Nina Glick Schiller）等，在对来源于圣文森特格林纳达、菲律宾和海地的移民进行研究时，她们发现尽管这些国家的移民已在美国永久定居，但这些移民来源国的政府和领导依然将他们当作本国公民的一部分。这些国家往往通过他们文化中独有的象征符号、语言以及政治活动来鼓励移民与他们的祖籍国保持长期的、多渠道的联系，召唤移民为自己祖籍国的建设发挥作用。在贝司等人看来，"移民"（immigrant）这个词隐含着移民对祖籍国的永久放弃和对移居国新的文化、语言、生活方式的全盘接受，也就意味着移民被从祖籍国中"拔根"，而那些移居美国但又与祖籍国保持了密切联系的人群显然不能用"移民"来描述他们的生活方式和身份属性。因此，贝司等人认为，需要新的概念和研究模式来研究这些移民与两个或多个国家同时保持社会关系的状态，她们将这种状态称之为跨国民族主义。

1992年，贝司、布兰克和席勒在其著作《跨国民族主义视角的移民研究：种族、阶级、族裔和民族主义再思考》(Towards a Transnational Perspective on Migration: Race, Class, Ethnicity, and Nationalism Reconsidered)中，对跨国民族主义做了如此定义：

> 我们将跨国民族主义定义为移民建立将祖籍国与移居国相连的社会关系场的过程。建立这些社会场的人群被称为跨国移民。跨国移民发展并保持了跨越国界的多重关系——家庭、经济、社会、组织、宗教和政治。移民需要在将他们同时与两个或多个社会连接社会网络中行动、抉择、感受关切和建立身份。(1—2)

1994年，贝司等人在《没有边界的国家：跨国事业、后殖民困境与非领土化民族国家》(Nations Unbound: Transnational Projects, Postcolonial Predicaments, and Deterritorialized Nation-States)中又对跨国民族主义如此描述：

> 我们将跨国民族主义定义为移民建立和保持将他们的祖籍国与移居国连接起来的多重社会关系的过程。我们将其称之为跨国民族主义来强调今天的移民移跨越地理、文化和政治边界建立社会场的过程。我们称那些发展和保持了多重跨越国界的关系——家庭、经济、社会、组织、宗教和政治的移民为跨国移民。(8)

在此定义中，贝司等人特意强调了移民对于祖籍国和移居国两个社会同时参与的复杂性和多重性。贝司等人认为，跨国民族主义的这种定义能够更好地对移民的流动经验进行研究，移民的这种经历和生活方式挑战了过去将移民的地理空间和社会身份视为一体的观念，并能够更好地展示移民自身如何被他们的跨国民族主义实践所改变、移民又如何通过这些实践影响了他们的祖籍国和移居国。在此定义中，移民所建立的社会场景包括地理的、文化的和政治的。在地理上，跨国民族主义首先意味着移民离开自己的出生地而迁徙至另一个国度生活。但这种离开只是物理上和非永久性的离开，在跨国实践中，移民能够将这种地理上的距离通过家庭、生意和组织行为转换为更为紧密的社会联系和情感联系。正如一些评论家指出的，现代科技，尤其是交通和通信技术的发展是现代移民能够与他们的祖籍国保持密切联系的首要原因（Wakeman 88）。

文化上，移民需要适应新的文化环境，但这并不意味着移民需要彻底放弃祖籍国的文化传统。恩斯特·盖尔纳（Ernst Gellner）在《民族与民族主义》（Nations and Nationalism）中指出，一种统一而同质的文化对于工业资本主义的发展是必须的，而国家或者民族国家的发展正是为了建立这样一种文化。这种一元文化主义的霸权观念在移民数量不断增加、移民跨国实践的频率和强度不断增强的情况下显然不再准确。文化尽管可以通过学习而获得，但移民与祖籍国无法隔断的联系和移居国不友好的社会环境使得移民不愿也不可能完全放弃自身原有的文化而拥抱新的文化。对移民来说，最大的可能就是在努力适应和学习新文化的同时依旧保留那些能够证明自身族裔身份、有利于保障自身在两个国家所享有的利益的文化。

政治上，跨国民族主义意味着移民对祖籍国政治的跨国参与。在席勒等人对美国的海地移民的身份研究中，她们发现海地政府鼓励海外移民部分参与本国政治变革，一些海地领导人甚至将在美国的海地移民看作为"海地民族主义者"。事实上，移居海外的移民对其祖籍国的政治变革有着极大的热情和影响力。以中国为例，自清朝以来，中国移居海外的华人都不同程度地参与了中国的辛亥革命、抗日战争、解放战争及新中国建设等，对中国的独立和富强做出了巨大的贡献。

斯蒂文·维托维克（Steve Vertovec）2009年在其出版的《跨国民族主义》（Transnationalism）一书中，对跨国民族主义进行了梳理，并从不同层面对跨国民族主义进行了阐释。在维托维克的定义中,跨国民族主义可以从六个方面进行理解:1.社会形态学;2.流散意识;3.文化生产的模式;4.资本流通渠道;5.政治参与场;6.地方建构(4)。维托维克借用了谢菲尔(Gabriel Sheffer)和科恩(Robin Cohen)等人的观点,认为流散人口作为一种社会形态的特点就在于三种关系:全球分散但集体自我认同的族裔群体、移民生活的移居国语境、移民或其祖先祖籍国。流散人口通过各种渠道建立和保持了各种与祖籍国的各种联系。这些联系通过各种社会组织、流动性和通信形成了跨国社区。

跨国民族主义作为一种流散意识指的是移民的双重或多重认同。移民意识到自身对于单一国家依附的消解,取而代之的是对同时生活的不同国家的认同。"大部分(移民)似乎保持了多个身份,这些身份把他们与多个国家相连接"(Basch, Schiller and Blanc 11)。詹姆斯·克利福德(James Clifford)也指出:"流散的矛盾就是在此地定居,但却对另一地产生支持和联系,正是这种联系使得他们与众不同"(Clifford "Diasporas" 322)。作为一种文化再生产,跨国民族主义指的是文化的流动现象和移民的身份转化。一般而言,移民进入一个新的环境,处于两个不同语境下的他们能够利用自身的优势进行文化再生产。而现代科技和电子媒体的发展使得这种文化再生产成为可能,"当外来的土耳其劳工在德国的公寓里观看土耳其电影时,当费城的韩国人通过韩国输送的卫星信号观看1988年首尔奥运会时,当芝加哥的巴基斯坦籍计程车司机聆听在巴基斯坦或伊朗录制的布道录音带时,移动的影响与去国界化的观者相遇了"(阿帕杜莱 5)。媒体的跨国传播给移民创造了离散的公共空间,但同时也使得移民的主体性不再稳定。

在经济领域,跨国民族主义主要指的是跨国公司在全球进行资源配置和运作。从个人层面来说,移民的个人汇款也是跨国民族主义的具体体现之一。在早期移民时代,经济利益的驱使是人口从第三世界移民至第一世界的主要动力,而且这种移民大多是处于极端不利的经济状况。由于第一世界和第三世界之间巨大的经济差异,这些移民到达移居国后,他们所积累的财富也源源不断地被汇给祖籍国的亲人。尽管每次汇款的金额并不大，但在移民祖籍国，这些汇款能发挥巨大的作用。而在资本时代，部分移民的跨国主义实践主要出于投资和资产配置的目的，诺尼尼和王爱华在《没有根基的帝国：华人跨国民族主义的文化逻辑》(Ungrounded Empires: The Cultural Politics of Modern Chinese Transnationalism)中指出，"不了解资本主义下的华人资本积累策略是无法理解这种跨国现象，这种积累策略和跨国现象是相辅相成的"(4)。

移民对祖籍国的政治参与并非一种新的现象，它有着较为悠久的历史，在不同的历史情况和时期有着不同的体现形式。作为政治参与场，科技、出版和通信的进步使得信息的传播更为快捷，也使得移民能够同步参与祖籍国政治活动。全球化的发展催生了移民对祖籍国施加影响力的新途径，这种参与是移民、祖籍国和移居国共同作用的结果。单个国家的政治进程不再仅仅由国内因素决定，海外移民的政治参与往往能够促进，甚至改变国内的政治进程。对于那些正处于战争或者处于社会转型关键期的国家而言，来自海外的政治支持和资金尤其重要。对于移民来说，通过对祖籍国政治活动的参与能部分提高自己在祖籍国的社会经济地位，并有可能影响祖籍国政府及移居国政府对移民态度的变化。

作为地方(Place)或者当地(Locality)的建构(重建)，跨国民族主义指的是人们对地方概念认识的改变和跨国社会场的建立。全球化的发展，改变了人们对于地方的概念，也改变了过去人们对于某单一地区的依附和认同，人们可以同时与多个国家或地区保持联系。从社区视角而非个人视角来说，波特斯(Alejandro Portes)认为"移民在追寻经济增长和社会认知的过程中保持了跨越政治边界的社会网络。通过这些网络，越来越多的人能够过一种双重生活。这些双语的参与者能够在两种文化中自如生活，维系在两个国家的家园，在两个国家追求经济、政治和文化利益"("Immigration Theory" 812)。

对于跨国民族主义的范围，也有学者将其分为"全面的"和"选择性的"。(Levitt, DeWind and Vertovec 570)这种定义将经常性、持续性参与跨国实践活动的人群与偶尔参与跨国实践活动的人群相区别开。也有学者将跨国民族主义分为两类：以全球资本、媒体和政治机构为代表的"从上而下的"(from above)的跨国民族主义和以当地和草根阶层为代表的"自下而上"(from below)的跨国民族主义(Smith 3)。

在贝司等人和维托维克对跨国民族主义所作的定义中,"散居"和同时与两个国家保持认同居于中心地位。全球通信技术使移民远距离保持联系以及在全球文化空间内维系和肯定文化身份更加容易,因此正如塔萨格罗斯安诺(Tsagarousianou R.)指出的,"我们最好不要过多地把散居民看成是失去了土地的人,而应该关注他们之间的纽带,或者关注由于当代国家间的互动而成为可能,并得以维系的错综复杂的关系"(Tsagarousianou 52)。尽管国家在全球化时代在很多领域依然有着极为重要的影响力,但我们应更关注这些移民跨越国界的存在事实。跨国研究"并非要摧毁某个具体的理论,而更多的是督促人们对非政府实体给予更多关注,尤其在它们与政府进行互动的时候"(Sklair 6)。在全球化背景下,公民身份、民族主义等遭受了新的挑战。亨廷顿(Samuel Huntington)指出,当前美国社会出现了一种国家观念弱化的倾向,"超国家身份"成为一种时髦,"从前在国内流动的人,乡土观念趋于淡薄;现在跨国流动的人,则是国籍观念趋于淡薄。他们成为双重国籍或多重国籍的人,或是成为世界公民"(亨廷顿"我们是谁"12)。

跨国民族主义是对被称为方法论民族主义(methodological nationalism)的反驳,狭隘的民族主义将民族国家作为理解现代社会政治和社会形式的自然标准。在跨国民族主义研究中,民族国家仅仅当作众多全球化活动者之一。当国家和社会逐渐概念化,跨国民族主义为研究社会、族裔及政治关系形成提供了新的理论框架,也为研究边界的可渗透性、超越及不相关性提供了理论基础。尽管在流散以及跨国民族主义研究中,国家依然有着重要的作用,但民族国家已经不再是这种研究的固定框架。社会的弹性以及移民跨越国家边界的想象和社会身份的表达都超越了现有的民族国家形式,它们为全球化背景下的移民研究提供了新的思路。民族国家框架下文学研究的关键词,如民族主义、边界、身份等在民族国家边界逐渐模糊的现实下也发生着不同程度的改变。文学研究,尤其是族裔文学研究也必须要考虑文学产生的全球化语境并进行研究范式的转变。

第四节　跨国民族主义视角下的美国华裔文学研究

跨国民族主义视角为文学研究提供了新视角的同时也提出了挑战。过去的文学研究中通常将文本置于一个民族国家的地域之内，而跨国民族主义视角则将文本置于一个跨越边界和民族的框架下进行，对过去的文学研究主题，例如多元文化主义、身份、民族认同等提出了新的挑战，也为重新探索文学文本的多重意蕴提供了新的视角。

过去的文学研究框架是国别式、单一语言的和民族主义的，评论界往往将文学作品与国家历史进程紧紧相连，认为文学的历史起源于国家历史，而文学的建构也是国家建构的组成部分。这种批判范式注重文学作为艺术形式和意识形态工具对国家建设、公民身份建构所起到的重要作用，但是却没能从一个更大的范围内研究文学作品出现的背景和意义，也忽略了文学生产背后的跨国民族主义力量。随着全球化的发展，国家间的政治、经济、文化交流更加频繁，英语文学与全球化的关系也更加密切。过去文学研究中的关键词，例如边界、身份等都发生了本质的变化。在此背景之下，以往的民族主义研究范式不再能够适应全球化背景下产生的文学作品的丰富内涵。

分析文学研究的转向时，保罗·杰认为，对文学的少数族裔研究、多元文化主义研究和后殖民研究与正在兴起的全球化研究的交叉导致了文学研究的跨国民族主义转向。越南战争结束以及美国移民政策在1965年大幅改变后，大学生群体构成的变化促进了社会及学术界对少数族裔、多元文化、后殖民研究的关注，从而奠定了文学研究的跨国民族主义转向的基础。以美国亚裔文学研究为例，在20世纪60年代之前，美国高等学校的教育体制中仍未充分考虑到少数族裔群体的需要。1968年秋，旧金山州立大学学生举行罢课示威活动，经过五个月的坚持后，校方终于做出让步，同意开设亚裔研究的相关课程。1969年春，旧金山州立大学创立了美国第一个美国亚裔研究系。随后，加州大学伯克利分校也开设了有关亚裔历史、社会、文化等相关课程。

这些改变也促使了美国高等院校文学院系教学课程的改变。课程设置改变了过去以欧美文学作品为中心的模式，大量的非英语文学作品和族裔作家的作品进入大学课堂。与此同时，后殖民研究的出现挑战了过去的民族文学研究模式，它更加注重从不同视角对跨越国界的作品进行研究。后殖民文学批评的重心在于"对欧洲帝国前殖民地的文化（文学、政治、历史）及其和世界其他地区的关系进行考察的相关理论和批评策略"，主要关注宗主国、从属国的文化，以及第一世界中心文化和第三世界边缘文化之间的关系（朱刚 477）。与后殖民理论类似，跨国民族主义研究同样关心位置（location）、族裔、性别、种族，但跨国民族主义摒弃了后殖民研究中的中心与边缘的划分，它更加注重移民在两个国家之间保持的各种各样的社会、经济、文化联系。尽管有批评家指出，并非所有人都能从全球化的发展中受益，但全球化对世界各国人民的影响力却是所有人感同身受的。商品的全球化促使了文化商品的交换，西方、特别是美国文化在全球的传播进一步加强了美国文化的霸权。但这种霸权并没有导致全球文化的趋同性，世界各个地区对美国文化的接受和拒斥反而在一定程度上凸显了文化的差异性。因此在文学研究中，不能把全球化与文化生产之间的关系简单化。全球化与殖民主义、去殖民主义紧密相连，轻率地认为全球化促进多样性、杂糅性的看法都不可取。全球化与文化生产之间关系需要从不同视角、使用不同作家的不同语言创作的文本进行考察。

文学研究的跨国民族主义转向也是对 19 世纪以来阿诺德式文学研究的否定。阿诺德认为，批评的目的在于让世人了解知识与思想精华，保罗·杰则认为，这种模式是一种理想化的、历史虚无主义式的，它掩盖了文学政治化的一面。跨国民族主义文学研究则注重历史和社会现实，注重文学生产中的"社会力量"，尤其是全球化背景下出现的跨越国界的社会力量。经济和文化体系的相互重叠要求文化和文学研究中必须考虑到经济和政治因素，文学研究的跨国主义转向必须仔细考察植根于历史的、商品经济世界中的生产形式。

传统的美国文学研究把美国文学看作是美国国家叙事的产物和历史反映。但是随着全球化的发展，原有的观点已经不再全面。伯克维奇在《剑桥美国文学史》的中文版序言中提到，《剑桥美国文学史》是"20世纪末全球化的产物，此时民族主义的含义本身已经受到质疑，在美国，对文化内聚力的一些基本说法有了一种新的、批判的意识"（伯克维奇1）。这种对民族主义的质疑反映在文学研究上就是更加注重跨国因素，更加注重对地点的关注。保罗·杰注意到英国文学研究的范围已经从在英伦群岛和西欧产生的作品扩展到了包括在东南亚、非洲和美国出现的文学作品。范围的扩大意味着关注视角的转变。这种转向使得文学研究的重点从过去的民族国家转变为跨国的空间和地区，更加注重历史的、社会的和政治性的力量如何在一个跨国的空间塑造个人及文化身份。这些文本更加注重跨国民族主义实践、现代经历和当代文学及身份，这也反映了文学生产的全球化，吉尔斯·古恩（Giles Gunn）将它称之为"对文学研究民族国家模式的'解除'"（Gunn 16）。

对移民跨国实践的研究同样将过去移民研究中对民族国家和跨国资本的重视转移到对建立于种族、阶级、性别基础之上的地区建构。由此，民族国家成为一个有争议的主题，而不是一个限制学术和教学框架的事实。文学研究应当理解"文学不仅仅是当代文学和民族国家的功能性关系（而不是动机），在民族国家定义和赋权的过程中文学如何被理论化和政治化"（Jay 42）。"文学研究本身也受到全球化进程的影响，全球化也在改变文学的学科边界、知识结构和理论方法"（尹晓煌、何成洲156）。全球化及跨国民族主义视角为文学研究提供了新视角，为读者提供了一种全新的解读视角来考察全球化及全球化语境下所产生的文学作品和文化现象，对于国内外文学研究、尤其是族裔文学研究有着极其重要的借鉴意义。

在华人移居美国的漫长历史过程中出现了大量的文学作品，这些文学作品从不同角度反映了华裔群体在美国的生活和社会现实。从20世纪六七十年代开始，伴随着女权运动和民权运动的推进，族裔文学研究快速发展，华裔文学也在此背景下蓬勃发展，并出现了如汤亭亭、谭恩美等一批重要的华裔文学作家。这些华裔作家在她们的作品中在描绘移民在美生活的同时也探索了华裔群体的历史变化以及移民的跨国民族主义活动。在国外逐渐成为显学的跨国民族主义研究在国内目前仍处于起始状态，只有少数文献对跨国民族主义进行了介绍，关于跨国民族主义研究的专著在目前中国尚属空白。在期刊论文方面，涉及跨国民族主义的文章大部分都属于社会学、人类学、史学和教育学，关于文学批评的文章主要有以下几篇："跨国民族主义视野中的新移民文学"（丰云 2010）、"跨国民族主义亚裔美国文学批评之我见"（潘志明 2012）、"跨国研究语境下华美文学研究的几点思考"（赵文书 2013）、"在跨国主义视野中审视华人移民文学的回归主题"（丰云 2014）、"论后殖民文学中的'跨国转向'"（王丽亚 2015）。丰云的两篇论文考察了改革开放后出现的新移民文学，其重点在于新移民在美的生活经历以及留学生群体在毕业后去留之间的抉择。赵文书在论文中指出，中美两国学者在美国华裔文学研究上的不同的出发点和其局限性，呼吁学界更加关注美国华裔文学的文学性、非华人主题作品以及华裔文学与其他少数族裔文学及美国主流文学的关联与互动（"跨国研究语境下"9—12）。王丽亚则关注于作家跨国写作和移民主体的跨文化体验，认为尽管这些作品"叙述移民之归依感所表述的历史反思，剑指后殖民与殖民历史之间的延续性"（1）。潘志明认为美国华人展示了明显的跨国特征，但华裔美国文学想象总体上展现的却是移民意识（27）。以上几位学者的观点都有创新之处，但由于限于期刊论文的篇幅，他们都没有对跨国民族主义理论及美国华裔文学研究进行充分阐释。

在美国华裔及华裔文学研究中，我们不能把美国或者中国作为单一中心来考察美国华裔的历史经历。美国华裔文学中对华裔美国性的书写并不意味着华裔与中国文化的完全疏离，其在不同历史时期的文本中以不同的形式被作家呈现。在 20 世纪中叶，这些美国华裔积极参与中国的建设，为中国革命、抗日战争都做出了巨大贡献。在艰难融入美国的过程中，在美华人拥抱了在 20 世纪之交出现的现代中国民族主义。这种民族主义强化了海外华人的中国性，鼓励了海外华人在跨国的语境下来反对种族歧视。他们对中国国内的联系也促进了移民家乡，乃至整个中国的进步，对中国的社会结构、女性地位和社会转变都有着较大的影响。华人在太平洋两岸的跨国实践实现了他们的"中国性"和"美国性"。因此，跨国民族主义视角下的美国华裔文学研究能够克服美国亚裔研究的文化民族主义局限，从而拓展海外华人研究的宽度和广度。

维托维克提出的理解跨国民族主义的六个层面分别指向了移民的社会网络、身份、文化生产、资本流动、政治参与和个体与空间关系。因此，本研究聚焦于美国华裔文学中的家园概念（个体与空间关系）、汇款（资本流通渠道）、家园政治（跨国政治参与）和身份建构（身份及文化生产），对美国华裔文学中跨国民族主义进行综合和历史性的梳理，对不同历史时期出现的美国华裔文学文本中体现出的跨国民族主义进行对比，重点对比文本中一代移民和土生华裔的跨国民族主义的区别及华裔作家的写作策略。此外，中国文化与美国土生华裔身份建构的关系也是论文关注的焦点之一。在美国华裔文学中，美国华裔利用他们的"中国遗产"来确立自己的美国身份。在此过程中，华裔群体在放弃部分中国文化和中国记忆的同时也在充实和改变着美国文化，他们的身份建构和跨国认同挑战了美国的多元文化概念，体现了民族主义、跨国民族主义以及它们之间复杂的关系。

本书主要由四章组成。第一章，主要探讨早期美国华人文学中的"客居"意识，探索当时文本中移民并未展示出明显的跨国民族主义的社会历史原因。在本章所讨论的三部美国华裔文学文本中，不同阶层的移民展示了相同的客居心态。《埃仑诗集》中所收录的诗歌的作者大部分为前往美国淘金的劳工阶层，他们在被羁押于天使岛移民检查站期间，出于对自身被羁押的不满和被遣返的恐惧，他们在墙壁的木板上写诗来抒发情感。这些诗歌主要体现了他们追求财富以便衣锦还乡的心态。但值得注意的是，《埃仑诗集》中收录的麦礼谦等人对当年羁押于天使岛的移民的采访展示的另一种意识，即对美国的认同，但这种认同并非是出于对美国文化的认同和美国主流社会对移民的接受，而是由当时中美两国巨大的经济差异所导致的。与《埃仑诗集》中的劳工阶层不同，《西学东渐记》

的作者容闳毕业于耶鲁大学，加入美国国籍，后又作为清朝官员赴美。容闳的美国化毋庸置疑，其个人生活经历、宗教信仰及婚姻都证明了其美国化的一面，但其以英文书写的自传却对自己在美国除求学之外的生活只字不提，却着重书写自己为中国奋斗的人生历程。《花鼓歌》中的王奇洋则是唐人街"飞地"中客居者的典型代表，他身处美国却不与主流社会进行任何交流，明知已经无法返回故土却期盼落叶归根，在美国的封闭华人社区中努力保持了自己的中国文化及传统。尽管这三部作品时间背景上有所差别，但其对客居意识的刻画都指向了当时美国主流社会对华人移民的种族歧视。

第二章，考察美国华裔文学中对一代移民的跨国民族主义书写。在一代移民跨国民族主义书写中，美国华裔作家主要关注于一代移民的跨国民族主义实践，即他们跨越国界建立社会场的过程。华人移民移居美国的现实使得他们与在中国的物理家园相分离，这迫使他们建立和维系了跨国家园并催生了他们新的家园意识。在本章所讨论的文本《女勇士》和《中国佬》中，汤亭亭考察了移民建立双重家园的过程和他们家园概念的变迁，在汤亭亭等美国华裔作家的笔下，家园不再是一个物理概念，而成为了"想象的共同体"。在移民的跨国民族主义实践中，汇款和参与祖籍国政治活动（家园政治）是最为常见也最为重要的活动。雷霆超的《吃碗茶》的叙事中心尽管在美国的唐人街，但其对华人跨国家庭关系和对主人公回中国娶亲的书写展示了海外华人的汇款对中国社会政治经济结构、社会观念、女性地位等方面所造成的冲击。张翎的《金山》更是把中美两国同时作为书写中心，来展示移民对中国政治的深度参与，张系国的《昨日之怒》以保钓运动为背景展示海外学子的爱国热情和民族主义。这两部作品在展示移民在中国和美国之间互动的同时，书写了海外华人对中国政治的深度参与和海外华人的民族主义与跨国民族主义同步成长的过程。

第三章，主要探讨美国华裔文学中土生华裔的跨国民族主义书写。二代移民与祖籍国的关系一直是学术界关注的问题，美国华裔与中国文化的关系也一直是中国国内相关研究的焦点。传统移民研究认为，移民后裔与祖籍国的联系会逐步弱化，因此跨国民族主义有可能仅仅在第一代移民中存在。本章审视了《喜福会》和《中国佬》中对美国土生华裔的书写，认为在美国华裔文学中，土生华裔依然体现出了跨国民族主义。与一代移民不同的是，土生华裔的跨国民族主义主要体现于精神层面，即情感跨国民族主义。在美国华裔文学中，作家主要用代际冲突和融合以及鬼魂叙事来间接展示土生华裔的跨国民族主义和对中国文化的跨国认同。此外，本章还以林语堂和张纯如为例，探讨一代移民作家和土生华裔作家所不同的写作对象、叙事中心，探讨土生华裔跨国民族主义生成的原因。

  第四章，主要讨论土生华裔的身份建构及中国文化在此建构中的作用。美国华裔的身份建构经常被学界解读为其实现其"美国性"的过程，但美国华裔作家在写作中质疑了此观点并在作品中凸显了中国文化在华裔身份建构中的重要作用和华裔对中美两国文化的双重认同。在本章讨论的三部作品中，《唐老亚》主要聚焦于个体身份建构中中国文化、族裔历史的重要作用；《甘加丁之路》则用写作介入政治和社会，用重建华人历史和华人文化来反抗主流社会对华人的歧视；《梦娜在希望之乡》则聚焦于土生华裔在中美两种文化中自由选择建构身份的过程。在这些作品中，华人身份的建构既不是摆脱中国性，建立美国性的过程，也不是对中国文化坚守的过程。在身份建构中，土生华裔逐渐意识到自身的文化属性并不是"非此即彼"，而是"既此亦彼"，这正是跨国民族主义身份观的体现。

第一章　早期美国华人文学中的客居意识书写

　　根据韦氏大词典（Merriam-Webster Dictionaries），在英语中，客居（sojourn）这个词大约出现于公元前13世纪，其词源可以追溯到拉丁语中的 subdiurnare，由 sub（直到）加 diurnare（持续）构成，其意为"短期停留；居住一段时间；拜访"。随着时代发展和交通的便捷，人口的流动性随之增加，人们的地域观念也变得更加宽泛，客居由本来的不在个体的家乡生活演变成了那些暂别自己祖国而暂居于其他国家的人。这些人可能出于某种经济、政治或其他原因而远离故土，在国外短期逗留。萧成鹏（Paul Siu）曾将客居者定义为生活在国外的移民，这些移民"依然保持自己族群的文化""不愿将他自己作为客居地的永久成员来组织生活"（Siu "The Sojourner" 34）。在其著作《华人洗衣工》（*The Chinese Laundaryman*）中，萧成鹏结合自己对芝加哥的华人洗衣工的研究进一步阐释了客居者与边缘人群（marginal man）的不同之处：客居者是社会的异类，客居者并不在主流社会寻求地位，更重要的是，客居者"在异国度过自己的大部分人生，但却没有被同化"（Siu "The Chinese Laundryman" 294）。在客居者的定义中，暂居异国、返回故国的意愿和不被同化显然是最为重要的因素。

　　由于其得天独厚的地理位置、繁荣的经济和强大的国力，美国历史上一直是世界上最大的移民接收国。在自由移民时代，每年都有大量的人口从他国移居美国。根据数据显示，仅仅在 1817 年[①]，大约有 22,

---

[①] 美国 1820 年开始对入境移民的数量、职业和民族来源等资料进行登记。因此，在 1820 年之前，并无统一的官方移民数额数据。

240名移民进入美国。1815年至1860年间，大约500万人口从别国移居美国，这个数字比美国1790年的总人口还要多。这其中大约300万人在1845至1854这十年间抵达美国，他们占当时美国人口的15%（Wepman 98）。1845年至1846年，作为爱尔兰人民主食的土豆遭受了土豆枯萎病，土豆大量枯死腐烂，大饥荒给爱尔兰造成了前所未有的灾难，迫于生活，大批爱尔兰人移居美国。根据美国人口统计数字显示，从土豆饥荒开始的1845年到1854年的10年间，大约有200万人移民美国，约占爱尔兰全国人口的四分之一。英国工业革命之后，英国廉价的商品冲击了欧洲的市场，北欧、德国等国家的小农场主和农民不得不卖掉土地，很多民众在无奈之下不得不移民美国、加拿大等国。1880年至1920年，得益于美国快速的工业化和城市化，美国大约接受了2,000万移民，这其中大部分来源于中欧、东欧和南欧。移民纷纷拥入美国是美国经济发展"拉力"和移民来源国家"推力"的共同结果。在这一时期移居美国的华人数量的增加与当时美国淘金热、太平洋铁路的修建、加州农业开发密切相关。

尽管19世纪中叶进入美国的爱尔兰移民、德国移民与华人一样，多有客居心态，但这种客居心态却很少成为美国排外浪潮的牺牲品。据统计数据，1908年至1910年间，大约32%的移民移居美国后又重返原籍。65%的匈牙利移民、63%的意大利移民、59%的斯洛伐克移民，57%的克罗地亚和斯洛文尼亚移民都返回了原籍（Piore 151）。在这些移民中，只有华人的客居心态被美国主流社会利用并放大，并在美国主流社会的排华浪潮中起了重要的作用，最终导致了美国历史上唯一一个针对单一种族的歧视性移民政策——《排华法案》（The Chinese Exclusion Act）的通过。事实上，"客居者"这个术语是1865年美国加州参议员约翰·康纳斯在《第十四条修正案》进行国会辩论时创造的词，用来消遣华人的生存状态，这也成为了主流社会对华人进行限制的枷锁之一（彼得·邝 96）。在对中国移民的研究上，早期的客居意识仍然是学术界的主流，但也有学者对此论点有异议。例如陈素贞（Sucheng Chan）就对"所有移民美国的华人都是客居者"进行了质疑。①不同时期的移民主体、移民动机和融入能力各不相同,将他们视为一个同质性的主体来讨论显然不合适,将所有移民美国的华人都视为客居者的观点是不全面、不准确和歧视性的。尽管19世纪中期移民美国的华人确有客居心态,但心态也并非是华人的文化特征,而是当时美国对华人极其不友好的社会环境造就的。本章将依据早期美国华裔文学作品,主要包括《埃仑诗集》(*Island*: *Poetry and History of Chinese Immigrants* on Angel Island, 1910—1940)、《西学东渐记》(*My Life in China and America*)和《花鼓歌》(*Flower Drum Song*),来探讨这些作品中所体现出的客居意识并分析其成因。

第一节 早期华人移民背景

华人对外移民有着悠久的历史,但限于过去相对落后的交通及通信条件,华人对外移民的地区主要集中在与中国毗邻的国家。例如朝鲜、日本和东南亚诸国。据历史记载,先秦时期,周武王灭殷之后,箕子带领五千民众出走朝鲜,在朝鲜建立"箕氏侯国";秦朝时,徐福带领五百童男童女东渡日本;到了唐朝之后,交通条件进一步得到改善,中国的对外交流和贸易逐渐增多,中国沿海地区的有些民众远渡重洋,移居其他国家。

但总体来说,限于种种条件,移民数量总体较少,"在1840年以前,移居海外的华人累计不会超过50万"(葛剑雄484)。由于年代久远,最早前往美国的华人历史已不可考。法国汉学家宝桂内(M. De Guignes)根据《梁书》中对扶桑国的记载认为,华人到达美洲的时间比欧洲人早了一千多年②。而有据可考的华人对美移民历史可以追溯至18世纪末。1785

---

① Sucheng Chan. *This Bitter Sweet Soil*: *The Chinese in California Agriculture*, 1890—1910. Berkeley: University of California Press, 1986, p. xx.

② 见 Marlon K. Hom. *Songs of Gold Mountain*. Berkeley: University of California Press, 1992, p3. 关于扶桑的理解,其他大部分学者倾向于认为扶桑指的应该是日本。见汪向荣:《中日关系史文献论考》,长沙:岳麓书社,1985年,第10页;罗荣渠:《扶桑国猜想与美洲的发现——兼论文化传播问题》,《历史研究》1983年第2期,第42—59页。

年，名叫阿兴、阿川和阿春的三名中国水手搭乘"智慧女神"号帆船抵达美国。1820年，美国开始统计入境移民之后，又有数十名华人抵达美国（梁茂信128）。但华人对美国大规模移民却是在19世纪中期开始的。

从19世纪中期开始对美国的大规模华人移民，是国际形势、中国国内形势和移民个人行为共同作用的结果。首先，从国际上来看，美国在19世纪中叶已基本完成第一次工业革命，经济迅速发展。美国经济的持续发展需要大量的劳动力，但美国南方奴隶制的存在限制了劳动力的自由流动，因而美国需要从国外招募大量的劳工。从当时中国国内的情况来看，当时的中国正处于鸦片战争带来的剧痛之中。中英《南京条约》的签署使得中国沦为半封建半殖民地国家，中国国内作坊式的自然经济无力抵御资本主义机器大工业，中国自给自足的自然经济逐渐解体。来自英国、美国等西方国家的廉价商品的大量涌入导致了中国南方沿海地区大量手工业作坊倒闭，工人失业。同时，为了支付巨额赔款（根据《南京条约》，中国向英国赔款2100万银圆），各地政府加紧了对国内百姓的盘剥。国内矛盾的激化，最终导致了太平天国运动（1851—1864）的爆发。天灾、人祸、战乱使得民不聊生，也促使了广东、福建沿海的居民远赴海外寻求更好的生活。为了逃离战争、寻求财富，沿海地区的大量农民远赴美国寻求财富，并希望能够衣锦还乡。因此，当时的移民前往美国也并非完全依靠一己之力，而是全家甚至是整个家族共同谋划、努力的结果。

1848年1月24日，詹姆斯·马歇尔（James Wilson Marshall）在建造锯木厂时偶然在加利福尼亚州的美国河（American River）中发现了金子。消息一经传出，来自全世界的淘金者蜂拥而至。据报道，当时大约有30万人来此淘金。消息传回中国后，正处于水深火热之中的广东地区的人们看到了在美国发财的希望，于是他们搭乘轮船来到美国。而当时的劳工经纪人为了获取经济利益而大肆吹嘘华工在美国一夜暴富的神话故事。下面一则招工告示就形象地体现了这一点：

    美国人非常富有。他们欢迎华人前来美国。在美国，你会有丰厚的薪金，宽敞的住房，吃山珍海味，穿绫罗绸缎，随时能与朋友通信，向家乡汇款。我们保证负责邮寄安全。美国是个美好的国家，没有官僚，没有兵乱。人人平等，不分贵贱。现在那里已经有许多华人，因此你不会感到陌生。（尹晓煌，"美国华裔文学史"4）

这则招工告示很容易让人想起当年刚刚抵达北美大陆的清教徒对新大陆的描述。在当年清教徒对北美大陆风景、物产等的描述中，北美大陆俨然是物产丰饶的"山巅之城"。不过不同的是，当初清教徒前往北美大陆部分是由于宗教原因，而美国对华人的吸引则主要是经济原因。

为了满足美国对劳动力的需求，加快美国西部的开发，时任美国国务卿西华德（William Henry Seward）与清朝全权特使蒲安臣（Anson Burlingame）分别代表美中两国政府于1868年签订了《蒲安臣条约》（The Burlingame Treaty）。条约从法律上保证了中美两国公民自由迁徙的合法性，也正式宣告了清朝长期以来的"海禁"律例的废除。法律的保障、招工中介的大力宣传和华人的困苦生活状态，促使了中国大批青壮年男子前往美国寻求财富。据统计，1848年加州淘金热开始至1882年《排华法案》通过，前往美国的华人达到300,000人。如果加上当时非法进入美国的劳工，这个数字可能更大。①

第二节 《埃仑诗集》：期盼与悲怨

大规模的华人移民来美起始于19世纪中叶美国的淘金热（1848—1855）。淘金热之后，美国太平洋铁路（1865—1869）的修建及加州农业开发又吸收了大量来自中国的劳工。在淘金热和太平洋铁路修建期间，华人吃苦耐劳的性格以及与欧洲移民相比较低的工资水平使得华人移民受到美国的欢迎。1850年，当时加州正式成为美国一个州时，华人也组

---

① 根据数据统计，1895—1920年间，共有16110名华人因非法进入美国而被逮捕。见张庆松：《美国百年排华内幕》，上海人民出版社，1998年第380页。

队参加了当年的庆祝游行。在游行后，当时的加州州长约翰·道格拉斯将华人称之为"我们最新接纳的公民里面最有价值的一批人"（Antherton 282）。但随着黄金资源的枯竭、太平洋铁路的完工和加州农业开发高潮的结束，越来越多的中国人拥入西海岸的城市生活，价格低廉的华人劳工对当地的劳动力市场造成了一定的竞争。

随着华人社区在美国西部城市的壮大和繁荣，白人对华人的敌视情绪也与日俱增，美国主流社会也一改过去将华人视为"有价值的移民"的态度，开始将华人视为"黄祸"。当时《纽约论坛报》的编辑霍勒斯·格里利曾对华人如此评价："中国人尚未开化，不卫生，肮脏，没有任何家庭或社会关系；他们生而淫荡和色情，每个女性都是下贱的妓女"（Pinder 49）。一位国会议员甚至这样评价中国移民，"华人在道德上是地球上最下贱的人"（阎光耀、方生 279）。美国主流社会对华人的歧视最终以立法形式被确立。1882 年，美国国会首次通过《排华法案》，华人自 19 世纪中叶开始对美国的大规模移民结束。尽管从 1882 年后，美国从法律上禁止华人劳工进入美国，但鉴于当时中美两国之间的巨大收入差异，加之当时中国的广东正处于战乱和饥荒之中，为了寻求更好的生活，很多华人还是竭力寻求各种合法或非法途径进入美国。一些华人通过墨西哥、加拿大以及古巴等国进入美国，但偷渡路途遥远且危险重重，很多华人死在了前往美国的路上。鉴于当时《排华法案》并未禁止商人赴美，转换身份就成为另一种手段。但以商人身份需要相当的资金和已在美国的亲属的支持，这对于大部分移民来说无法实现。因此，通过购买假的身份资料，以美国公民后代的身份即"纸生仔"身份入境成为了一条新的途径。

"纸生仔"是华人为规避《排华法案》限制而发明出来的最有效的移民机制。徐元音（Madeline Hsu）将其称之"华人为规避《排华法案》所发明的最复杂的移民机制"（Hsu 74）。尽管在 19 世纪 80 年代已经有华人利用假的身份证明来协助非自己的子女入境，1898 年"黄金德案"的判决和 1906 年旧金山大地震，则为更多"纸生仔"的出现提供了机会。在 1898 年黄金德诉美国案（Wong Kim Ark vs. United States）中，美国最高法院对美国联邦宪法第十四条修正案的解读确立了美国公民权属地和血统原则，确认了在美国出生的自然人（无论其父母是否是美国人）的美国公民身份。

1906年4月18日发生的旧金山大地震摧毁了旧金山的官方档案馆，在档案馆中保存的出生证明也被彻底摧毁。当时很多在美华人劳工便前往旧金山市政部门声称自己出生在美国。市政部门无法证明这些华人不是在美国出生，按照当时法律，这些华人都得到了美国身份。这些华人然后又为自己的子女申请美国国籍。当这些华人返回中国探亲返美时，他们会向移民当局申报他们在中国有孩子出生（一般申报为男孩），并为其申请美国国籍。在回国期间，即便他们并没有孩子出生，或者说，出生的是女儿，他们依然会申报他们生了儿子。因为这是一门有利可图的生意，移民局所签发的身份证明可以用于自己的亲属，也可以将这个名额卖给那些希望进入美国的华人。在20世纪30年代，根据购买人的年龄，一份"纸生仔"文件的价格可以卖到几百美元甚至数千美元。"纸生仔"的数量尽管无法精确统计，但绝对数量不可低估。据统计，在1920年7月1日至1940年6月30日之间，共有71,040名华人作为美国公民进入美国，而同期以其他六类身份进入美国的才共有66,039人（Hsu 46）。

为了应对源源不断拥入美国的移民，美国加紧了对移民审查并分别在东西海岸各建立了移民审查站，对希望进入美国的移民进行审查。位于美国西海岸的天使岛（Angel Island）是美国西海岸第二大岛，由于其独特的地理位置（离海岸线较远，有利于防止被拘移民逃跑），美国政府在天使岛建立了移民审查站。从1910年1月21日天使岛移民检查站正式启用到1940年它被大火烧毁，大约有17.5万名华人曾经被拘于此。在等待体检和移民文件期间，大部分华人都被拘于此。只有体验合格和文件检查通过后，移民才能进入美国。否则，就会被遣返中国。

在被羁押期间，为了抒发心中的情感，部分华人在天使岛房间的木头上刻下了一些诗歌。1975年，美国华人历史学家麦礼谦（Him Mark Lai）、林小琴（Genny Lim）和杨碧芳（Judy Yung）在前人整理的基础上重新整理、翻译，《埃仑诗集》才得以出版。麦礼谦等人将整本诗集分为

"远涉重洋"(The Voyage)、"羁禁木屋"(The Detainment)、"图强雪耻"(The Weak Shall Conquer)、"折磨时日"(About Westerns)、"寄语梓里"(Deportees, Transients)五部分。更为难能可贵的是，此诗集中还包含了麦礼谦等人对当时被羁押在天使岛上的一些华人和华人后代的采访。这些诗歌、连同采访记录形象地展示了当时被羁押华工的生活和心理状态。

首先，移民的"叶落归根"和"衣锦还乡"思想是早期移民客居心态的最好体现。当时前往美国的移民主要是因为家中穷困而前往美国寻求财富的，寻求财富是他们的首要目的，他们并未有在美国长期居住的打算，他们的心态在天使岛墙壁上留下的诗歌里体现无遗：

家徒壁立始奔波，浪声欢同笑呵呵。
埃仑念到听禁往，无非皱额奈何天。

生平廿载始谋生，家计逼我历风尘。
无情岁月偏负我，可惜光阴易迈人。（Lai 35）

这两首诗里作者都表达的是同一种思想，即前往美国是自身经济条件所迫、迫不得已的行为，不管是"家徒壁立""家计逼我"，都证明了移民在中国经济状况的恶化。自身在中国经济条件的落后更加强化了移民对美国"金山"神话的向往和发财的梦想。当时广东地区劳工经纪人的宣传和中间返回中国的"金山客"的示范效应，也在一定程度上刺激了广东地区的华人前往美国。在麦礼谦等人对当年被羁押在天使岛的移民的采访也说明了这一点："他们告诉我说任何去金山的人都很快发财了，然后衣锦还乡。任何来美国的在中国都受到别人尊敬"，所以"我的家人催促我来，想让我过得更好"（Lai 44）。

当时劳工代理人的宣传和欺骗手段对移民决心前往美国有很大的作用，这在多部描写早期华人移民生活的美国华裔文学作品中多有描述。汤亭亭的《中国佬》就生动描述了夏威夷劳工代理人对华人前往夏威夷进行甘蔗种植的劝说。除了用金钱诱惑外，代理人还用长期合同做保障、免费住宿、与中国老乡同行等来劝说。另外，中国人传统思想中报喜不报忧的观念和返乡时的排场也使华人产生了对美国的错误认知，"在那个时候我所知道的就是所有从金山回来的都非常富有。他们从来没有告诉我在天使岛羁押的事。所以人们倾其所有来到美国。他们会花大约1,500美元去购买证书，想着将来一两年他们就能还清"（Lai 48）。

在改变自身经济地位的希望、代理人的宣传和同乡金山客的切身体验刺激下，广东地区的劳工踏上了前往美国以求将来能衣锦还乡的淘金之路。尽管移民也知道路途遥远以及在美国可能遇到的艰辛，但他们没有想到的是，很多人将被长期羁押在天使岛的移民检查站。

由于当时美国国内对华人的歧视，天使岛上的华人与其他国籍的移民相比遭受了更多的苦难和屈辱。但不可否认的是，华人较重的家庭观念导致了华人的"链式"移民，更重要的是，"纸生仔"的出现导致了美国政府加强了对华人的审查，华人被羁押的时间也更长。

美国政府也注意到华人中普遍存在的造假现象。例如，一位美国海关官员这样说，"那些回国的中国人每次回来美国都宣称自己结了婚并有了孩子，其中90%是男孩，10%是女孩"（Lai 112）。这些明显的造假行为更加剧了美国对华人移民，特别是有可能会带来更多移民的人的严格审查：

> 我在那里大概待了两周。我只被审查了一次，两个小时。我很累，在审查中犯了错，但我还是通过了。那些宣称自己有七八个儿子和五六个孙子的人被审查得更加严格，因为如果他一旦通过，那就意味着将来还有三十到四十个要来美国。如果一个人只宣称自己只有一个妻子和一个儿子，那就很容易通过(Lai 115)。

怀着发财梦前往美国的华人，尤其是那些因举债到达美国而迫切需要挣钱还债的华人，在美国天使岛羁押期间，漫长的羁押时间和渺茫的希望都使这些移民苦不堪言，精神上极其苦闷。特别是那些通过购买假身份证件来的则更加绝望，一旦感到前途无望或被拒绝入境之后，这些移民对美国的期待则会立即转化为仇恨：

> 留笔除剑到美洲，谁知到此泪双流？
> 倘若得志成功日，定斩胡人草不留。（Lai 85）

> 新客到美洲，必逮入木楼。俨如大犯样，在此经一秋。
> 美国人不准，批销发回头。船中波浪大，回国实堪忧。
> 国若我华人，哭叹不自由。我国豪强日，誓斩胡人头。（Lai 161）

这两首诗形象地表达了作者对美国的怨恨。第一首诗的作者是因为对长期羁押不满，第二首诗的作者则是因为被拒绝入境而遭返回国的。

从第二首诗，我们不难看出，当时华人对于自身在美遭遇与中国国家地位之间的关系的理解，这也是朴素的中国民族主义的体现。

当年刻在天使岛羁押屋木板上的诗歌大多抒发了对自己所遭受待遇的不满，所以目前的众多研究都集中于华人移民在天使岛所遭受的非人待遇，却很少有人注意到当时被羁押的华人的另一种想法，特别是当时中美两国在政治、经济、文化上存在的巨大差距下被羁押华人的真实感受。

根据麦礼谦等对当年羁押在天使岛的移民的采访，尽管当时众多移民对天使岛的生活条件、食物等有诸多不满，但也有一些移民表示满意。当时移民尚有不少娱乐活动。例如，打麻将、每周还有广东戏剧表演等，甚至移民还组织了音乐俱乐部，每周演出。更有甚者，有一个在天使岛被羁押三年的移民靠设立赌局和替人理发挣了 6,000 美元（Lai 76）。总之，移民对天使岛的生活并不完全都是敌意的。例如，有一位接受参访的移民表示，"我对天使岛的第一印象并不坏。至少比我们村好多了，这里的山上有绿草鲜花，这还有医院。——总之，在这种情况下我的感觉并不坏"（Lai 46），"岛很漂亮，风景很好。每次我们吃饭的时候，我们都得下楼。每样食物对我来说都很美味，因为我以前从来没吃过那些。

只是被限制自由让我们感觉到很屈辱"(Lai 108)。加之当时被羁押的华人大多是来自广东农村地区的农民,尽管被羁押,他们并没有表现出被广为认同的顺从与忍让。例如一位移民的回忆:"有时候,保卫开门晚了几分钟,那些坏家伙就会踢门,大叫'嗨,我们要吃饭!你想饿死我们啊?'","门一开,保卫得马上站到一边,要不他就会被撞倒。说到这,我有点感到羞耻"(Lai 79)。

总之,天使岛的华人移民诗歌反映了大部分移民在天使岛的生活经历和心路历程。在诗歌里移民表达了对羁押的不满与愤怒,对移民在天使岛的生活状况等也多有控诉,对于美国华人历史和文学研究来说,这些诗歌有着极其重要的价值。尽管部分移民也在诗歌和采访中表达了对留在美国的向往,但总体而言,《埃仑诗集》中所体现出的主要是早期华人移民的客居意识,但其主要原因在于当时的时代背景。中国传统的乡土观念使得移民没有长期在外定居的打算,美国社会的各种法律限制也使得移民不可能拥有正常的家庭生活,他们不得不维系这种跨国家庭。一些华人移民也承认,"中国人不被允许成为公民。如果允许的话,情况就会不同。如果可以的话,我想很多中国人不会想着返回中国,毕竟在这生活很舒服。我们可以找个女人定居,问题在于,你去哪里找女人呢"(Hsu 103)。《埃仑诗集》并没有体现出一种多元的、融合的文化意识,也没有体现出对美国的文化及心理认同,它所展示的是早期华工朴素的乡土情结和客居意识。

第三节 《西学东渐记》:容闳的两段人生

容闳(Yung Wing)是中国近代史上最富有传奇色彩的人物之一。作为中国第一位从美国大学毕业的学生和最早归化加入美国国籍的华人,[①]容

[①] 对于容闳入籍一事,学界有不同看法。诸多资料显示容闳于1852年10月30日成为美国公民。但根据1795年和1802年美国的移民归化法,申请归化的人必须是"自由白人",19世纪中期美国依旧遵守了此法律,因此容闳的入籍存疑。尹晓煌《美国华裔文学史》中对此也进行了说明,见第83—84页。

闳传奇的一生使其自传——《西学东渐记》(*My Life in China and America*)（一译为《我在中国和美国的生活》）对于美国华人及华裔文学研究有着特殊的价值。与同一时期的李延富的《我在中国的童年》(*When I was a Boy in China*, 1887) 和伍廷芳的《一位东方外交官眼里的美国》(*America through the Spectacles of an Oriental Diplomat*, 1914) 相比，容闳写作的重心在于回顾自己的人生历程和报国之路。尹晓煌在其著作《美国华裔文学史》中曾讨论了《排华法案》时期美国华人文学的特点，即这些华人作家都出身于中国的士绅阶层和书香门第，所以他们对中国的阐述主要建立在传统中国社会的高雅文化上。而且，他们对中国文化传统进行美化的目的在于"希望藉此引起那些喜欢'东方情调'的美国民众善意的好奇心，进而美化中国的形象"（尹晓煌《美国华裔文学史》52）。然而在其自传中，容闳却对中国文化几乎没有任何直接描述（尽管其某些个人经历不可避免地体现了中国文化的某些因素）。容闳在中美交流方面做出的卓越贡献毋庸置疑，但从容闳的个人经历和自传来看，读者不难发现容闳的行为和个人身份及文化意识仍然处于两个完全对立的地位。容闳身上所体现出来的依然是重重的客居意识，正如容闳的朋友——牧师推切尔（Joseph Hopkins Twichell）所言，"他所做的一切，饱含着他对祖国最真挚最强烈的爱——因为他是一个爱国者，他从头到脚，每一根纤维都是爱国的。他热爱中国，他信赖他，确信他有远大辉煌的前程，配得上他那高贵壮丽的山河和他那伟大悠久的历史"。[①]

容闳（1828—1912）原名光照，号纯甫，英文名 Yung Wing，广东香山县南屏村（今珠海市南屏镇）人。容闳是第一个毕业于美国大学的中国留学生。他在1854年从耶鲁大学毕业后回国大力促使清政府选派幼童赴美留学。鉴于其在推动中国对外留学事业上的重要作用，容闳也被誉为"中国留学生之父"。容闳于1828年出生于广东省的一个贫困农民家庭。容闳老家南屏镇距澳门西南仅4英里。

当时，原属香山县的澳门已被葡萄牙殖民者租借近300年。尽管在

---

① Yung Wing. *My life in China and America*. New York: Henry Holt Company, 1909, p. 93.

鸦片战争之前，清朝一直禁止外国人到中国传教；但出于殖民及宗教目的，西方传教士并未停止对中国传教的努力。距离中国大陆较近的澳门，自然也成为了西方宗教进行宗教宣传的桥头堡。容闳7岁时，其父母便将其送往英国传教士在澳门所开设的私塾中接受西式教育。容闳在自传中也提到，自己对父母当时的想法并不了解，当时通过科举考试才是一般读书人的上升通道。容闳的猜测在于当时洋务运动的兴起及与澳门接壤的地利，导致了容闳父母的想法可能异于当时一般人，这也为容闳日后愿意前往美国打下了基础。容闳先进入英国传教士古特拉富夫人(Mrs. Gutzlaff)在澳门所开设的私塾求学。古特拉富夫人所办私塾专教女生，附属男塾则为马礼逊学校(Morrison School)所预备。马礼逊学校于1839年11月1日正式开课，由毕业于耶鲁大学的勃朗先生主持校务。1840年鸦片战争之后，由于香港被割让给英国，马礼逊学校也于1842年迁往香港。1846年冬，勃朗先生计划返回美国。鉴于其对学校的感情，他希望带几个学生同赴美国接受教育，容闳首先自告奋勇表示愿意随其前往美国。

1847年4月12日，容闳一行抵达纽约，先就读于孟松学校(Monson Academy)。从孟松学校毕业之际，容闳希望能进入耶鲁读书，但他无力负担大学费用，不得已之下只好求助于勃朗。勃朗没有帮容闳争取到学校的资助名额，此时孟松学校的校董提出，如果容闳承诺毕业回中国传教，就可以得到学校资助，但容闳却拒绝了此提议。在自传中，容闳写道，自己尽管贫困但仍旧希望得到自由，他学习的最终目的也是为了中国。后来，容闳得到勃朗帮助，争取到了乔治亚省萨伐那妇女会的资助，而得以在1850年进入耶鲁大学学习。

1854年容闳从耶鲁大学毕业。毕业之时，容闳希望其他的中国人也能享受自己所曾享受的经历，也希望用自己所学的知识使中国富强。尽管容闳有意在美继续学习专门技术，但由于缺乏资助，容闳不得不于1854年11月13日踏上归途。此时的容闳由于离家已久，对汉语表达已经不甚习惯。容闳所乘之船接近香港时，船主询问容闳如何用汉语说暗礁与沙滩时，容闳已不知中国语如何表达，容闳为自己作为中国人而不能说中国话感到惭愧。容闳回到家去拜见自己母亲时，仍考虑穿中国式服装。容闳对不能说汉语的内疚和对中式服装的偏好似乎说明了容闳的文化取向，从文化属性而言，容闳依然是中国人，尽管此时容闳已加入美国国籍。

容闳回家之后就努力学习汉语，不到半年就可以重说流利的粤语。在求职之时，容闳考虑的并不是养家糊口，而是为了维新中国。容闳选择了为美传教士派克工作，虽薪金微薄，但容闳的本意不在金钱，而在于想通过派克结识当时中国的政府高官。在察觉到派克无法为自己提供结交中国达官贵人的机会之后，容闳选择进入香港高等审判庭为译员，但这份工作依然没有为容闳提供他想要的机会。容闳认为在香港的工作使他不能与中国内地的上流社会接触，即便他将来能够成为律师，对于中国富强并无多大益处。随后容闳辗转上海海关翻译处、总税务司等部门就职。在工作过程中，容闳看到了社会的腐败，遂离开海关，另寻他自认为光明磊落的事业。面对诸多亲友的不解，容闳认为这些亲友不识其鸿鹄大志。容闳希望将自己在耶鲁大学所接受的教育、在美国所接收到的先进科技和观念应用于中国，希望中国能像美国一样进步。

容闳在后来的工作中得到机会面见当时的太平天国首领洪秀全之侄——干王供仁玕，容闳婉拒了干王邀其加入太平军的建议，但他为干王提出了七点建议，其中包括建立军事制度、设置武备学校、建立海军学校、建设善良政府、创立银行制度、设立学校等。值得注意的是，容闳提议将《圣经》作为课程之一提案，此提议究竟是为了迎合太平天国的宗教思想，抑或是容闳自己的宗教信仰发挥了作用不得而知，但容闳对于中国教育事业的热情和努力可见一斑。1863年，容闳经人介绍得以拜见曾国藩。容闳对其崇拜有加，"总之文正先生之政绩，实无一污点。其正直廉洁忠诚诸德，皆足为后人模范。故其身虽逝，而名足千古。其才大而谦，气宏而凝，可称完全之真君子"（容闳64）。容闳对曾国藩的仰慕之情和曾国藩的职位使得容闳对曾国藩抱有很大希望。容闳自认为在军事方面不擅长，遂建议曾国藩建立机器厂、设立教育计划。曾国藩对容闳的建议亦较为看重，在第二次晤谈之后，曾国藩委任容闳购办机器，授其五品军工。

1864年，借购置机器的机会，容闳携家人重返美国并参加了耶鲁大学同学十周年纪念联合会。会后，容闳抵达马萨诸塞州的菲茨堡。当时，正值美国南北战争期间，容闳忽有感触，"因余曩曾入美籍，美国实余第二祖国也"（容闳70）。在此期间，容闳表示在其闲暇时间愿意作为工程师为美工作，以"略尽义务，以表予忠爱美国之诚也"（容闳71）。尽管容闳的提议被婉言谢绝，但容闳"自问对于第二祖国置信，可以尽矣"（同上）。

尽管已经加入美国国籍，且将美国当作自己的第二祖国，但容闳对自己的身份认同依然是中国。1882年，《排华法案》通过后，容闳在美国积极呼吁，并通过与自己交往密切的马克·吐温出面为华人呼吁。1894年，中日甲午战争爆发，容闳起草计划书，计划将台湾岛以四亿美元的价格租借给西方国家以资助战争，并计划募款1,500万美元来建造四艘战舰并招募军队，对日本决战。尽管容闳已经成功地从英国的一家银行协商到所需的贷款，但由于清政府内部对战争的看法不一而未能实现。即便在1902年他被清政府悬赏逃回美国后，容闳依然关心着中国的政治形势，先后支持过康有为的戊戌变法，同情而应和孙中山所领导的辛亥革命。容闳的一生几乎都是在为中国奉献自己的力量。1872年，容闳以中国教育使团官员的名义再次返回美国，1875年被任命为中国驻美国、西班牙、秘鲁副大使，1878年至1882年，他在秘鲁调查华人劳工事件。容闳将美国视为自己的第二祖国，他的整个人生经历却体现了浓浓的客居意识。但在萧成鹏对于"客居心态"的定义中，"不被同化"是核心关键，容闳显然不符合这种定义。

容闳七岁接受西式教育，十九岁赴美，二十四岁加入美国国籍。他从耶鲁毕业后却没有与中国女子成婚，因为"他没有华人妇女可以娶，也没有一个美国妇女愿意嫁给他"（Lafargue 42）。1875年，容闳在康涅狄格州的哈特福德成婚。《纽约时报》以"容闳与康州女士成婚"（Yung Wing Marries a Connecticut Lady）为题进行了报道。报道中提到婚礼在容闳妻子玛丽·克洛（Mary L. Kellogg）的父亲家中进行，由与容闳关系密切的牧师推切尔主持婚礼，新娘的兄弟姐妹们作为伴郎和伴娘出席。婚礼上新娘"穿着特意为婚礼从中国进口的白色绉绸服装，服装由丝绵精心刺绣"，"婚礼仪式后的婚宴提供了丰盛的中国美食和美国食品"。值得注意的是，容闳在婚礼上的服装，"早已接受我们生活方式的新郎，衣着全套晚礼服"，与之形成鲜明对比的是，中国教育使团的两名教师，都穿着中国的长袍。婚礼结束后，容闳与妻子乘火车外出进行短暂的结婚旅行。①从容闳的婚礼不难看出，容闳较深的美国化程度。在美国，容闳还皈依了基督教。对中国的认识和评价，也不免受到美国主流社会的影响，容闳曾将中国人视为"思维狭窄、无知、迷信的人"（Worthy 265）。

通过接受美国教育、皈依基督教、广交美国朋友②，容闳成功地融入了美国社会，容闳的例子也在某种程度上挑战了美国当时对华人的刻板印象。但容闳自身对美国文化的认同，也导致了他对中国留学使团的学生的管教较为宽松，当时留美幼童的美国化倾向较为严重，这些幼童接受了基督教思想，剪掉辫子，穿美式服装。这导致了清政府内一些保守派的指责，容闳个人的婚姻选择也可能加剧了保守派对教育使团美国化的担心。最终，1880年，清政府宣布取消教育使团并召回在美幼童。

容闳对中国事业的奋斗和对美国文化的全盘接受看似非常矛盾，"容闳有时会发现自己的人生非常矛盾：他为养育了自己的中国的利益奔波，同时他又向教育了自己的美国展示了自己文化和家庭认同"（Worthy 287）。在容闳看来，他有两个祖国，中国是自己第一祖国，美国是自己的第二祖国。作为加入美国国籍的华人，容闳对中国政局的参与，事实上是早期跨国民族主义的体现，但容闳的个人传记却没有显示他同时对两个国家的认同。更为讽刺的是，容闳自认的两个国家都在最后疏远了他。

1898年，百日维新失败后，与百日维新改革派的密切交往使得容闳也被清政府通缉。容闳被迫逃往上海，后逃到香港。在香港期间，容闳

---

① The New York Times, March 2, 1875, p. 2.
② 容闳在哈特福德与马克·吐温、牧师推切尔都有着较为深厚的友谊。

向美国政府申请签证返回美国。但1902年，美国国务卿舍尔曼来信告诉容闳，根据1870年的《移民归化法》，容闳没有权利归化，根据1888年的《斯科特法案》，返回中国的劳工被禁止再次进入美国，因此他的美国身份已被注销。在香港滞留两年后，在一位耶鲁校友的帮助下，容闳才最终逃回美国并在美国度过自己人生的最后十年。

容闳的两段矛盾人生是时代环境的结果。容闳通过美国化实现了自己在美国的身份，从生活方式、加入美国国籍到与美国公民结婚，这些都体现了容闳的美国化的一面。但在加入美国国籍并迎娶白人太太后，容闳依然体现的是对中国利益的维护与效忠。在用英语写就的《西学东渐记》中，显然，容闳的目标受众也是英语读者，但容闳竟然没有提及自己在美国的家庭生活，这对于个人自传来说，似乎是严重的不足，在个人传记文学中也极为罕见。在《西学东渐记》中，容闳展示了他对于中国深切的爱，对教育使团的热情，对改造中国所付出的努力与梦想，但他却没有书写自己在抵制《排华法案》中发挥的作用，对他皈依基督教，并成为美国公民的事实只字不提。容闳在美国按照美国方式生存，在中国则按照中国方式行事。按照萧成鹏对"客居"的阐释，美国化的容闳显然不符合"客居"的定义，但容闳的个人行为和对中国强烈的认同却证明了其客居心态。容闳没有能够将其对中国和美国的认同融合，而是处于一个分裂的状态之中。

第四节 《花鼓歌》：封闭华人社区的客居者

黎锦扬（Chin Yang Lee）是著名美国华人作家，1917年出生于湖南湘潭，1940年从当时的西南联合大学毕业。二战中，为了逃离战争，他取道印度到达美国，先进入哥伦比亚大学攻读比较文学，后经人劝说转学耶鲁大学学习戏剧写作，1947年从耶鲁大学毕业后定居美国。

毕业后，黎锦扬进入《世界日报》报社工作。在《世界日报》发表小文章带来的丰厚报酬，使得黎锦扬决定留在美国以写作为生。黎锦扬写出了《花鼓歌》之后，被纽约所有的出版社拒绝，后来被法劳斯特劳斯出版社看中并得以在1957年出版，这也是第一部被美国著名出版社出版的美国华人作品。出版后，《花鼓歌》成为《纽约时报》畅销书。1958年，《花鼓歌》被改编成音乐剧，1961年被改编成电影。2001年，由黄哲伦改编的《花鼓歌》音乐剧在洛杉矶上演，剧中演员全部由华裔演员担任。

《花鼓歌》的创作背景设置于20世纪50年代，其地点设置于旧金山的唐人街。由于《排华法案》导致了唐人街男女比例的严重失衡，当时许多在美国的华人男子寻求合适的结婚对象非常困难，小说围绕主人公王奇洋大儿子的婚姻展示了华人移民在美国的生活，以及第一代移民与第二代移民之间的矛盾。尽管有批评家认为，《花鼓歌》以牺牲中国文化为代价来歌颂美国文化，用第一代移民和第二代移民的矛盾来凸显中国的落后与愚昧，加深了主流社会对华人的刻板印象。但也有评论家对《花鼓歌》大加赞誉，认为其肯定了华人男性的男性气质，改变了美国主流社会对华人女性的"莲花"（lotus blossom）和"龙女"（Dragon Lady）两种刻板印象。[①]在《花鼓歌》中，以王奇洋为代表的第一代华人在旧金山唐人街的"飞地"上建立了自己的家，尽管自身已经意识到不可能再回到中国，但他们内心还是期盼着叶落归根，充满了浓浓的客居意识。

王奇洋生活的地区首先是飞地，华人在美国的土地上创立了自给自足的封闭华人社区。在论述飞地性移民文化时，梅晓云认为，"飞地文化空间，既是实际的物理空间，有土地范围、生活范围、活动范围，也是一个抽象的心理空间、意识空间、价值空间，其显著特点是自外于周边环境，形成一个悬浮在当地文化环境中的异质文化岛"（梅晓云 67）。小说中居住于唐人街的众多华人尽管身在美国，但对他们来说，这个地方与广东没有任何差别。中国的戏园、粥店、茶馆、报纸、食品、中药等这些代表传统中国文化的东西会使很多移民怀疑自己是否站在美国的土地上。唐人街的中国文化传统也使得华人能够维系自身的文化空间和心理空间。生活在此地的王奇洋来自中国的湖南，到达美国后，王奇洋在

---

① David Henry Hwang. "Introduction." in C. Y. Lee's *The Flower Drum Song*, Penguin, 2002.

衣食住行上依然保留着完全的中国传统，没有任何美国化的意愿和行动。

在衣着打扮上，王奇洋依旧保留了中国的传统。他留着一把长胡须，喜欢穿中国的传统长袍，坚决抵制西式服装。对于美国人经常佩戴的领带，他认为其不但丑陋、有失尊严，而且是不祥之兆。在居住环境上，王奇洋住在唐人街的一栋两层楼宅里，房屋完全按照中国方式装饰。他对中医和中国的食品情有独钟，他买鹿茸、人参，在吃的时候还需要看黄历。散步的时候，他喜欢在大街上研究中文写的海报和广告，欣赏商店橱窗所展示的中国工艺品。

在思维方式上，王奇洋也延续了自己的中国思维模式。他不信任银行，认为把钱放进银行如同把钱放在陌生人手里，对此他无法接受。当他在路上被抢劫后，他才决定将存放在家中的现金存进银行。银行下午不营业，王奇洋让谭太太给银行经理打电话开后门；去存钱时，谭太太没有排队而是直接要求见经理。他信奉中国传统文化，他的大儿子大学毕业后找不到工作，也不愿意接受父亲援助而选择去饭店刷盘子。对此，王奇洋感到非常奇怪。小儿子王山在学校和别人打架，王奇洋非常生气，决定惩罚王山。王山争辩说他在学校里所受到的教育就是当受到欺负时，要反击回去。王奇洋对此十分不满，决定让王山上中文学校。在大儿子的婚事上，王奇洋也坚持了自己的传统。他反对异族婚姻，当家里的用人刘妈发现王大的抽屉里有外国女人照片时，王奇洋深感烦恼；谭太太给王大介绍一个有一半日本血统的女孩时，他断然拒绝；他也坚决反对王大与脸上长有麻子的赵小姐交往，因为麻脸的儿媳妇会带来晦气；当他的医生给王大介绍照片新娘时，他让谭太太带着照片让别人看相。

在文化上，王奇洋也保留了对中国文化的认同。在家里，他维护了自己的男性权威，要求用人喊他"老爷"。当李老头父女第一次和王奇洋见面时，李老头对其鞠躬，李梅对其鞠躬道万福，王奇洋非常高兴，因为他很久没有接受这种老式礼节的行礼了。闲时，他在家里练习书法，书写的内容也是充满了中国男权色彩的言语或者一些中国民间俗语，例如"别浪费时间和女人争辩""好狗不乱叫，智者不谬论"。语言上，王奇洋已到美国多年，但他没有意愿去学习英语，他会说的英语只有两个词

"yes"和"No"。没有与主流社会进行语言交流能力，王奇洋的生活范围被局限于唐人街之内。王奇洋家中订了四份中文报纸，每份他都要仔细阅读，连广告都不放过。唐人街出版的中文报纸为华人提供了了解中国和唐人街社会的渠道，维系了海外华人的身份认同，对于华人在异国他乡的现实生活和情感依托都有着极为重要的作用。在汤亭亭的《中国佬》中，作者同样刻画了沉溺于中文报纸的华人形象。在"生在美国的父亲"中，作者的父亲在替别人管理的赌场被关闭后，变得一蹶不振，每天都躺在自己的安乐椅上消磨时光，每天唯一让他离开安乐椅的事情就是去取报纸和仔细阅读报纸。除了王奇洋之外，小说中的其他一代移民也都表现出了对中国文化的保留。王奇洋要重新装饰老宅中厅的时候，厨师要整理厨房，却发现厨房里没有灶王爷的用人——蟑螂，于是他让谭太太去向报社的厨师要蟑螂放进自己的厨房。过年庆祝的时候，用人们不愿意用鞠躬的方式拜年，他们坚持让王老爷和谭太太坐在刘龙摆出的两把太师椅上，用人们磕头拜年，王老爷很高兴，"用人们还是那么忠厚老实，即便在外国的土地上仍然不愿意放弃老习惯"（169）。当李老头和女儿李梅初到旧金山，打算在王奇洋的家门口表演花鼓歌时，刘妈出来阻止与李梅发生口角，用"你们的魂灵将永远在外国飘荡，永远回不了中国"的话来诅咒李梅（196）。

在《花鼓歌》中，王奇洋家里的每个人都吃中国饭，说中国话，采用中国方式处理一切事情。王奇洋、刘妈一家等都保留了中国旧式的思维模式，他们都期待着有朝一日回到中国。王奇洋对于中国的思念随着他与已经美国化的两个儿子之间的分歧的增多而增多。当王大和李梅出去约会时，王奇洋感到自己管教不了自己的两个儿子，他开始怀念自己过世的老伴，怀念他在中国的家，"现在这个新家，远不如中国的老宅宽敞，却显得空空荡荡，孤独凄凉，而且家庭的温暖也一去不复返了"（160）。意识到自己在美国住宅的中厅与他在中国老宅的中厅的差别时，王奇洋试图希望用古老的传统和过世老伴所创建的老宅来驱走这座外国房子的鬼魂气息。赵小姐自杀后，王奇洋更是怀疑自己房子里有鬼魂，"你姐姐所创造出来的古老精神已经消失了。新房子和老宅总是不一样。

也许这就是鬼魂侵入这座房子的根源"(163)。他决定按照老宅里的布置重新布置自己的家。此外，王奇洋不相信西医，他与给自己看病的老中医一见如故，两人一起探讨书法。这位老中医也是饱读中国诗书的老古董，与王奇洋一样痛恨变化，总是梦想叶落归根，回到中国的乡村老家，死在中国。王奇洋与老中医的交情建立于他们对中国文化的自信之上，他们认为中国文化是最好的，即便身处美国的土地，他们也依然要保留这种文化，这也部分导致了他们倾向于只和华人交往，加深了他们对华人社区的依赖。

尽管黎锦扬用《花鼓歌》的开放式结尾暗示了王奇洋的转变，但这种转变的可能性依然存疑。作者主观上并无意揭露造成华人客居心态的原因，但从小说中对于二代华裔的刻画来说，作者其实也探讨了造成早期华人客居心态的原因。首先，华人社区的存在为华人提供了支持，但同时也造成了华人与华人社区外主流社会的割裂。在与人交往上，《花鼓歌》中没有提到王奇洋与任何唐人街之外的人有正常交往，他家中雇佣的两个用人和一个厨师都是他从湖南带过来的。散步时，只走到六条马路（小说中一条街道的名字），认为走到布什大街以外，就不再是唐人街，而是外国领土，回家时为了避免路过菲律宾人居住区而宁愿绕路。在王奇洋的思维中，他并没有认为唐人街是美国领土。离开唐人街，他就没有了任何安全感。小说中，当王奇洋一次逛街时无意间被拉进脱衣舞店，这是小说中唯一提到的王奇洋离开自己熟悉的街区和与华人以外的人交往。在脱衣舞店由于距离脱衣女郎太近，以至于王奇洋感到非常不快，"想想居然会让女人的下半身在自己的头上那样扭动，他觉得真是晦气"（83）。这一小插曲形象地说明了美国主流社会与唐人街华人社会的割裂和主流社会对华人的歧视。在华人的父权制文化中，女性地位低下，对于王奇洋这样传统的老夫子而言，这种思想更加深重。黎锦扬在小说中并未直接书写主流社会对华人的种族歧视，而是用了小插曲来间接映射唐人街华人在主流社会的生活现实。除了王奇洋，其他华人，即便是二代移民，依然没有打破种族之间的割裂。小说中，二代移民王大交往的对象依旧是中国移民，包括王大的朋友张灵羽，与王大交往的唐小姐、赵小姐等。

其次，主流社会的歧视是造成移民客居心态的原因。王大从大学毕业后，学习经济学的他经过三十多次面试，只有一家保险公司对他感兴趣，但发现他不会粤语就决定不再雇佣他，无奈之下他不得不去刷盘子。王大的朋友张灵羽在美国拿到了政治学博士学位，但却找不到工作，不得已只得去当杂货店的店员。在美国受过高等教育的年轻人在就业市场，尚且如此，更何况像王奇洋这样对英语一窍不通的老年移民，他们无法进入主流社会固然有自己的原因，但社会的歧视也难辞其咎。另外，与主流社会相对隔离的唐人街为类似王奇洋这样的华人提供了一个舒服、安全的环境，《花鼓歌》以轻松幽默的口吻将王奇洋塑造成了拥有大量财产、衣食无忧的富豪形象，王奇洋这种相对独立的经济状态也造成了他没有必要去和外界接触。另外，出于对美国社会歧视事实的认知，这部分华人对美国也没有归属感。

王奇洋对故乡的思念也有部分原因出于孤独。王奇洋的太太早早去世，他不得不一个人在异乡养育两个孩子。在美国生活遇到挫折时，王奇洋经常想起自己已逝的老伴。当他惩罚背诵不出《论语》的王山后，王奇洋"突然又怀念起妻子来。他在照料盆景的时候，想起了妻子，油然生出一股强烈的怀念在中国老宅过日子的思乡情感"（黎锦扬 294）。王奇洋的孤独呼应了儿子王大的择偶难题。由于早期前往美国的几乎都是男性劳工，女性本来就稀少。加之1882年《排华法案》通过后，华人移民，尤其是女性移民更是很少能够进入美国，这就造成了唐人街男女比例严重失衡。

据统计资料，1860年，华人社区的男女比例为19∶1，1880年比例为27∶1，1910、1920和1940年男女比例分别为14∶1、7∶1和3∶1。《花鼓歌》中对此也有直接描述，张灵羽和王大谈论赵小姐的悲剧时，张灵羽直接说，"你知道，我越是琢磨这种情势，就越相信女人的奇缺是唐人街一切悲剧的根源"（155）。不管是受到很多华人追捧的爱情骗子唐小姐，还是为爱自杀的赵小姐，还是最后只能找墨西哥人做女友的张灵羽，喜欢美国女孩最后却与用人结合的王大，这些悲剧背后都是唐人街单身汉社会的现实。在中国传统文化中，纳妾续弦具有绝对的正当性，但王奇洋却毫无此意。尽管作者点出王奇洋在中国时曾经考虑过纳妾但被自己的妻子否定，但到达美国后他却一人生活。作者并没有点明，王奇洋没有续弦是出于个人意愿还是唐人街的现实所迫，但不可否认的是，王奇洋的客居意识也部分来源于其个人的孤独感。

在《花鼓歌》中，作者主要聚焦的是一代移民和二代移民在面对美国现实时的矛盾与融合。在小说中，身居飞地的王奇洋也并非一成不变，但这种变化不是来自对美国文化的接受，而是对中国文化标准的改变。王大与李梅约会的事情被王奇洋知道后，王奇洋没有再用孔夫子的道德标准来批评，而是认为在现代社会，年轻人道德水平普遍不高，因此不可能像老一辈一样保持洁身自好。在他反对王大与李梅的结合后，王大离家出走，王奇洋才意识到自己与下一代在观念上的巨大鸿沟。尽管王奇洋尽力保持中国文化，并试图让自己的孩子保持中国传统，但他无疑没有成功。在美国生活中，他也有过对美国的欣赏。当他发现儿子撒谎说去姨妈家、实际上却在打篮球时，他并没有愤怒，而是偷偷观看，为儿子骄傲。为了在支票上签字，他还学习英文。他还曾突发奇想，用英文写上对联贴在墙上。王奇洋尽管本质上有抵制美国化的因素，但他的客居心态，对中国文化的坚持和对"落叶归根"的向往，事实上是美国主流社会、唐人街华人社区和移民家庭共同作用的结果。

在早期华人移民的客居意识中，中国的传统文化扮演了重要的角色。在早期华人移民前往美国之前，他们的父母往往会给他们安排好婚事。这种安排一方面，是为了让这些前往美国淘金的男性在故乡有情感依靠，让他们不至于留美不归；另一方面，也出于现实原因，需要让他们新娶的妻子在家侍奉公婆，操持家务，以代替男性移民履行家庭义务。在《女勇士》中"无名女人"故事中，所有前往美国的劳工在赴美前都突击举行婚礼以确保他们将来返乡。另外，当时中美两国之间的文化冲突，也使得部分华人移民敌视美国文化和接受美国文化的华人。美国首位华裔女作家水仙花(Sui Sin Far)在《一个嫁给中国男人的白人女人》(Her Chinese Husband)的故事中就讲述了一位因为迎娶美国白人太太而遭到自己同胞枪杀的故事，形象地说明了当时一部分华人根深蒂固的观念。

其次，美国的法律从制度上杜绝了华人归化的可能。1661年，美国马里兰州通过了美国第一个《反异族通婚法》来防止可能出现的白人与黑人之间的婚姻，此后其他各州纷纷效仿通过了类似的法律。1850年，美国加州议会通过《反异族通婚法》禁止白人与黑人通婚。1880年，加州议会修改了此项法律，将中国人与黑人或者白人通婚都认定为违法行为。1922年，美国通过的《凯布尔法》(The Cable Act of 1922)禁止美国公民与当时尚无归化资格的华人通婚，否则就会丧失自己的公民身份。根据美国禁止异族婚姻的法律，华人无法与白人或黑人女子通婚，1875年通过的《佩奇法》(The Page Act of 1875)和1924年通过的《移民法案》(Immigration Act of 1924)又从法律上限制了华人女性进入美国，这使得华人无法在美国寻找妻子，加剧了华人的客居之心。

再次，华人社区的存在使得华人在封闭状态下依然可以生存，这也减弱了他们主动融入主流社会的意愿。当他们为了生活不得不与主流社会对话时，他们表现出了截然不同的文化属性，如容闳在中国言中国事，在美国则完全美国化。再如《父与子》(Father and Glorious Descendant)中刘裔昌(Pardee Lowe)的父亲在不同的地理空间选择了不同的文化属性和身份。在唐人街，他是货真价实的中国人，做中国人的生意，按照中国人的方式处理问题；在与美国人交往时，他展示"非中国人"的特质。按照刘裔昌在书中的描述，其父亲是旧金山地区比较成功的商人之一，其生意有杂货店、开设移民汇款钱庄和半公开邮局等。刘父在身份上坚定地认同自己的美国身份，"我是美国人"(Lowe 4)。在生活方式上已经比较认同美国。在居所的选择上，刘父并没有像其他大部分华人移民一样选择住在唐人街。1906年4月18日旧金山大地震后，刘家的房屋被地震和随后的大火摧毁。按照当时政府要求，华人可以在原地重建自己的房屋，但刘父却选择在一个非华裔社区——东贝尔维尔居住。在衣着打扮上，刘父不像一般的中国人，他留着罗斯福式的小胡子，神态威严。刘家在唐人街的财富、地位，以及刘父身上展示出的与一般华人不同的特点，使得当地的白人对其也非常尊重，"每天早晨轮渡上的白人售票员和舵工都客气地向他点头致意。在我看来，他们认为父亲是位值得以礼相待的人。而他们从不热情地与其他华人打招呼"（Lowe 34）。然而与在住处和别处的派头不同，一旦踏上旧金山的内河码头，刘父立刻就变了。"我们离唐人街越近，父亲就越像一个中国人"，"当我们的电车在华人社区的中心——格兰特大道停下时，我意识到父亲成了一个完全不同的人"，"在本质上他是个中国人"。在这里，刘父的身份随着空间的转换而转换，他成为了"唐人街的中国人和东贝尔维尔的美国人"（Lowe 35）。

总之，在美国淘金热和太平洋铁路建设期间前往美国的华人主要是劳工阶层，他们的作品主要表达了自己的内心悲愤、抒发自己对亲人和故乡的思念之情。这些华人到达美国后，由于美国社会对华人的种种歧视，部分华人用文学作品来书写自己在美的生活经历。由于其自身经济、政治、社会地位所限，"早期华人移民的文学作品充满了恳求和抗议之声。他们恳求美国社会及政府的宽容，抗议对华人移民的虐待和歧视"（尹晓煌"美国华裔文学史"1）。在这些早期美国华人文学作品中，主要有两种意识值得读者关注：一、"客居"意识，即在美国寻求到一定的财富之后衣锦还乡；二、完全归化美国意识，即为了获得美国社会的认同，部分华人试图完全摒弃其自身的中国和中国文化元素，这在土生华裔身上体现得更加明显。尽管早期华人前往美国寻求财富的行为本身已是全球化下资本流通和早期跨国民族主义的体现，但由于美国种族歧视和中国传统文化的双重影响，使得他们没有对美国产生完全的认同。当时的美国华人文学也并未展示出华人的跨国民族主义意识。即便对于当时享有较高社会地位的政府官员如容闳、商人阶层如刘裔昌父亲等人而言，他们也没有展示其对中美两国文化的双重认同，他们在"美国性"与"中国性"之间转换，未能将不同的身份和文化融合。但华人对中国文化属性和美国文化属性的对立认同，并非是华人移民单方面的原因，美国主流社会对华人的种族歧视和华人融入美国社会的重重障碍，才是最主要的原因。

第二章 一代移民跨国民族主义书写

传统上来说，民族国家是建立在一定的领土之上且拥有主权的政治实体。与之相对应的民族指的是人们在历史上形成的具有共同语言、共同地域、共同经济生活以及共同文化的共同体。在传统的民族国家和民族的定义中，首先需要确定的是领土和边界，因为是否位于边界内部决定了个人是否从属于某个群体的身份。有学者指出，"对一个民族国家而言，它一定需要有自己拥有的地方"（Kaiser 8），"如果没有特定的领土或者家园，民族国家无法被孕育"（Herb 17）。在公民的国家身份认同上，领土比种族更加重要。国家身份不一定必须建立在同一种族基础上，但它必须包含统一的领土概念。只有当族裔群体认同自己对某一领土的归属和控制权时，这个族裔群体才被认为是民族国家的一部分。人们对于领土的认同和依附与民族国家的发展相辅相成，对某一族群领土概念的理解也有助于理解族群的政治和社会行为。安德森在《想象的共同体：民族主义的起源与散布》中将民族定义为"它是一种想象的政治共同体——并且，它是被想象为本质上是有限的，同时也享有主权的共同体"（安德森 6）。安德森的民族概念首先是有限的想象，其次是享有主权。尽管民族国家的概念可能包括多民族的一种集体认同，但其却包含一个国家疆界的成分。当一个民族展示其对某个国家的认同时，其就会被自认为国家的一部分。人们的家园概念和对家园的情感依附却是与民族国家自我意识成长同步进行的，家园的概念也会随着领土概念的变迁而变迁。

在全球化背景下，资本、人口、知识的跨国流动不断加速，以及跨国公司、非政府组织的全球运行，使得当代的政治、经济和文化活动超越了国家领土和边界的限制，国家对公民个人生活的干预力也在不断下降。斯特兰奇（Susan Strange）就认为"国家权威的衰落反映在其权力不断向其他机构、组织和地区扩散,而拥有结构性权力的大国和没有结构性权力的小国间的不对称关系也愈加明显"(Strange 4)。在讨论全球化时代的民族国家衰落问题时,迈克尔·曼(Michael Mann)指出了四种对传统民族国家造成威胁的因素:资本主义转型、环境制约、身份政治和跨国民族主义者(穆尼 200)。在这四个因素当中,参与跨国民族主义实践的人群通过各种社会网络与两个或多个国家同时保持联系。通信、交通等条件的改善更是协助和加速了这种跨国的网络和联系。阿尔君·阿帕杜莱(Arjun Appadurai)指出,国家无法阻止其少数族裔民众与其更为广泛的宗教和种族之间的联系(尹晓煌、何成洲 176)。在民族国家逐渐衰落、跨国主义力量上升的时期,国家不再有足够的力量和权威来切断移民人口与其来源国之间的紧密联系,从此意义上说,地理边界的作用更加被弱化。传统的建立于固定地理边界的民族国家概念也在全球化时代有了新的变化。贝司等人指出,在全球化时代,民族国家的定义和功能都发生了改变,"过去的民族国家被定义为在一定领土内共享共同文化的人群,与之相对的是新的民族国家概念包括了那些物理上分散在许多其他国家边界内,但又与他们的祖籍国保持社会、政治文化、经济上联系的人"(Basch, Schiller and Blanc 8)。

对于移民来说,当他们移居至新的国度后,与祖籍国的社会、经济、政治及文化联系使得他们能够部分摆脱民族国家对身份的限制,从而得以跨越民族国家框架,对自己的个人身份和文化属性等进行重新建构。当跨国民族主义成为他们新的生活方式后,过去对移民身份的理解——"没有人能同时拥有两个国家"的说法不再正确(Murphy 369)。

对于跨国移民来说,他们跨越了传统的民族国家边界,从物理上与自己的祖籍国分离。但这并不意味着他们心理上对祖籍国依附的消失,他们的心理和精神认同可以跨越国界,他们的身份也不再是"非此即彼"的对民族国家的单一认同,而可以变为"既是此也是彼"的对多个国家的双重乃至多重认同。虽然直至目前把族裔、社会和国家身份理解为地区性的并被置于特定的空间下进行研究依然是学术研究的主流,但跨国的主体同时与多个空间相连的事实也为新的研究提供了机遇。跨国人口的身份、行为和价值观不再局限于某个地区，而是通过他们的社会联系来灵活构建。正如阿帕杜莱指出的——"一方面，跨国移民建构了自己的跨国身份，这种身份不再取决于他们生活的国度和公民身份，另一方面，跨国身份可能由于身份与地区的缺乏联系而变得'无地域性'"（Appadurai 449）。

在诸多的美国华裔文学研究成果中，移民的"美国化"往往被解读为移民放弃对中国的认同，但从众多华裔美国文学文本来看，美国华裔作品通过对移民家园的书写，对移民跨国参与中国的政治、经济等活动证明了华人家园认同的双重性。华人的家园不再是固定的地区，而是跨国的和双重的。在分析美国华裔如何从一个受压迫的群体成为美国一个充满活力的跨国社区群体时，李海铭指出："今天的华人移民不再是个人举动，而是家庭和亲友共同筹划之结果——华人移民通常是一种家庭决定，父母和子女共同做出承诺，为提供家庭社会和经济地位做出集体努力"。因此，"华人移民并非只是一个由亚洲至美洲的单向行程，更非意味着与故土彻底决裂，而是一种超越国界，循环于大洋两岸之间的新的跨国家庭生活"（孔秉德、尹晓煌 42）。

第一节　跨国家园

"家"首先是一个地理概念。它指的是人们居住的地方。牛津字典把"家"定义为"一个人归属的地方、地区或国家，个人情感寄托、寻找庇护、休息和满足的场所"，将"家园"定义为"一个人出生的国家"。一般而言，家和家园的概念与某个具体的物理地方对应，但这种观念并非绝对。海德格尔（Martin Heidegger）曾对居住（Dwelling）和建筑（building）之间的关系做过解读，在海德格尔看来，建筑和居住并不相同：居住通过建筑产生，但建筑本身却未必属于居住（Heidegger 347）。家园可能与地域相关，但其却未必固定于某个特定的位置和空间。巴米尔（Angelika Bammer）认为，国家和家园都是一种想象的建构，"神话传说、故事等有创造'我们'是谁的能力，并同时创造我们对某个空间（国家、社区或者生活地方)的权利"(Bammer ix-x)。这种想象在全球化时代尤为普遍和关键。

边界模糊乃至消解了移民对于民族国家的概念，改变了他们对家园概念的理解。巴林顿(Lowell W. Barrington)等学者在考察侨居于俄国之外的居民时指出，一个族群可能有多个家园，他们将家园分为四类：外部家园(external)、内部家园(internal)、混合家园(mixed)和变化的内部家园(internal but with different implications)(Barrington 290—313)。

外部家园指的是某个国家内部的族群并不将自己所居住的地方视为自己的家园。相反，他们将自己居住国之外的某个地区或者州作为自己真正的家园。在此种情况中，尽管一般不会引起分裂的担忧，但通常会导致国外政府对国内政治活动的干涉。国外的政府通常会对族群的居住国施加外交、经济及军事压力以保护族群免受歧视。第二种家园是内部家园，即族群对所居住地区的认同。家园的概念通常与一个较大数量且集中居住的族群相关。少数族群将某个地区视为其族群的家园并实施政治控制。此种家园经常引起国家内部的冲突，因为不同的族群可能将同一地区视为自己的家园。巴林顿第三种家园是混合家园(内部—外部)。在此种家园概念里，某个族群将自己所居住的地区和自己居住国之外的某个地区都当作自己的家园。巴林顿等人提出的第四种家园依然是内部的，但却有着不同的含义。在这种概念里，某个族群可能将他们居住的整个国家作为自己的家园，这个地理范围要大于第二种内部家园。

人口在全球范围的流动改变了人们对家园的认识，人们的生活方式可以根植于思想、记忆而不是地方和物质，家也可以成为一种观念和想象，而不再局限于某个局地的地理地点。移民与家园的物理分离催生了他们对家园的想象，萨尔曼·拉什迪(Salman Rushdie)在其著作《想象家园》(*Imaginary Homelands*)中对移民的族裔想象进行了研究，"移民必须在他们脚下建造地球"(Rushdie 149)。拉什迪认为家园有着多重内涵，它可以作为物理空间、经济空间、政治空间、社会空间和情感空间在不同的历史时期被不同移民群体所经历。类似于其他亚洲移民，美国来自南亚的移民受到生活的和想象的"家园"的影响。对他们来说，现在在美国的家，只是一种物理空间，在他们的情感、心理意识中，他们位于南亚的家是一种情感空间，与他们祖辈的记忆相连。

除了对家的物理空间进行质疑外，一些学者还对家的数量进行了质疑。莱瑟(Jeffrey Lesser)对家园的数量提出了疑问："一个人只能拥有一个家还是可以有多个家？"(Lesser 1) 对于难民、非法移民、跨国公司高管和职业人士来说，新的语境下产生了新的多重家园。莱瑟在对日本前往巴西移民的研究中意识到家园的建立和破裂是一个持续的过程，这个过程与移民的离散状态、公民权、民族主义和全球化息息相关。在这个过程中，移民不是完全被动的客体，他们也在主动创造自己的新家园和自己的身份。

家庭和家园是民族国家最重要的组成部分，在全球背景下，跨国家庭成为跨国空间中重要的社会单位，"移民与他们'家园'不断变换的关系是跨国移民的典型特征"(Al-Ali 1)，因此，家园书写在美国文学、尤其是在美国族裔文学中是一个常见的主题。在美国非裔文学作家托妮·莫里森(Toni Morrison)的《家》、美国普利策奖作家玛里琳·鲁宾逊(Marilynne Robinson)的《家》、美国华裔文学作家徐忠雄(Shown Wong)的《家》都直接以家园作为作品的标题。尽管这些作家和这些以家园为主题的作品书写的是不同的体验和追求，但他们的书写都证明了人类对家园的不断追寻。

在中国文化中，家的位置极其重要。梁漱溟指出，"中国的家族制度在其全部文化中所占地位之重要，乃其根深蒂固，亦是世界闻名的"(梁漱溟15)。在中国文化中家的地位如此重要，以至于中国文化中的"国"也变成了"国家"。随着中国人口不断向外流动，中国人这种对家的重视的观念也传播到了全世界。海外华人，尤其是移居海外的第一代华人，不可避免地在不同程度上保留了这种观念。作为美国华人用来言志抒情、记录华裔美国经历的载体，美国华裔文学中也有着普遍的家园情节，华裔作家汤亭亭、徐忠雄、赵健秀、伍慧明和任璧莲等，都在作品中探讨过家的概念。

但全球化的发展和海外华人的流散状态使得过去的以地理概念为基

础的"家"不再成立。在美国华裔文学作品中，由于全球化导致的边界的模糊性和身份的灵活性，传统的以地理位置为标准的"家"变为了一个想象的、跨国的概念。在华裔文学中，"家"并不是一个单纯的物理概念，它还是一个精神概念，成为了"想象的共同体"。

在美国华裔移民中，由于美国法律对于中国移民的限制和中国传统观念的束缚，早期前往美国的劳工几乎都无法携带自己的妻子前往美国。1875年，美国通过了《佩吉法案》(The Page Act)。法案禁止提供契约劳工，禁止把任何东方人带入美国，禁止输入以卖淫为目的的妇女等条款。

因此，大部分华人劳工都和他们的父母、妻子和儿女处于分离状态，他们主动或被动地创造了跨越国界的家庭。在美国华裔文学中，几乎所有书写移民经历的著作，都对跨国家庭有过书写。这些书写改变了过去对于家园，尤其是作为整体的移民意识中家园形式的改变。1976年，汤亭亭发表了《女勇士》(*The Woman Warrior: Memoirs of a Girlhood Among Ghosts*)，此书随即获得当年的美国全国书评界非小说奖。尽管从内容来看，此书并不适合作为非小说进行归类，但出于销量和出版社利益考虑，它被当作自传进行介绍。在《女勇士》中，作者讲述了"自己"的姑姑、母亲和姨妈的故事，改写了花木兰故事，并将家族历史、中国神话和西方神话相融合。

在部分批评家看来，在《女勇士》中，"作者探索了自我身份，既批评中美两国文化和社会，也从两种传统文化中汲取力量，主人公'我'在对抗父权制、性别歧视和种族歧视中成长为华裔美国人"（吴冰、王立礼146）。但从家园书写角度进行考察的话，读者会发现作者对家园概念的探索。在小说中，作者探索了跨国家园中留守故国的亲人的家园观念、移民美国的劳工的家园概念，以及他们在建立跨国家庭中对身份的追寻。在这些文学作品中，跨国移民扩展了家园的范围，家园包含了"此处"和"彼处"。

跨国离散家庭指的是"那些大部分时间处于分离状态的家庭，甚至在跨国状态下，他们依然创造和保持了能够感觉到共同福利和团结感的家庭"（Bryceson and Vuorela 3）。这些家庭包括了那些跨国离散夫妻（移民国外的丈夫与留守故国的妻子)、移民父母与留守儿童、移民与他们留在故国的父母等。在对跨国离散家庭的书写上,《女勇士》中不同的故事展现了移民及其家人不同的家庭观以及这种跨国离散家庭所带来的严重后果。

在"无名女人"中,"作者"讲述了自己姑姑的故事。在故事的开头,作者的父亲及其兄弟、爷爷及其兄弟,还有作者姑姑的新婚丈夫同时前往金山。为了确保所有人将来都会回到中国,"回乡尽责",村里为那些即将前往金山的未婚青年突击举行了婚礼。当时那些前往金山的男人的"客居"心态和家中女性亲人的期盼显而易见。按照中国传统观念,"父母在,不远游",但出于对财富的追求,这些青壮年男子不得不离开家乡。在小说中,叙述者的家人还盼望着那些男人从美国带回财富以修建新的房屋。

"无名女人"中的姑姑在丈夫前往美国几年之后却突然怀孕。在分娩的当天夜里,村民袭击了她的家,那些村民戴着面罩先是向她们家扔污泥和石块,接着破门而入,将整个家里的东西损坏、洗劫,并对这个家庭成员辱骂后离开。不堪忍受屈辱的姑姑带着新生的婴儿投井自杀。在作者的想象中,在当年的时代,自己的姑姑不可能是疯狂追求性爱的浪漫主义者,因此造成悲剧的原因之一在于,旧社会男女的不平等地位和跨国离散家庭中男性的缺失。在作者的想象中,姑姑可能是在山里或地里,抑或是在集市上遇到那个男人。在被男人强奸后,她被威胁,也可能是生活所迫,被强奸后她依然不得不与其打交道。在小说中,姑姑的四个兄弟和她的爸爸、丈夫,以及叔叔们一起前往金山,在旧中国,妇女低下的社会地位导致了她必须依靠自己的父亲及兄弟维护其权利,但在家中的男性全部缺失时,她却没能得到任何帮助。妇女没有财产继承权,家中分配财产没有女儿的份儿。在自己的公婆家,"丈夫的父母可以把她卖掉,抵押掉,用石头砸死",更糟的是,"但是公婆把她送回她父母的身边,这是一个令人不可思议的举动,目的是为了说明她做了丢人的事情。他们把她推出去,也是为了转移复仇者的视线"(6)。个人对家庭的归属感很大程度上来自于个人在家庭的被接受和欢迎,但姑姑显然没有感受到家庭的温暖。跨国离散家庭建立的核心也在于家庭成员的不断联系以及归属感的建立。限于当时的通信条件，姑姑和丈夫之间并未有联系，小说中没有提到姑姑丈夫与姑姑之间的通信，也没有提到姑姑丈夫对姑姑的经济支持，像姑姑丈夫这样的跨国移民无法履行自己的家庭责任。这种跨国家庭事实上是破裂的，就会给移民带来悲伤和负罪感。

对于家庭的双重观念也是造成姑姑悲剧的原因。鉴于金山客当时在家乡的经济实力和社会地位，能嫁给一个即将前往美国的年轻人，在当时广东女性的婚姻选择上，姑姑是幸运的。但新婚之后，丈夫就去了美国，跨国家庭中家庭成员的分离使得她处于一个孤立无援的地位，也给个人悲剧埋下了隐患。当时男女不平等的观念和对女性忠贞的要求更是压垮了姑姑。在姑姑的父母看来，他们希望自己的女儿能严守妇道，遵循传统的方式，而希望他们生活在外国人中的儿子"可以不守传统规矩而不会受到人们的察觉和指责"(6)。男女观念的差异也是造成姑姑悲剧的原因，家庭观念较重的女性倾向于维系过去的生活，希望自己的丈夫待在家中，或者一定要叶落归根，但当时中国的具体状况却强烈促使了中国劳工的外移。当时的跨国家庭中的男女之间、代与代之间，这种跨国家庭并未形成一种统一的认识。在姑姑看来，中国才是这些前往美国移民的家，希望他们能够返回家园，但与丈夫长期分离的现实，使得这个家庭不再完整。

在作者的另一种想象中，自己的姑姑也可能并非被强迫，"她不过是个野女人，爱上野男人罢了"(9)。作者想象自己的姑姑追求爱情，为讨情人的欢心而打扮。作者特意强调了自己姑姑在春节的时候期望自己有个情人，春节时姑姑对情人的渴望重申了姑姑对于家庭亲情的渴望，在现实中无法实现的想法使得自己的姑姑诅咒春节、自己的家庭、村子和她自己。对家庭的渴望导致了她的个人悲剧，为了保全自己的情人，她从未坦白自己情人的姓名。汤亭亭对姑姑形象的塑造与霍桑《红字》中的女主人公海斯特类似，海斯特在与牧师相恋并生下私生女之后，也拒绝说出父亲的姓名。海斯特和姑姑都反抗了没有爱情的婚姻，都在没有男性支持的情况下被侮辱，但海斯特坚强应对，而姑姑则在担心孩子中走向死亡。在临分娩之前，姑姑独自一人躺在野外的田地上。对她而言，身体和精神同样痛苦，"没有家，没有同伴，独自生活在永远的寒冷和寂寞中"（12）。在疼痛中，她的想象却是"她看到一家人晚上在餐桌上赌博，年轻人在给老人捶背"（13）。当孩子分娩后，她考虑的是自己对孩子的影响。在对姑姑临死前的精神刻画中，作者显然是想突出姑姑对于正常家庭的向往和跨国家庭中女性的悲惨命运。

在"西宫门外"中，作者又讲了另一个家庭故事。在这个故事中，也是跨国家庭发生的悲剧。不同的是，"西宫门外"中有着男性角色的出现。故事中，月兰与丈夫分离30年。在这30年中，月兰也一直收到丈夫从美国寄回的钱。但月兰的丈夫实际上已经在美国另娶他人为妻，重新建立了家庭。事实上，月兰已经成为这个跨国家庭的牺牲品。姐姐勇兰希望自己的妹妹能与丈夫见面并重新夺回自己的家，然后把丈夫的另一个妻子当作自己的奴仆。但月兰却表示害怕并想返回香港。在勇兰看来，夺回丈夫是月兰的正当权利，因为月兰的丈夫抛弃了自己。但在月兰看来，丈夫对自己及女儿的经济支持证明了其家庭的延续。月兰对家庭的理解主要是基于自己对丈夫经济上的依赖。在月兰看来，只要丈夫给她经济支持，就证明了家庭的稳固。月兰对自己丈夫给自己汇款行为的理解更加关注于跨越国界的汇款所蕴含的感情因素。正如马塞尔·莫斯（Marcel Mauss）指出的，经济赠予不是一种纯粹的社会现象，其同时也是经济、司法、道德和心理的（10）。月兰认为丈夫的汇款代表了自己丈夫对家庭的负责，但在姐姐看来，妹妹过于软弱。在勇兰的鼓励下，月兰与姐姐一起去见自己的丈夫，但月兰却没有勇气去和自己的丈夫对峙，而是由勇兰出面。

在月兰丈夫看来，月兰的到来是一个错误，因为月兰无法适应美国的生活，而自己已经重建家庭。他希望月兰能远离自己，如果自己的事情被美国人知道，自己会被抓起来。在他看来，"她有吃的，有用人，女儿上了大学。她想买什么就能买什么。我尽到了丈夫职责"（139）。月兰的丈夫认为她并不适合做美国主妇。美国化的丈夫在月兰的眼里已经像洋鬼子了，而自己则成了中国鬼子，中国和美国的国界使得他们的家庭瓦解。长期的分离和美国生活的吸引，使得月兰的丈夫对月兰充满了陌生感，"我好像变成了另一个人。我周围的新生活那么完善，把我吸引过去了，而你们却似乎成了很久以前在书里读到的人物"（140）。

月兰在美国遭受丈夫侮辱之后返回香港，但随即精神出了问题，她变得胆小怕事，而且总觉得墨西哥鬼想谋害她的性命。在被女儿接到洛杉矶之后，月兰对女儿说，"别来看我，那些墨西哥鬼跟着你，会找到我的新藏身之所的。他们一直在监视你的房子"（140）。奇怪的是，月兰不会说英语，更不会说墨西哥人用的西班牙语。但当月兰发疯的时候，她所说的却是墨西哥人在追她。在此作者用语言隐喻了月兰和勇兰被美国社会摈弃，以及跨国家庭中以妻子为代表的中国和以丈夫为代表的美国之间婚姻价值观的冲突。尽管勇兰已在美国生活多年，但当她去月兰丈夫的诊所替月兰伸张正义时却不能与诊所的接待小姐顺利沟通。当月兰被送进疯人院后，她很高兴，因为"所有的人都说相同的语言"。月兰的悲剧是很多跨国家庭中留守故乡的妻子的共同命运。她们没有独立的经济地位，只能依附于丈夫，对丈夫的决定毫无反抗的能力。月兰在30年的生活中，丈夫汇来的钱，让她并没有感受到丈夫对自己的抛弃，她仍旧生活在自己的幻想之中，当到美国见到丈夫后，她因幻想破灭而发疯。

如果说，《女勇士》是对女性在跨国离散家庭中丈夫缺失情况下对失去家园的控诉的话，那么，《中国佬》就是表达中国男性移民对中国家庭的思念、抛弃和建立跨国家庭的过程。在《中国佬》中，作者将自己的家族历史与中国民间神话、西方神话相融合，生动重现了早期赴美华工修建铁路、在夏威夷进行甘蔗种植等在美经历。汤亭亭说道："我在这本书里所做的就是伸张华裔在美国的权利。这一主张贯穿了书中的所有人物，购买住宅就是一种方式，它说明美国才是自己的国家，而不是中国。"（徐颖果"离散族裔文学"11）尽管作者对小说的定位是"拥有美国"（Claiming America），但细察文本，不难发现《中国佬》中的移民所体现出的双重认同和他们家园观念的变迁。移民的行为也不能简单地被归类于美国化，或者对中国故土的绝对效忠，移民的众多行为体现了他们朴素的跨国民族主义。

"中国来的父亲"中的父亲已经不是与妻子分离的移民，他和家人已经在美国团聚，并开有一家洗衣店。父亲也曾经依旧对中国充满了感情，他曾经用墨汁将洗衣店的每一个角落都写上"中"字。作者也无从知晓父亲为何最终开始对中国充满怨恨。通常情况下，父亲都在不停地咒骂，而很少有心情愉悦的时候。父亲开的洗衣店被吉卜赛女人骗过两次，而警察也没有帮忙伸张正义，所以父亲的咒骂中总是带着包含女性的脏话。女儿希望父亲嘴里的污言秽语不是针对所有的女人，而是针对那两个吉普赛女郎和愚蠢的警察。对孩子们来说，父亲的沉默更加可怕，以至于孩子们不停猜测父亲的暴怒和怨恨中国的原因。"你的母亲曾经很可怕地冤枉过你，所以你才永远离开了中国。你恨女人。你恨中国。"(7)从表面来看，父亲已经完全放弃了自己在中国的家。当妈妈给自己的中国亲人汇款后，她还得靠种番茄挣的钱来还给父亲，因为那是母亲的亲戚，而不是父亲的。

除了与中国切断联系，父亲对于自己的个人历史也保持沉默，"没有故事。没有过去。没有中国"(7)。

总之，除了长相像中国人、说汉语之外，父亲没有了任何中国人的特点。父亲的美国化可见一斑，但事实上，父亲并没有被美国社会所接受。在除夕之夜，父亲打电话给报时小姐，以调好自己家中的时钟。

你一定很喜欢听报时小姐的声音，因为她只是录音，而你不必同她交谈。她还能准确地告知现在的时刻，从不溜回过去或滑向未来。你把自己固定在此时此刻，可我希望你能为我讲述你的生平故事，中国的故事。我想知道什么使你大喊大叫，谩骂诅咒，想知道你沉默不语时的思想活动，还想知道你讲话时，为什么与母亲不同(9)。

父亲喜欢听报时小姐声音的原因在于，他不需要与她交谈。这映射了父亲没有被美国社会所接纳的事实。父亲不懂英语，也就意味着他不能与主流社会进行对话和交流。父亲对于现在时刻的珍视代表了他对过去的仇恨和对未来的恐惧。

在作者对父亲的讲述中，父亲是自己家的第四个男孩。刚生下来，祖母对其视作珍宝，认为其天生是读书的料，而其他孩子则是下地干活的命。祖父母对父亲的宠爱显然让年幼的三伯嫉妒，在父亲满月当天，趁家人不备，三伯在弟弟的肚子上蹦跳，父亲几乎被踩死。祖父阿公显然更想要一个女孩，而不是一个男孩。祖父则将父亲抱给另一家，想换回别人家的小女孩。在参加中国的最后一次客居考试名落孙山后，父亲无奈成为了一名乡村教师。妈妈出嫁前，按照传统，需要进行唱哭，那些来客怂恿妈妈唱那些去金山的人，那些爱美国不爱自己家的男人，那些不忠的负心汉。

父亲和母亲的婚礼也与移民跨国民族主义实践密不可分。父亲和母亲的婚姻在当时是门当户对的，"两家的财产相当，都是靠祖祖辈辈去金山淘金攒的"(24)。婚礼上，妈妈的手镯是美国的25分金币串成的。脖子里的金项链也串有金币或心形玉坠。她手上的戒指也是爷爷从金山带回来的。乡村教师的枯燥生活和学生的愚昧使得父亲非常烦躁，金山财富对于学生的影响更是让其愤怒，"'我们为什么要写字？'学生们问。'我们可以雇人写信。''我们不会饿死。'他们说。'我们会出海，到金山去淘金'"(35)。移民在美国的淘金经历部分改变了家乡下一代男性的教育理念。这些金山客的孩子不再信奉过去中国的"万般皆下品，唯有读书高"的观念。鉴于当时的科举制度被废除，下层民众的上升通道被堵塞，这也部分导致了当地男青年对于知识的漠视和对财富的看重。

工作的不顺利和家庭的重担使得父亲希望科举制度没有被废除，那样的话，他可能通过考取功名而换个工作。返乡的亲友对金山的描述最终使父亲动心，通过购买美国身份文件，即"纸生仔"到达美国。经过旧金山的天使岛移民检查站之后，父亲终于能穿过美国大陆，来到纽约。

在纽约，父亲和他的朋友们经常一边辛苦工作，一边吟诵诗歌。他们吟诵戴望舒、王独清的诗歌，朗诵闻一多所作的《洗衣歌》。周末他们则出去逛街，完全按照美国人的衣着习惯打扮自己。下雨的时候，他会兴奋地用英语和汉语说"要下雨啦"。文中的父亲已经没有了早期移民

"叶落归根"的客居意识，而是在逐步努力融入美国社会。但同时，他对中国诗歌的吟诵，也展示了他深层意识中对中国的认同。

"檀香山的曾祖父"是作者对自己家族历史和华人开发夏威夷历史的想象和追溯。其中，曾祖父等人对跨国家庭的珍视、背叛以及重建，都展示了他们对"家"概念的双重性。曾祖父在招工代理人的鼓动下前往夏威夷进行甘蔗种植，同去的伯公告诉家人，他三年后会重归故里。"虽然他现在告别贤妻、离乡背井，但有一张金网，或是一道光始终把贤妻乡井与他连在一起"(93)，伯公的这种观念是典型的跨国家庭，即为了经济目的到异国工作，但同时又与家人保持联系。伯公眼中的"金网"可以被理解为前往金山财富的诱惑，也可以被理解为家庭对他情感上的牵挂。但无论如何，这张网或者光将他与他的妻子、家乡紧紧相连。在伯公下船前往上山的小路上，伯叔公吃到自己以前从未见过的水果时，他想的是给自己的妻子也带一些。路上看到两条彩虹时，"叔公把这一切都牢记在心，以便日后讲给妻子听"(96)。伯公对妻子的牵挂在这些细节中得到了加强，伯公的跨国家庭也得到了维系。与之相对的是另一些已经彻底与故土脱离关系的人，与伯公同去夏威夷的一些人，已经彻底忘记了自己的家乡。

但伯叔公对家庭最初的思念和对跨国家庭的维系，并未抵过在夏威夷的生活现实。一次偶然的机会，伯叔公在山溪中看到当地的女人在河中洗澡，这些女人邀请他一起洗澡、唱歌。伯叔公欣然应约并与这些女人共享野餐。当这些女人伺候他用餐时，他意识到这才是一个男人的生活，意识到了自己对家庭的渴望。于是他大胆向那个一直看着他的女人求爱："我与你生活在一起行吗？""让我与你一起生活吧。"(107)就这样，伯叔公与那名女子结婚并成为了很多夏威夷儿童的教父。他拥有了两个家庭，"当中国佬们问伯叔公家里情形如何时，他们仍然指的是他在中国的家，他答话时说的也是那个家。但收工后和公休日，他就去他的夏威夷新家"(107)。在此，伯叔公在维系自身跨国家庭的同时，又在夏威夷建立了新家，"家园"在伯叔公那里成为多重的，而不是唯一的。美国华人历史学家令狐萍指出，这种双重家庭，或者说，跨国分离性家庭是移民为解决移民两地分居问题而采取的符合实际的措施,在移民的生活现实中也屡见不鲜,"许多情况下,小妾都是由移民的父母或者第一个妻子安排的,专门用以解决海外移民的生理需求;同时,第一个妻子被留在国内代表其夫为父母尽孝"(98)。文化人类学家罗杰·洛兹(Roger Rouse)曾如此描述跨国民族主义,"每一天,跨国民族主义都被那些数量日益增多的移民所体验,他们过着双重生活:说两种语言,在两个国家都有家,通过跨越国家边界的经常性接触工作而谋生"(Portes, Guarnizo and Landolt 217)。

在《中国佬》中,作者还刻画了深切思乡的移民群体。在"檀香山的曾祖父"中,当曾祖父和他的同乡们在耕地的时候,他们在地上挖了一个大洞,然后开始对着大洞大喊,对着洞口来诉说自己对家乡的思念和自己在美国干的荒唐事。他们一起大喊:"我要我的家!我想家!家!家!家!家!"(118)对第一代移民来说,尽管他们远离中国,甚至有些移民已经决定定居美国,但他们想象中的家依然是在中国。

在夏威夷另娶的伯叔公最后也决定叶落归根,返回中国。但根据当时檀香山的法律,所有与夏威夷女子结婚的中国人都应该被称作夏威夷人。所以,很多华人选择留在当地而没有返回。但伯叔公将他的那位檀香山妻子带回家,她将与他另外两个妻子一起生活。尽管在《中国佬》中,大部分移民都返回了中国,但也有留在当地而一直在回望故乡的。当人们与他们原有的家园之间分离后,即便他们的回归变得不可能,但他们还是会记住他们的家园。布莱(Avtar Brah)指出,散居民族对家园的怀旧同样是散居民族身份政治的场所。她认为,这种"回归"的愿望不一定是想要回到一个实际的地方,因为正如我们前面提到的,并不是所有的散居群体都支持回归的意识形态(Brah 180)。这种回归只能是想象的,移民对于家园的追寻也不再是唯一的物理家园,而是想象的家园。

在汤亭亭对移民的书写中,有着很多放弃中国家园的移民,如《中国佬》中的"鬼伴"就延续了中国《聊斋》式的鬼故事。故事中,一个在科举考试中名落孙山的年轻人在风雨交加之夜误入一座大宅,受到年轻美貌寡妇的吸引,留恋不归。汤亭亭用此来喻指美国对当时经济地位低下华人的吸引和华人对美国的认同。小说中其他故事则侧重于通过对很多不再以某地点或国家为家的人的书写来展示"家园"概念的延伸。再如，在"离骚"中，作者写道："他已经没有了家的概念；他看到的是整个世界，不再仅仅是他的家乡"(266)。在《女勇士》中，作者更是用这样的话说明了移民心目中家园的改变，"现在我们属于整个地球了，妈妈。如果我们和某一块土地切断了联系，我们就只属于整个地球了，你明白我的意思吗？不管我们站在什么地方，这块土地也就属于我们，和属于其他任何人一样"(98)。

奥尔巴(Erich Auerbach)曾指出："不管在任何情况下，我们语言上的家是地球，而不再是国家。"(Auerbach 11)在美国华裔文学中，作家对家园的建构不再是一种物理归属，也不再局限于民族国家的地理边界，而变成了精神建构。华人移民在美国建立新的物理家园同时依然将自己在中国的家视为精神上的家园，在跨国空间建构了自己的想象家园。安德森指出，"家这个概念不再是经历的，而是通过一系列的沉思与表征的想象"(Anderson 319)。由于移民的流散和与仍旧留在故国亲人之间的联系，他们的家园概念成为了一个移动的、虚拟的概念，成为"想象的共同体"。

第二节 《吃碗茶》和《金山》：移民汇款与社会变迁

"汇款是移民与其祖籍国联系最明显的证据和衡量标准"(Guarnizo 666)。华人移民到达美国后，为了支持家中的家人、偿还借款、购买土地、修建房屋等，他们将自己在美国辛苦挣来的钱寄回中国。鉴于当时中美两国民众收入的巨大差距，这些海外移民每次寄回数额并不大的钱对中国的家庭来说已经是一笔巨额财富。从经济角度而言，移民汇款也应该被看作家庭投资的收益。早期移民海外的很多华人都是变卖了自己的家产，从亲朋好友中借钱才能到达美国的。在《中国佬》中，作者的父亲为了筹集路费抵押了自己的田地，又从两个邻居家里各借了1500元并且保证支付高额利息。因此，汇款不再是一种单向的经济转移，而是经

第二章 一代移民跨国民族主义书写

济交换和投资。这种模式作为移民在家庭经济困难时期的家庭策略之一已经被学界广泛认同。但从社会文化角度来看，移民通过向家乡进行汇款来建立了自己与祖籍国家人和"家园"的联系，催生了他们在两个国家建立家园的愿望和行动。从政治角度来看，移民为了回应他们在移居国所遭受的歧视和边缘化，而会给祖籍国汇款以提升祖籍国的影响力。

作为跨国民族主义实践，汇款从经济上、情感上和政治上将移民与他们的祖籍国紧紧相连。对他们汇款的研究有助于理解移民和他们祖籍国的家人的互动，以及这种互动对移民祖籍国和移居国所造成的影响。汇款一方面代表着祖籍国家人对移民美国的家人或亲属的经济依赖；另一方面，汇款也是移民维系自我身份和情感依赖的基础。汇款所蕴含的互动颠覆了传统上意义上第一和第三世界之间的主次关系，这种家人之间的相互依赖颠覆了将移居国作为中心、祖籍国作为边缘的思维模式，由家人对移民的依赖变为了移民与家人之间的相互依赖。

在美国华裔文学中，几乎所有作品都会或多或少地描述移民对家乡汇款的事实。通过对汇款的直接或间接书写，作家可以用来探讨移民的身份和跨国互动，展示移民在两个国家之间的跨国空间的创造，展示移民如何在跨国的环境下建构自己的身份。在作品中，华裔作家除了书写汇款给祖籍国亲人带来经济上的改善之外，还普遍关注了汇款给移民家乡带来的社会变化。汇款在支持家人之外，还推动了家乡教育、健康事业发展，促进了家乡社会结构、女性地位、教育观念等的转变。

雷霆超（Louis Chu）发表于1961年的《吃碗茶》（*Eat a Bowl of Tea*）被视为美国亚裔文学的一部划时代作品。《吃碗茶》对唐人街的现实主义描绘展示了唐人街真实的单身汉社会，也颠覆了当时主流社会冠以美国华人的"模范少数族裔"形象。《吃碗茶》的时代背景定于1948年。

由于二战期间中国在抗击日本军国主义中的重要贡献和作用，美国需要在亚洲寻找同盟。另外，当时美国正在二战中与德国纳粹和日本军国主义战斗，也需要树立自己公平正义的形象。在此背景之下，美国于1943年废除《排华法案》。尽管直到1965年美国移民法才彻底废除对华人移民美国的限制，但《排华法案》的废除已经给唐人街带来了巨变，持续百年的唐人街"单身汉社会"正面临着新移民和女性移民的到来而解体。故事中的男主人公宾来十七岁到达美国，在美国一家中餐馆当服务员。宾来的父亲王华基有一多年老友李江。李江在中国有一女儿待嫁，而此时王华基远在家乡的妻子也希望宾来回家相亲。在两位家长的撮合下，宾来和李江的女儿美爱一见钟情。在家乡结婚后，两人来到纽约的唐人街。不能出门工作的美爱在寂寞中遇到了唐人街的无赖汉——阿松。在阿松的勾引下，美爱与之发生婚外恋。当消息传遍唐人街时，王华基用刀割下阿松的一只耳朵。事情发生之后，美爱和宾来也搬到旧金山开始新的生活。在旧金山，宾来在中医的帮助下，治疗好了自己的难言之隐，与美爱迎来新生活。

由于其对唐人街的现实主义描述，国内外研究都倾向于从"单身汉"社会出发对其进行研究，其重心也主要在于唐人街的父权制、性别、中国文化等因素。这些研究中心也都置于美国的语境之下，对于小说中所体现的中美两国互动却鲜有研究。事实上，《吃碗茶》通过对跨太平洋两岸的互动，及这种互动对广东农村社会造成的影响展示了华人的跨国民族性。

经济联系是华人与中国之间诸多联系中最常见、最重要的，跨国移民的出现本身，就是经济全球化和跨国资本推拉效用的体现。《吃碗茶》中的王华基和李江都是当年乘船到美国寻求财富的劳工。当时广东地区流传的诸多金山歌谣就反映了当时华人到美洲寻求财富的强烈愿望。例如"爸爸去金山，快快要寄银。全家靠住你，有银要寄回""燕雀喜，贺新年；爹爹金山去赚钱，赚的金银成万两，返回起屋兼买田"（Hom 40—41）。当时大部分前往美国的华人劳工的目标就在于远赴金山淘金，等攒够足够的财富就衣锦还乡。尹晓煌指出，"受传统文化的影响和出于实际的动机，在美中国移民觉得他们有义务帮助他们在中国的家属和同乡。"（Yin, "A Case Study of Transnationalism" 67）在中国传统文化中，人们重视家庭成员之间的关系和责任，认为当个人有足够的经济能力时，他有义务和责任帮助自己的同乡。第一代移民在传统价值观的教育下成长，当他们移居美国后，这些价值观仍然影响着他们的行为。在《中国佬》中，主人公的父母在美国过着艰难的生活，尽管如此，妈妈依然用省下来的钱资助在中国的亲人。

在美国的华人在中国传统文化中成长，他们重视家庭成员之间的关系和责任，认同个人在有足够经济能力的情况下，有回报故土的责任和义务之观念。华人在异国他乡所积攒的财富源源不断地流向中国，改变了家乡的社会经济结构和文化观念。

在《吃碗茶》中，以王华基为代表的华人都是这种跨国移民的代表，尽管自身在美国的生活并不富裕，但他们依然向中国源源不断地汇款。小说中的王华基自己在纽约开着一家不大的麻将俱乐部，每天并不能挣到很多的钱，自己居住的地方也是狭小局促，但其还是将自己的收入汇回家乡。王华基的妻子与丈夫分别几十年，但她对丈夫并无怨言，有的只是同情和理解。不得不说，这种同情和理解是建立在王华基用金钱支持家庭的基础之上的。王华基的妻子是位虔诚的基督教徒，王华基每次向家里的汇款部分都会被捐给教堂，也因此王华基的照片被挂在村里唯一的教堂的会议室内。照片中的王华基穿着西装，是在美国参观纽约熊山时照的。照片上王华基的西式照片和旅游照片给家乡展示了一种虚假的富足形象，也无形中抬升了自己在家乡的地位。以王华基为代表的移民个人汇款行为，促进了家乡的公共事业发展，改善了家乡的教育及宗教发展。

宾来的回乡更证明了家乡对金山客的重视。"整个村庄都因为宾来的归来兴奋起来，气氛堪比节日。纽约客给这个保守平静的村庄带来了新的面貌，就像村庄池塘里的涟漪"（Chu 48）。来自美国的外汇和金山客的身份使得金山客在国内享有较高的地位和尊严，外汇使得金山客家庭可以改善自己的家庭经济状况和社会地位。在给儿子寻亲的事情上，王华基自认为宾来占尽优势，"如果宾来不喜欢李江的女儿，他可以随时找到另一个女孩结婚""找一个儿媳妇并不难，有那么多合适的女孩可以挑选。宾来只要挑选就行"（34）。在此，金山客所拥有的经济优势尽显。为了改善自身的经济状况，侨乡的女孩也倾向于找一个金山客丈夫。李江的妻子在给丈夫的信中不断催促给自己的女儿找一个"金山客"丈夫。

正是在此时,老友王华基的儿子进入了李江的视野。

利维特(Peggy Levitt)认为除了经济汇款之外,移民的跨国民族主义还体现在社会汇款(social remittances)。利维特认为社会汇款指的是从移居国流向祖籍国的观念、行为、身份和社会关系等(Levitt "Social Remittances" 926)。这种非物质汇款会影响到移民祖籍国的地区文化、政治及社区发展等。对于移居美国的华人而言,他们经济实力的提升和在国外所接受到的新观念,也逐步影响了太平洋对岸的家乡人生活的各个方面。"金山客"在国外的经历也改变了他们对教育,尤其是女性教育的认知。中国传统的父权制将女性置于从属地位,女性的受教育权被长期漠视。而当时美国对女性教育权的相对重视和华人对知识在改善自己在异国他乡命运的作用的认识催生了华人对女性教育的重视。在配偶的选择上,过去的"女子无才便是德"的观念被抛弃。当宾来和美爱第一次见面时,宾来的第一句话是"李小姐,你在哪里上学?"(50)。对于美爱来说,提升自己的教育层次是嫁给金山客的一个有利条件。为此,在完成中学学业之后,美爱转学到英语学校学习英语。媒人也说到"现在所有的女孩都上学,因为他们都想嫁给金山客""每个金山客也都想娶个能读会写的女孩"(52)。金山客求偶标准的变化对太平洋对岸中国的女性教育、妇女地位都产生了影响。

金山客所拥有的经济条件使得当地的婚姻市场和婚姻观念都有所改观。在传统的广东农村,女性择偶条件也与以往有了极大改变。在《吃碗茶》中,以王华基为代表的华人对在美国出生的女孩抱有很大成见,认为她们只讲究吃穿,缺乏传统中国女性的美德,将这些女孩称为"竹女"。但他没想到的是,在万里之外的广东农村,新成长起来的女性在本质上与在美国出生的"竹女"并无多大区别。美爱来自广东农村,其在广东的农村上了英语学校,但她接受教育的直接目的在于提高其在婚姻市场上的竞争力,以便嫁给"金山客"而进入美国。在对丈夫的选择上,美爱有着自己的想法:"她不会嫁给一个农民的。农民的妻子从早到晚在地里劳作……。开裂的手,长满老茧的脚。风吹日晒的面孔。虽然不漂亮,却很普遍。嫁给一个老师?美爱是不会的。正如这里的风俗,除非穷的没办法，没有人愿意当老师"(66)。再次，美爱也不愿意继续守在广东农村，像自己的母亲一样与丈夫长期分离。美爱的父亲和母亲都已经饱尝夫妻长期分离的痛苦，因此他们也希望美爱在嫁给金山客后能进入美国。从二战退役的宾来正是合适的对象。在美爱看来，如果自己能进入美国，到达纽约的话，"她将会幸福，非常幸福。美丽富饶的美国有崭新的生活在等待着她。青春、梦想、未来，一个来自广东新会县新平村的女孩能想到一切的美好都包含在对新生活的向往和期待之中"(66)。

在《吃碗茶》中，尽管作者的叙述中心在唐人街，但其对宾来回国相亲的跨国书写生动展现了这种跨国家园在太平洋两岸的重要作用。汇款作为维系家庭关系的纽带，也改变了侨乡当时的社会文化观念，这在加拿大籍华人作家张翎的《金山》中表现得更为突出。

《金山》以家族叙事的方式回溯了华人对加拿大的移民史，生动重现了以方家为代表的华人在加拿大所经历的悲欢离合，以及他们在中加两国之间的穿梭互动。在小说中，方家五代人在故乡和异域之间的穿梭奋斗，他们在中加两国之间的互动，以及造成的影响是跨国民族主义的体现。从社会文化角度来看，《金山》是对侨乡政治、经济、文化变革的书写，海外华人的跨国实践极大地促进了故乡的变革。

来自加拿大的外汇首先使得金山客家庭可以改善自己的家庭经济状况和社会地位。在《金山》中，当红毛客死他乡后，红毛藏在胡琴琴筒里的金块给阿法开设洗衣馆提供了资金。阿法也因此有钱给自己的母亲寄了一张300美元的支票，阿法母亲用钱赎回了自己被卖掉的宅院、土地并雇人耕种，阿法母亲也从最穷苦的佃农变成了有少量土地的地主，阿法家的经济和政治地位因为这种跨国的经济纽带得到了提升。中国的传统观念要求子女对父母的顺从，但在国外淘金的华人成为家庭经济支柱的现实给了他们更多的话语权，也悄然改变了这一传统观念。华人婚姻观的改变在当时的广东地区及美国华埠流传的歌谣中也有反映，"身旅花旗地，婚姻自主持；例非父母可拆离，比翼鸳鸯连理树"(Hom 32)。在阿法娶妻的选择上，母亲麦氏与儿子意见不一。在无奈之下，阿法暗示（其实是威胁）要离家返回加拿大时，麦氏不得不顺从了儿子的意思。阿法在家庭经济生活中的地位改变了传统社会中父母对子女婚姻的决定权，冲击了中国旧的社会习俗和观念。在加拿大淘金的红毛返乡娶亲时，红毛的择偶观已完全不同于传统中国农村的择偶观："红毛在金山住了这么久，看女人的眼光和自勉村的人就有些不同。红毛不喜欢女人缠足，红毛喜欢身材高挑丰满的女人，红毛希望女人多少识几个字"(23)。

三寸金莲、身材小巧和不识文墨曾经是中国传统婚姻中理想的女性形象，但红毛自身的经历让其改变了择偶标准。同样，方得法在前往加拿大淘金首次返乡之前，其母亲麦氏已经在家乡替他定下一门亲事。在麦氏的眼里，门当户对、生辰八字的般配、女方对针线活的擅长，足以证明她是一个好的儿媳妇。但对阿法来说，这个女孩是否受过教育更加重要。尽管阿妈的回信证实了他关于女方不识字的猜测，三十一岁的他也似乎别无选择。但一回到家乡，阿法却对颇通文墨的六指一见钟情，不惜自己已经耗费的聘礼而要改娶六指为妻。金山客择偶观的改变促进了侨乡教育事业的发展，也改变了过去女性对教育的态度。

其次，妇女地位的提升也是金山客跨国民族主义实践的产物之一，方家新修的碉楼被命名为"得贤居"，就体现了这一点。以女性名字为自己的宅子命名，在清末民初年间的广东乡下极为难得。一方面，它是阿法对爱妻感情的体现；另一方面，也是阿法对女性态度的改变和留在家中女性地位提升的体现。在金山客家中，女性成为了事实上的一家之主。

中国传统的"三从四德"观念在金山客的父母、长兄去世或者缺失的情况下被摈弃，女性掌握了整个家庭的话语权，改变了过去女性在家庭的完全顺从的地位。《金山》中，方德法母亲尽管对家庭决定有着重大影响，但其主要决定权在于六指，六指在家庭财产处置、房屋修建、子女的教育、婚配等方面掌握了完全的话语权。

另外，金山客带回的财富在某种程度上也刺激了中国的消费，影响了广东侨乡的社会经济结构和消费观念。据统计资料，19世纪90年代，广东省台山县大部分的居民生活几乎全部依靠海外移民所寄回的外汇维持。据《纸生仔：一个人的故事》(*Paper Son：One Man's Story*)一书作者的回忆，在20世纪20年代，台山县是广东省生产力最低的地方，但台山却是经济最富裕的地区，在当时当地的 100 万人口中，大约一半都是依靠美元维持日常生活开销。在《金山》中，红毛返乡娶亲时排场很大，光鸡就宰了上百只，用光了自己在加拿大攒了十几年的钱。阿法返乡时的排场更大，"二十只金山箱，一式一样的木料"。带回来的东西，也是五花八门，有西洋样式的服装、食物、钟表、瓷器等。阿森西奥指出"汇款指的是那些临时或永久居住在他们所工作国度的国际移民往自己家乡转移的收入。这些汇款可以是货币也可以是非货币"（Ascencio 5）。阿森西奥又解释了货币和非货币的区别，前者包括现金、支票等，后者则被定义为"在第二类非货币汇款中有三种类型：消费品，例如衣服、家电、电视、礼物等；资本商品，例如工具、轻工机械、车辆；移民在移居国所学到的技能和科技知识"（Ascencio 8）。在《金山》中，作者颇具匠心地塑造了海外华人对家乡观念改造的另一个例子——女性化妆品。阿法返回国内时带回来的一个箱子里装满了女人的唇膏、指甲油、香水、绣着花边的内衣文胸等。在方家第五代艾米返回故居时，她偶然发现了一只披在夹袄里的玻璃丝袜。作者巧妙地用玻璃丝袜来暗示了跨太平洋两岸交流的广度和深度。很难想象，在 19 世纪末的中国广东农村，这些商品对当地妇女的消费观、审美观有何等的冲击和改变。

维托维克对移民的汇款功能做了如下评论："移民汇款不仅给予了家庭重要支持，同时支持家人接受教育、获取专业技能，通过建立新的诊所、水系统、宗教及运动场所等逐步重构性别关系等。汇款也可能损害当地劳工市场，产生新的地位阶层和经济依赖模式"（Vertovec 575）。在《吃碗茶》和《金山》中，雷霆超和张翎通过对移民汇款及其作用进行了直接和间接的书写，展示了汇款在维系移民家庭生活、促进中国教育、医疗、宗教等方面的重要作用，展示了移民在促进中国社会、经济和政治变革中的重要作用。

第三节 《昨日之怒》：家园政治

家园政治被安德森称之为"远距离民族主义"（Long–distance

Nationalism)，指的是流散人口对祖籍国政治的参与。斯蒂文·维托维克认为家园政治主要有以下几种形式：流散人口有计划的回归；代表祖籍国的集体游说；政党的海外办公室；移民同乡会；反对派组织对祖籍国政治变动的参与等（Vertovec 94）。

移民对祖籍国的政治参与历史悠久，形式多样。全球化的发展更是便利了跨国群体对祖籍国政府、政党、社会运动的参与，也使得过去仅仅从民族国家内部的因素来理解某个国家政治进程和结果的观念显得过时。

全球化将移民带到了世界各地，作为全球化后果之一的去国土化，也催生了移民对祖国政治的参与，"去国土化是现代世界的主要力量之一，因为它将劳动人口带入了相对富裕社会的底层阶级和空间，有时营造出夸张而强烈的、对其祖国政治的批判或依附感"（阿帕杜莱 49）。

移民经常参与社区活动来保持与他们的祖籍国的联系，参与家园政治。事实上，海外移民在决定他们祖籍国的社会、经济、文化等方面有着越来越大的影响力。如果没有海外移民的支持，有些国家甚至不能维系自身的存在。一些社会学家进行的研究证实了厄立特里亚和克罗地亚的独立过程中，来自欧洲和北美海外移民的汇款和政治游说对新民族国家的建立发挥了重要作用。对于海外华人来说，他们通过各种跨国网络积极与中国保持联系，为中国发展贡献力量。

美国华人对中国的政治参与历史悠久。1924 年，美国华人群体发起政治运动反对新通过的限制移民的法案。华人在美国的节日庆祝活动也被用来为中国筹款。1937 年，在中国领事馆的帮助下，中华会馆成立了中国战争救济会来协调美国国内的善款筹集及救助工作，在支持中国反对日本侵略上扮演了重要的角色。同时，也改善了美国华人的形象和被美国主流社会的认同。同年，援华同盟在纽约召集大约 15,000 人，宣布抵制日货。1938 年，为了抗议美国公司向日本销售废铁以制造武器，华人在纽约的布鲁克林码头打上尖桩阻止货船通过，此举得到码头工人支持，他们拒绝装运废铁上船。1940 年，旧金山华人在中国新年时举办了"一碗米晚会"（Bowl of Rice Party），将服装秀、中国音乐会、杂技、中国戏剧及艺术展融为一体,为中国抗战筹款。在表演中,参加二战的美国华裔被突出宣传,用他们在二战期间为美国所做的贡献来吸引主流媒体的注意、改善自身形象。同时也进一步加强华人社区内部的团结。1941年,美国华人为了支持中国抗日战争发起"一碗米运动"(The Bowl of Rice Movement)为中国进行筹款,其主要发起人刘裔昌也是《父与子》一书的作者。

华人对中国国内政局的参与在文学作品中得到了真实的反映。

在中国几次大的历史事件中,海外华人通过各种渠道参与了戊戌变法、辛亥革命和抗日战争。张翎的《金山》正是中国海外移民参与国内政治的最好文本。《金山》中一条重要的主线就是以方家几代人为代表的海外华人对中国国内政治活动的参与。这些活动一方面展示了华人中逐渐增强的民族主义,另一方面,也展示了华人的跨国民族主义。

中国现代民族主义起源于19世纪末期。鸦片战争之后,中国积贫积弱,1894年甲午战争的失败给中华民族带来了前所未有的民族危机,中国也彻底沦为半殖民地半封建社会。这种丧权辱国之痛促使中国一批知识分子,如康有为、梁启超等开始寻找救国之路,他们对海外现代观念在中国的传播催生了民族主义的萌芽。随后的中国民主革命的先行者孙中山更是促进了中国民族主义的发展,从其创办兴中会到辛亥革命的成功,海外华人的参与功不可没。《金山》中,作者将历史与想象融合,在文本中插入史料来讲述华人对中国政治的深度参与。阿法与其同乡阿林都深切体会到中国的衰落对自己在加拿大的命运有着直接的影响。弱国无外交,腐朽落后的清朝无法保护自己公民在海外的安全,但这些华人依然对清王朝抱有幻想。当李鸿章赴英属加拿大访问时,方得法在李鸿章马车经过时喊出的话是,"请李中堂代叩当今皇上安,祝皇上龙体康健,重振大清江山"。戊戌变法失败后,流亡海外的梁启超到温哥华演讲以宣传革命和募集资金。前往聆听演讲的阿法对阿林说,"大清国若略微强壮些,你我何必抛下爷娘妻子,出走这洋番之地,整日遭人算计讹诈?"(129)对于在国外的华人来说,"他们普遍相信,一个强大而进步的中国将有助于他们赢得美国(移居国)社会的认可"(尹晓煌75)。出于这种朴素的目的,他们认为支持中国的富强也就是为自己切身利益着想。对祖国强大的向往使得阿法不惜将自己生意兴隆的洗衣行卖掉,将大部分收入捐给了北美洲的保皇党总部。

黄花岗起义失败后,为了寻找华侨、华人对中国革命的支持,孙中山到海外多国演讲寻求支持。孙中山曾分别于1897年、1910年和1911年三次前往加拿大寻求海外华人对国内革命的支持。1911年,孙中山至加拿大募捐,但由于当地华人大多是贫困的工人,一时无法募得需要的资金。无奈之下,"当地华人抵押了自己的房产、堂会大楼,将所得三万港币捐给定于次年举行的起义"(Lum 50)。《金山》中,广州起义失败后,温哥华当地的华人报纸《大汉公报》登载了许多关于中国内政的报道,宣传民主革命。受报纸影响,方得法的儿子锦山尽管不懂国体政事,但却每次从自己卖菜的钱中拿出一些放进报社的筹饷箱支持中国革命。父亲阿法的言传身教、海外中文报纸的宣传使得年幼的锦山产生了朴素的民族主义和跨国民族主义思想。这种思想突破了代际和地理边界的限制,也凸显了海外中文报纸对华人社区的巨大影响力。

辛亥革命后,最能证明华人跨国民族主义和对国内政治参与的例子,莫过于抗日战争。日本发动的侵华战争给华人在国内的家属带来了巨大的伤痛。在《金山》中,阿法的外孙怀国被日军的炸弹炸死,阿法的女儿锦绣被日军凌辱并险遭杀害。家仇国难使得海外华人与国内人民一道,同仇敌忾,在加拿大的华人举行聚会游行,为中国抗战募捐。

"1938年,在日军占领广东沿海地区(几乎所有在加拿大的华人都来自于此地区)、轰炸广州之后,加拿大华人对于祖国的关切达到顶峰"(Ven, Lary and Mackinnon 94)。在《金山》中,作者书写了在加拿大的华人捐款捐物支援中国抗战的盛举,但作者更是引用了当时报纸的一则消息,来证明华人对祖国政治的参与和对中加两国的双重认同:

> 就参战一事华埠意见分歧,有人认为祖国有难,男儿保家卫国责无旁贷。也有人认为吾等在加拿大定居多年,加国亦是第二故乡。现今加国兵员短缺,华裔理当参战,以换取加国政府之信任。无奈

卑诗省政府不予华裔以选举资格,华裔不得参军报效国家。今日华埠成立了爱国参战会,旨在游说联邦政府准予华裔以加国居民身份参战,以表华裔视加国为故土之效忠之心"。(326—327)

在此则消息中,华埠人士首先从经济上对于中国的抗日战争给予支持,他们捐钱捐物,更有人希望回国参战;但另一些华人的意见,则体现了华人的另一个身份属性,他们已经视加拿大为其第二故乡和故土,这部分华人代表了典型的跨国民族主义,他们的身份认同突破了过去对单一民族国家的认同,在跨国实践中,他们对中加两国产生了双重认同。

在爱国热情鼓舞下,锦河将亨德森太太去世后给其留下的四千加元捐给中国购买飞机。此外,作者还用了一个极端的例子来书写华人对祖国的支持:抗日战争爆发后,阿法的儿子方锦山偷偷地将自己尚在妻子腹中的胎儿卖于他人,计划将所得乳金悉数捐入抗日筹赈会。海外华人对中国抗战支持数额巨大,地域广泛。据统计,从1931年至1945年抗战胜利,全世界800万华侨中有400万为中国抗战捐过款(任贵祥350)。

通过对方家几代人支持戊戌变法、辛亥革命和抗日战争的书写,作者展示了海外华人对中国国内政治的参与。为了强调这种参与的深度,作者塑造了不惜将自己生意兴隆的洗衣行卖掉去打工的阿法、倾其所有捐款的方锦山和将亲生儿子卖掉为中国抗战捐款的方锦河,尽管这种塑造略显夸张,但其体现的却是作者对海外华人与中国的深切联系的赞同,这种参与既是华人民族主义的体现,同时也是华人的跨国民族主义的体现。

从20世纪60年代开始,美国高等教育的对外开放吸引了大量的海外留学生。作为当时世界上最发达的国家,美国提供了更好的教育机会,留学也可能为获得在美国的永久居住权有所帮助,加之当时将子女送往国外接受教育的家庭看到了在美国接受高等教育可能带来的社会、文化和教育优势,大批华人从中国的香港和台湾前往美国求学(当时大陆尚未开放对外留学)。这些学生在海外留学以及毕业后在美国居留期间,积极参与祖国的政治,为维护中国利益做出了较大的贡献。这些跨国政治参与活动中，20世纪70年代的"保钓运动"是影响力最大的，也在海外留学生群体中造成了很大的影响。

位于中国东海的钓鱼岛自古以来就是中国领土。1894年中日战争爆发，1895年在甲午海战中失败的清政府被迫签订《马关条约》。按照该条约，台湾岛及其附属岛屿被割让给日本。1943年，中、美、英三国首脑在埃及首都举行会议并随后发表《开罗宣言》(《波茨坦公告》)，明确日本归还其所侵占的包括满洲、台湾和澎湖等岛屿在内的中国领土。但在中国代表缺席的情况下，1951年签订的《旧金山和约》，将钓鱼岛连同琉球群岛交给美国托管。1970年，美军有意将琉球群岛的管辖权交与日本，并提出将钓鱼岛送给日本。此消息一出，引起了中国国内民众和海外华人的强烈不满及愤慨。1970年12月29日，《人民日报》发表题为"决不容许美日反动派掠夺我国海底资源"的文章指出"台湾省及其所属岛屿，包括钓鱼岛、黄尾屿、赤尾屿、南小岛、北小岛等岛屿在内，是中国的神圣领土"[1]。在美国的广大华人，尤其是从台湾前往美国的留学生(当时大陆尚未向美国派遣留学生)发起了声势浩大的保钓运动。

张系国的长篇小说力作《昨日之怒》(1986)即以70年代发生在美国的保钓运动为背景，书写了海外留学生以及海外的知识分子强烈的爱国热情和他们对中国国内政治的参与。《昨日之怒》以台湾商人陈泽雄表妹的婚姻为主线，描述了众多在美华人的形象，尤其是以葛日新为代表的海外保钓积极分子和对祖国充满感情的知识分子施平。尽管有着对于青年人之间爱情的书写，但其重心依然在于对海外华人对中国政治利益之维护及对中国政局之参与。小说的叙述者陈泽雄，学生时代曾迷恋过自己的表妹王亚南。王亚南先是嫁给了带着美籍华人头衔回到台湾的洪显祖，后婚姻不顺，在美国遇到保钓运动的主将葛日新并与之结婚，小说围绕王亚南的离婚官司和陈泽雄在美国的经历展开。

葛日新是小说主要塑造的对象，也是作者参与保钓运动的一个缩影。在小说的序言中，作者写道："《昨日之怒》只能算是个人对中国青年政

---

[1] 《人民日报》1970年12月29日第一版。

治运动的一个诠释,并无艺术价值。""唯一的意义,乃是对自己及当日共事过,现在流散在非洲、美洲、台北、武汉、北京……世界各处的朋友,有个交代。"(葛日新 序)。尽管作者对自己作品做出如此评价有着特别的时代背景,作者也提出这部作品"不符合任何文艺路线"。但作者自己亲历的时代,使得这部作品能更加真实地反映海外华人对祖国政治的深度参与和海外华人强大的凝聚力。

葛日新是具有强烈个人英雄主义的人物,他在美国加州伯克利大学拿到博士学位,但他却没有像当时的大部分留学生一样为了实现"美国梦"而努力。为了自己的理想,他全然没有考虑到凭借自己的博士学位可能为他带来的各种好处。相反,他却能放下身段,在街头卖包子。初见葛日新,陈泽雄在门外听到的是屋子里传出的中国歌曲声,葛日新住处墙壁上贴满了图片和龙飞凤舞的字条。葛日新对于中国文化的认同和热爱,从其对音乐、书法的爱好得到了证明。更重要的是,葛日新对自己在街头卖包子的事情毫不掩饰,对自己的爱国追求更是尽心竭力。

在陈泽雄看来,表妹王亚男非常优秀,在他的眼里,表妹的个性似乎不会喜欢一个卖包子的。小说中特意将葛日新和洪显祖的豪宅进行比较,凸显了王亚南的思想转变和爱国热情,也体现了海外华人与当时台湾地区价值观的不同。正如金理和所言:"你要晓得,在台湾洪显祖是英雄,在这里葛日新这样的人才是英雄。如果王亚男崇拜英雄,她一定会看不起洪显祖,改跟葛日新。"(31)王亚南是作者浓墨重彩描述的人物,她的转变可以被视为从中国人到华人的转变代表。王亚南天生丽质,作为校花的她从来都不缺乏追求者,就连陈泽雄都对其充满了幻想。在认识洪显祖后,她抛弃了自己的男友,并在家人的反对下嫁给了洪显祖。婚后生活显然不是王亚南想要的,洪显祖的自私、控制欲和阳痿,使得王亚南极度苦闷而最终选择离婚,并与葛日新一起投入到轰轰烈烈的保钓运动中去。

洪显祖显然是作者极力批判的类型。作为从台湾前往美国留学并在美国定居的华人,洪显祖对台湾充满了功利主义色彩和利用。洪显祖从美国回台湾时受到热烈欢迎。"有一阵子,报上整年登的都是洪博士的消息，或是发表演讲，或者是某某要人召见"(16)。而洪显祖与王亚南结婚的消息更是十分荒谬，报纸上的评论竟然都十分赞扬洪博士的爱国精神，连妻子也一定要回到台湾来找。尽管作者并没有强调洪显祖回台湾找妻子的动机，但陈泽雄对洪显祖性格的判断来说，这绝对不是爱国精神，因为洪显祖是个"绝对自私的个人主义者"。作者更是借施平办公室的简小姐之口对其进行了谴责，"你们只晓得欺负女性，年纪轻的动不动就想回台湾讨个漂亮太太，年纪大的更都是老不修。我就是要骂你们这种满嘴仁义道德，满肚坏水的男人"(59)。作者对洪显祖的自私之处多有塑造，为了挽救自己的婚姻，洪显祖在台湾开设零件工厂，他请求陈泽雄为自己帮忙并许以高薪，但在挽救婚姻失败时决定将工厂卖掉，事前并没有告诉陈泽雄。在离婚时，对自己的妻子冷酷相对，毫无亲情可言。

与洪显祖相比，葛日新代表了另一种海外华人形象。洪显祖有钱，在美国取得了学位，台湾社会认为他是出色的旅美学人而对他尊敬有加，而葛日新则是理想主义者，为了理想可以牺牲自己物质上的追求。在此，张系国用洪显祖和葛日新性方面的差异来凸显两者之间的对比和对洪显祖的批评：洪显祖做事一般，只求迅速了事；葛日新却不一样。葛日新在精神上和肉体上，都有追求完美的狂热。和葛日新在一起后，王亚男才真正尝到肉体上的欢愉(140)。

小说还凸显了国内民众和海外华人对国内政治事件参与的热度。

陈泽雄作为出生和成长于台湾岛的青年，对与台湾地理位置接近且非常重要的钓鱼岛的关注远远比不上那些生活在海外的华人。在与金理和聊天时，陈泽雄的问题更是让金理和感到诧异，"什么是钓运？什么是保钓会？"(29)，连基本概念都不知道的陈泽雄代表了国内一般民众对于政治生活的冷淡，"钓运你怎么都不晓得？保卫钓鱼台运动，在这里搞得如火如荼，难道你们在台湾完全没有听说过？"(29)。而陈泽雄的解释是"我……我大概平常不关注这些事情。这几年我忙着为生活奔波，政治大事，很少去注意"(29)。陈泽雄认为金理和在美国是相当成功的。金理和在美国拿到了博士学位，又有着理想的工作，但他没有想到金理和的内心世界是如此苦闷。在金理和家中的书架上，陈泽雄看到的确是"堆满了有关中国的书籍和杂志",在客厅看到的却是"在客厅的另一头,则挂了一排粗细长短形状各不相同的钓鱼竿"(32)。作者形象地用钓鱼这项运动诠释了金理和的心境。除了从陈泽雄的角度间接阐释金理和内心的感受之外,金理和更是向陈泽雄表明了自己的心境——"我现在只有两个嗜好:中国和钓鱼。中国是我唯一的爱,钓鱼是我消磨时间的唯一的方法"(32)。

作为从中国台湾到美国留学的学生,金理和曾经也对美国充满了向往。由于美国与台湾之间在冷战时期的特殊关系,美国对于台湾民众有着特殊的吸引力。1965年美国新的移民法案通过之后,大量的台湾留学生前往美国求学,据统计,从60年代中期到80年代中期,有将近15万台湾学生前往美国攻读研究生学位(庄国土 71)。王亚南、金理和以及陈泽雄当年的同伴,例如胡伟康、咪咪、施平等人都没能例外,就连陈泽雄的妻子对其前往美国也充满了期待。然而到达美国后,金理和在取得了令人羡慕的成绩之后,却又陷入了另一个怪圈。陈泽雄与金理和聊天时,对金理和对美国的不满相当疑惑,"小金,你真是满腹牢骚。你们身在美国,却骂台湾的人崇洋,岂不是矛盾得很"。金理和回答道:"不出来,不会知道崇洋的可怕。不出来,也不会知道中国的可爱。"(27)正是身处美国的这种跨国环境给了华人更多思考自身身份的机会,他们更能比较两个社会的优缺点。

海外华人的派系斗争和不团结是一个常见的话题,但"保钓运动"却能够把所有的人团结起来。在保钓运动的初期,参加活动的人并不多,但很快人数就越来越多,"那种爱国的情绪,那种激昂的心境,不是身临其境,真无法体会。我参加钓运的时候,真是觉得五四运动又来临了,我们这一代的年轻人终于觉醒了。我在伯克利的同学,几乎没有一个人不卷入保卫钓鱼台运动……"(67)。在小说中,作者还塑造了另外两个人物来展示保钓运动对海外学子的召唤,以及这些学子内心极大的爱国热情。在保钓游行的前夜,发起人之一的宋子佳表示他不能参加示威游行,害怕参与政治事件会影响到他将来返回台湾后的前途。葛日新在劝说时言语铿锵,"人人都这样,国家还有救吗?","你有责任,我也有责任，凡是中国人都有责任"（126）。在犹豫和矛盾中，宋子佳在最后关头还是参加了运动："有多少人为了保钓运动牺牲了学业，牺牲了前途，放弃了个人的事业？但在那时候，个人的前途，似乎变成了无关紧要的事。为了保卫国家的领土，为了抗议日本的侵略，一切都可以牺牲！"（同上）在美任教的王教授则是另一个被保钓运动的爱国热情所感染的人。从来不参与政治的他只为保钓运动破例过一次。"我这个人很不容易动感情，人家骂我老油条，我也不在乎。只有保卫钓鱼台运动那一次，看到大家爱国那一股真情，连我都被感动了，签名不算数，我还到处捐钱"（169）。尽管保钓运动后来的分化使得很多当年参与运动的人痛心，但这种爱国热情却是当时所有海外华人所共有的。正如在华盛顿举行游行时，扩音器所传出的声音，"今天我们要向全世界证明，海外的中国人绝不是沉默的一群。今天，全美各地区的中国人几乎都派了代表来参加游行"（128）。1971年1月29日，在美国成立的"保钓运动委员会"组织大约2,000名以留学生为主体的华人在美国东西海岸的主要城市，如纽约、旧金山、洛杉矶等地举行抗议示威，在纽约的抗议示威活动在联合国总部大楼外举行。1971年4月10日至12日，在美留学生及华人在华盛顿举行了保钓示威游行，吸引了大约2500人参加，这也是在美华人规模最大的一次游行示威活动。

除了在美国举行游行示威活动，海外学子更是希望当时的海峡两岸政府积极应对事件。1971年3月，包括当时在美国的赵元任、余英时、张系国等人联合多位台湾留学生上书当时的台湾领导人蒋介石，呼吁政府采取措施应对日本。1971年4月21日，当时的台湾外事部门对外发表声明："对于钓鱼列岛之领土主权，不容丝毫置疑，此项立场始终如一，决不变更。"1971年5月23日，《纽约时报》①的星期日版刊出了全版广

---

① 鉴于《纽约时报》的巨大影响力，历次保钓运动都倾向于在《纽约时报》刊登广告以影响美国政府决策和提高公众意识。2012年4月，日本东京都知事石原慎太郎表示东京政府决定从私人手中"购买"钓鱼岛，中日双方就钓鱼岛主权问题的矛盾进一步激化。2月1日，香港市民维护公正和平联合会、中国民间保钓联合会、香港保钓大联盟等中国民间团体联合在美国《纽约时报》和英国《泰晤士报》刊登整版保钓广告。

告——《致尼克松总统及国会议员的公开信》(An Open Letter to President Nixon and Members of Congress)，要求美国尊重并确认中国对钓鱼台群岛的领土主权，广告右侧直书"保卫钓鱼岛"五个汉字，下方是参与保钓活动的诸多华裔教授及留学生签名。值得注意的是，海外学子对保钓运动的热潮也影响了当时海峡两岸的关系。在20世纪70年代，当时的海峡两岸尚处于敌对状态，但出于中国国家整体利益考虑，大陆和台湾政府暂时搁置历史的恩怨，以一种默契的合作方式共同努力维护了祖国的领土完整。杜维明认为，这一时期的保钓运动由不同政治信仰、语言类别和社会背景的美国华人结成的联盟，此运动清晰表明，"'保钓运动'背后的合作精神，深植于中华文化和族裔之中"（尹晓煌、何成洲 295）。

除了对海外华人爱国热情的书写，《昨日之怒》还对海外游子的家园情怀多有刻画。对于葛日新来说，"我生在四川成都，长大在台湾，现在人却在美国。你说我算哪里人？"；对于陈泽雄，"我父亲是新竹人，母亲是河北人。你要问我是哪里人，我也不知道。"（38）；对于王亚南来说，"洛杉矶的家，我从来不把它当成自己的家"（50）。对这些海外游子来说，他们的家园概念已经模糊，他们对故国的感情爱恨交织。在陈泽雄看来，那些只在假期回台湾度假、追女孩子的留学生并不关心台湾。只有葛日新这样的人才真正关心台湾，尽管他们到达美国后却再也没有回过台湾。这种"爱之深，近愈怯"被葛日新表达得淋漓尽致，"也许就因为我太关心台湾，我反而不能回去。你明白我的意思吗？你爱一样东西，爱得越深，感情就越复杂，有时反而会恨它。爱恨交织，到最后，连你自己也分不清，什么是恨，什么是爱。你明白我的意思吗？"（39）。

施平是作者刻画的另一个人物。一方面，他希望回到台湾；另一方面，他却感到台湾也不再是他的家。在施平所工作的报馆墙上，施平拟就的广告部分说明了施平的心思和海外华人对故土的期盼。"你从远东来/ 你将来还要回到远东去/要想知道远东最新消息/敬请订阅《华美日报》"（55）。

施平身上有着丢不掉的中国文化，对故土的期盼使得施平甘愿放弃其他待遇更好的工作，努力为华埠的发展贡献自己的力量。除了在中文报社工作之外，施平还自愿去华埠教导下一代学习中文。此外，作者也借施平的经历来展示海外华人的爱国情怀，"报纸上登了一篇支持台独的文章，那天不知道多少读者打电话来责骂，甚至威胁要退报。他们的报纸上次刊出支持华人民权运动的社论时，又有许多人打电话来鼓励"（59）。

失去家园的施平就像无根的人：

> 对，就好像灯塔的守望者一样，我愿意永远守望着我的老家。我讲我的老家，你也许会笑话我。老家的房子早已拆掉了，我在那小镇也不过住了八年。可是我依然认为那地方是我的老家。住在里面的人我都不认得，他们也不认得我，或许并不会把我当作他们中间的一分子。我又有什么权利认为那是我的老家呢？但我依然爱那个地方，我依然爱那些人，尽管他们不一定肯再接受我。我想，没有关系，就让我永远站在外面做一个守望者吧。有危险发生了，我会呼喊，让他们知道。我会永远尽力保护着他们。我不一定能再回到老家里面看看，可是看到不看到又有什么分别？至少我有权利做一个守望者。（220）

施平的选择是典型的跨国参与和跨国认同，而作品悲剧性的结尾还是展示了作者对海外华人对故土的期盼。在小说的结尾，葛日新遭遇车祸身亡，王亚男带孩子返回台湾。"贝贝，你看人好多啊。这么多中国人，你还从来没见过吧？爸爸一辈子想回来，都回不来。你比爸爸还福气呢。爸爸要你也好好做个中国人，你会吗？（227）"出生在美国、具有美国身份的贝贝与父亲对他做中国人的期盼，也是海外华人身份复杂性的体现。张系国对海外留学生的书写显示了这些留学生"在异己的文化境遇中未改民族文化认同，即使拥有了美国国籍，其民族情感归属与文化归属依然是中国"（朱立立 187）。钱锁桥曾将海外学子的这种行为称为"游子爱国主义"，并认为这种爱国主义在政治上永远无法兑现（孔秉德、尹晓煌 75）。但无论如何，海外学子对于中国政局的参与并非没有作用，

第二章 一代移民跨国民族主义书写　　91

他们的跨国参与维护了中国的利益，也提高了海外华人参政议政的能力与经验。耶鲁大学人类学系教授萧凤霞（Helen Siu）也指出，"家园政治"涉及到祖籍国对海外华人的期待，期待他们能通过参与政治活动和爱国主义来实现其文化身份与祖国的相连（Siu，"Cultural Identity" 32）。除了书写留美学生和华人群体对中国的政治参与，张系国还对二代移民对中国的跨国认同进行了探索。在小说中，美国华人社区青年的文化取向已经不再像他们的父辈一样对中国充满感情，这些在美国出生和成长的青年从内心已经接受了美国的文化和价值观。但作者并未对他们对中国的跨国认同表示悲观，他们父辈潜移默化的影响，以及自己的种族属性决定了他们依然有与中国保持联系和产生认同的可能。"中国对他们而言，只是上一代人所梦寐怀念的故国。他们即使承认自己是中国人，也多半止于血缘上的亲和力"（56）。

　　通过对美国华裔作品中第一代移民跨国民族主义实践的考察，我们可以看到，美国华裔作家通过书写第一代移民通过维系跨国家园改变了过去传统的家园概念，早期前往美国的华人通过不同形式保持了与中国家人的联系并创造了新的跨国家园，体现了华人在当时严重的种族歧视下对美国社会所进行的反抗，部分颠覆了华人逆来顺受的形象。作为女性作家，汤亭亭、张翎等作家更加敏锐地注意到了这种跨国家园对留守在中国农村的金山客妻子带来的创伤和悲剧性命运。不管是汤亭亭笔下的无名女人，还是张翎笔下的六指，她们在美国歧视性移民政策的限制和中国传统父权制的双重压迫下，在无望的等待中走向死亡。华人维系跨国离散家庭的实践，不管是汇款、探亲、帮助家人前往美国，这些实践构成了中美两国在微观和个人层面上的互动。这种互动不仅有利于中美两国之间的相互理解，更有利于促进当时相对落后的中国进步。通过汇款，美国华人不仅改善了自己在中国的家人的经济条件，更促使了侨乡乃至整个中国的思想和社会进步。在美国的华人在逐步融入美国社会的同时，意识到强大的中国对于自身在美国的政治地位有直接关系，他们更愿意为中国的发展努力。在中国一步步走向现代化的过程中，美国华人贡献巨大。不管是《金山》中的连续不断地为中国的民族民主革命、抗日战争捐款捐物的方家几代人，还是在20世纪70年代为保卫钓鱼岛积极参与"保钓运动"的海外留学生群体，他们通过参与家园政治为中国走向富强努力。海外华人对中国政治的这种参与,并没有影响到他们对美国的认同,他们在确认自己美国身份的同时,也对中国保持了持续的认同,体现了第一代华人以跨国实践为主要特点的跨国民族主义。

第三章　土生华裔跨国民族主义书写

斯蒂文·维托维克认为，"流散意识"（Diaspora consciousness）中关键的一点就是存在双重或者多重的认同，大多数移民都保持着多重身份，以把他们同时与几个国家联系起来。詹姆斯·克利福德（James Clifford）指出"流散的悖论就在于居住在此地而对彼地表示认同并保持联系。不一定需要一个具体的地点或者说国家，这种联系造成了区别"（Clifford，"Diasporas" 322）。移民的这种流散意识导致了移民有意愿去和自己有着相同根源的群体进行联系。正如在上一章论述的，对于第一代美国华人移民来说，中国（包括香港、台湾等地区）是他们出生的地方，尽管他们后来移居美国，但对故土的情感依恋和经济及社会关系，将他们与中国紧紧联系起来。不同于第一代华人，土生华裔多在美国出生、长大，他们中的大多数对于中国没有亲身体验，也没有像他们父辈那样对中国的依恋。那么对于土生华裔来说，他们自身是否有着跨国民族主义因素？如果仅仅从狭义上来理解跨国民族主义，将跨国民族主义仅仅当作在实践层面来理解的话，那么跨国民族主义很可能仅仅在第一代移民中存在。跨国民族主义研究学者席勒等也在著作中提出"跨国民族主义究竟是仅仅在第一代移民中存在还是可以代际传递？如果可以代际传递的话，它是如何传递，在何种程度上被传递的？"（Schiller xiv）

当跨国民族主义成为第一代移民的生活方式时，那么其子女必然或多或少受到一定的影响。在美国华裔文学中，尽管大部分的华裔被描述为被美国同化，二代移民与他们父辈/母辈之间的矛盾也被解读为以父母为代表的中国文化与子女们代表的美国文化的冲突，但这种冲突背后的和解和二代移民所体现出的跨国民族主义则被长期忽视。对于第二代华裔来说，被同化并不是他们成为美国人的唯一选择。与中国跨越边界的联系和家庭中不可忽视的中国元素，为他们提供了另一种可能。因此，美国华裔文学中也必然存在着对二代移民的跨国书写。对于美国华裔作家如汤亭亭和谭恩美来说，她们都注意到了美国华裔的双重认同并各自用独特的方式来进行探索。本章就谭恩美的《喜福会》和汤亭亭的《中国佬》来考察这两部作品中土生华裔所展示的跨国民族主义。

第一节 土生华裔与跨国民族主义

在跨国民族主义研究中，研究的焦点在于第一代移民的跨国民族主义实践。国际移民产生的首要原因在于，世界经济发展的不平衡和经济发展的"推拉"作用。对于第一代移民来说，毫无疑问，他们必须与移居国和祖籍国保持密切联系以维护自身和家人的利益。

以首批到达美国的华人为例，他们是全球化经济发展的结果，同时也是移民个人家庭的生存策略之一。早期作为"客居者"的华裔移民，往往单身一人前往美国从事体力劳动，以维持留在中国的一家老少的生计。

他们最大的愿望就是能够积累到足够的钱财，使得家人衣食无忧，自己能衣锦还乡。作为家庭个人生存策略，他们很多人都是举家族之力，有的甚至从全家族借债才到达美国。到达美国后，他们又开始为帮助自己的家人或者族人进入美国努力。这种特征和生活方式决定了他们与他们在中国的家人、亲戚、朋友，甚至邻居保持了持续的联系。

由于一代移民自身的生活跨越了多个国家，对他们的生活不能仅仅从移居国的视角和范围进行理解。与一代移民的跨国民族主义研究相比，对二代移民的跨国民族主义研究一直被学术界所忽视。二代移民的生活与祖籍国没有太多的直接关系。因此在现有的调查研究中，对于二代移民与祖籍国的联系也有着不同的结论。在一元文化论的背景之下对二代移民的研究中，同化的观念几乎主导了所有的研究，关注的焦点也在于二代移民如何融入主流社会。一些学者指出，跨国民族主义对第一代移民来说非常重要，但对第二代移民来说就不太重要了。"一般而言，从第一代(移民)到第二代，通常会导致与祖籍国联系的弱化，有时这种联系甚至会消失"（Soehl 779）。但也有学者指出，二代移民可能对他们父辈的语言有所掌握，也可能往返于其父母的祖籍国旅游，这种联系可能会持续，但其重要性和频率并不清楚（Levitt and Glick-Schiller, 2004）。迈克尔·斯密斯（Michael Smith）等人回顾了跨国民族主义研究，并提出跨国民族主义是否只在第一代移民中存在的问题，他们指出"在他们的祖先到达美国一百年后，这些欧洲移民后裔与祖籍国的家园政治和文化的联系依然存在"（Smith and Guarnizo 17）。斯密斯所指出的证据包括美国犹太人对以色列的支持，对波兰主权独立运动的支持，甚至爱尔兰移民庆祝圣帕特里克节，但他们并未对移民与祖籍国的联系详加阐释。他们所指出的联系都可以间接进行，不需要直接与祖籍国发生关系，但他们暗示了移民后裔对想象家园的情感和象征性的依附构成了跨国民族主义。维托维克也认为，"跨国民族主义代际传递的进程和方式，以及跨国联系的再生产需要研究和理论化"（Vertovec 577）。

对出生在美国的土生华裔来说，他们的美国身份和美国性大大减弱了他们与中国的联系，但这种联系并非完全不存在，或者他们的跨国民族主义只不过是改变了形式而已。在二代移民中普遍存在着对中国的情感依附和想象，尽管很多学者对于把这种与父母祖籍国的情感和象征性的联系是否能被定义为跨国民族主义仍有争议，但大部分学者还是认同了这种情感依附与跨国想象，沃尔夫将这种依附称之为"情感跨国民族主义"（emotional transnationalism）（Wolf 255—294）。

情感上的跨国认同是跨国民族主义的新形式，相对于一代移民的汇款、参与家园政治等跨国民族主义实践活动，二代移民更多的是文化上的跨国认同。但同时我们也应该注意到二代移民的身份和跨国认同可能被一代移民在故国的经历所塑造，一代移民对祖籍国的态度往往在很大程度上决定了二代移民的跨国民族主义倾向。不同时期移民美国的一代移民，他们的后代对于故国的态度也完全不一致，他们与祖籍国的关系随着时代的变迁而变化。当然这种关系也受到很多因素的影响。例如，全球化下传媒、货物、资本和人员的流动。在这其中，不管是个人家庭变故，还是祖籍国的政治变化都会影响到移民的生活。移居国对移民的态度，也是塑造移民跨国民族主义的原因之一，种族主义和对族裔群体的歧视会刺激移民向祖籍国寻求联系和帮助。移居国的移民政策和对人口流动的态度也会影响到移民参与跨国活动的机会和动力。此外，移民祖籍国对待海外移民的态度，也会影响到移民的跨国民族主义。

华人学者周敏指出，很多移民的祖籍国政府早已意识到与海外移民合作的重要性，"除了移民国际汇款本身所带来的直接经济效益和侨胞热衷于家乡的慈善事业并由此带来的大量金钱和物质捐赠之外，侨胞还会将外国的先进技术和企业经营经验引入到祖籍地，如向乡亲传授如何办厂经商、发展地方工业的方法和技巧等"（周敏、刘宏 3）。

进入一个新的国家后，每个移民都需要借助于他们的国籍、种族和文化属性来确定和建构自己的身份。在后殖民研究中，移民的身份通常被看作是杂糅的。对于美国华裔群体来说，第一代华裔生活在美国文化和中国文化之间，但第二代华裔与他们的父母不同，他们在美国出生、长大，他们是完整意义上的美国公民。但由于种族原因，直到20世纪60年代，二代华裔并没有完全被主流社会认可。同时，他们父母与中国的多层次联系，又增强了他们与中国文化的关联。他们与中国的距离并不意味着他们失去所有的中国文化属性。赵健秀就认为，"美国华人从来就不是目不识丁者。与中国失去联系并不意味着他们不能够接触到《木兰辞》。它依旧被西半球的唐人街儿童所吟唱"（Chan Jeffery 3）。事实上，很多针对华裔的社会调查也支持了二代华裔对中国的自我认同。在社会学家对华裔进行的调查中，学者们也发现华裔对中国的家园认同依然强烈。2009年，美国著名华裔精英团体"百人会"（Committee of 100）发布了它就美国公众对华裔（亚裔）认知的民调报告——《仍非主流？美国公众对华裔及亚裔的看法》。[①]报告显示，当前美国民众对美国华裔和亚裔仍然有诸多认知误区和不信任。在接受调查的人中，超过三分之一的受访者表示，他们很少或者从未在工作、社区或者社交场所与美国华裔人群

[①] 见美国百人会官方网站 http://survey.committee100.org/ 及中国国务院侨务办公室官方网站相关资料 http://www.gqb.gov.cn/news/2009/0422/1/13671.shtml

有过接触。这部分显示了华裔人口和华裔社区相对较高的自我封闭程度和主流社会对华裔人群的歧视。而更有超过45%的美国公众认为，美国亚裔会更效忠于自己的血统或祖先所属的国家。在华裔自身的认同方面，48%的美国华裔认为，自己一半中国化、一半美国化(Equally Chinese and American)，39%的美国华裔认为，自己更美国化，只有12%的华裔认为自己更中国化。

在美国华裔文学的评论及研究中，不管是美国还是在中国，美国中心论的批评方式最为普遍。学者们过于强调土生华裔的美国化和他们的美国属性，放大他们与上一代移民之间文化上的对立和冲突。

例如，苏珊·拉德纳(Susan Radner)认为，谭恩美的《喜福会》"展示了来自不同的阶层和语言背景的母亲们在中国的根，强调了中国文化传统和价值观在美国如何被改造和不被欣赏"(Radner 41—42)。吴青云(Qing-Yun Wu)认为，在《中国佬》中，"中国移民必须将自己与中华性和中国相隔离以获得他们的美国性"(Wu 85)。诸如此类的评价尽管有其优点，但它们对土生华裔的身份属性的绝对化和一元化观点并不准确。

第二节 《喜福会》：代际冲突与融合

总体而言，美国华裔女作家所取得的成就远远超越同时期的男性作家。程爱民曾将美国华裔文学分为三个阶段："从19世纪末至20世纪60年代为开创阶段，20世纪七八十年代为转折阶段，从20世纪80年代至90年代初至今可谓走向繁荣阶段"(程爱民 "20世纪美国华裔小说" 1—2)。在这三个阶段中，各自涌现出了可以代表这个阶段的女作家。第一个阶段以黄玉雪的《华女阿五》(*Fifth Chinese Daughter*, 1950)为代表；第二个阶段以汤亭亭的《女勇士》(1976)和《中国佬》(1980)为代表；第三个阶段以谭恩美的《喜福会》(1989)为代表。当然这种简单划分方法并非有意否定其他美国华裔作家的作品。但总体而言，以上三位作家的作品在其所处的时代带来的影响远远超过了同时期其他作家的作品。由于美国华裔文学作家中女性作家的数量远远超过男性作家，华裔文学作品的主题与其他族裔文学就有着明显的区别。由于华裔作家的特殊生活环境和成长经历，书写代际关系，尤其是母女关系成为美国华裔文学一个显著的特征。一般而言，代际书写的核心在于书写家庭中的矛盾，及父母所代表的中国文化与子女所代表的美国文化之间的冲突。从表面来看，这些冲突代表了美国性和中国性的不兼容。但细查文本，读者不难发现在貌似冲突的背后都潜藏着代际关系的融合和协调。通过代际关系的书写，谭恩美、汤亭亭等作家在顺应美国主流话语的同时揭示了土生华裔复杂的文化认同过程，揭示了土生华裔对中国的跨国文化认同，展示了土生华裔的跨国民族主义书写。

1989年，谭恩美的《喜福会》一经出版就受到读者和评论界的热捧，并在1993年由美国华人导演王颖改编成电影，于2007年又被改编为戏剧。《喜福会》以四个居住于旧金山的华人移民家庭作为书写对象，描述了四对母女之间的故事。其中间杂这四位母亲对中国的苦难式回忆以及四个女儿在美国环境中成长的经历。在小说中，四个关系亲密的家庭创建了一个叫作"喜福会"的聚会方式，各家轮流做东聚会、打麻将。这部书的结构也与打麻将的顺序类似，全书的四部分各自被分为四个小节，有母亲和女儿轮流讲述自己的故事。由于其对母女主题的探讨和中国历史文化的书写，《喜福会》在受到美国读者广泛欢迎的同时也招致了许多批评。[1]

不可否认，《喜福会》中母亲们与女儿们之间的文化差异和冲突是小说最主要的主题。小说中的四个女儿与她们的母亲之间都存在代沟或文化差异，母亲对女儿寄予厚望，希望她们能实现美国梦。但是女儿们起初并不明白母亲的期望，她们也做出了各种叛逆的行为。从兴趣爱好的培养如下棋、弹钢琴到人生大事如婚姻，她们都似乎证明了第二代所代表的美国性和第一代所代表的中国性之间的冲突与矛盾。鉴于这种对于母女之间冲突的描写，部分学者将此理解为已经与中国文化传统彻底割

---

[1] 赵健秀批评其延续了种族主义的刻板形象，例如美国亚裔的文盲形象和编造的中国故事。

裂的二代华裔与保持中国文化传统的一代移民之间的对立，东方和西方文化之间的对立。但如果将小说置于跨国民族主义视角之下，读者不难发现看似不兼容背后的融合性以及作者对二代移民跨国性和双重认同的探索。

在小说中的四位母亲——吴素云、许安梅、龚琳达和顾映映都在中国饱尝艰辛，最终逃离中国。吴素云嫁给一名军人，在桂林的战火中无奈将两个孩子遗弃。许安梅的妈妈在自己的丈夫死去后，被商人吴青强奸，在吴青的威胁下和对自己名声的顾忌，被迫嫁给吴青做了四姨太，因而遭到家中的反对。许安梅在吴青家也有着许多悲惨的遭遇。龚琳达在两岁时定亲，十二岁时，家庭遭遇水灾，全家逃难，将其提前嫁给洪家。因为家庭突然致贫，导致洪家对她的歧视。在年幼丈夫和严苛婆婆的双重压迫下，她被迫装神弄鬼而逃离婚姻。顾映映嫁给了一个性变态的军人，最后在美国丈夫的帮助下逃离。到达美国之后，她们想极力忘记自己的悲伤过去，使他们的下一代不再重蹈她们的悲剧人生，成为"真正的美国人"。

一般而言，如果移民在祖籍国生活比较幸福，或者说，如果他们从间接渠道接受并认同其祖籍国比较美好的话，这些族裔群体就会拥有较强的祖籍国认同。"事实上，大部分流散人口的后裔都在异国以一种理想化的、浪漫的，甚至说神秘的方式来想象自己祖先的故国"（Cohen 184—185）。当然这种正面的形象主要来自移民父辈及祖父辈的影响，其父辈由于长期与故国分离，他们对于故国有种理想化的怀旧。在当今时代，这些后裔对于故国的印象也可能来源于全球化的媒体及大众文化的传播。但对于那些在祖籍国饱受苦难的移民来说，祖籍国在他们的体验中是一种痛苦，而非美好、浪漫的体验。《喜福会》中来自中国的母亲与出生在美国的女儿之间存在的代沟，部分原因也出自母亲对中国苦难的记忆和对女儿不再遭受同样痛苦的期望。在故国苦难的经历给这些母亲们造成了严重的创伤，以至于他们记忆仍然停留在过去。吴精美的妈妈"多年来，她重复讲述一个故事，只是，故事的结尾，一次比一次黯淡，犹如投到她生活中的一道阴影，越来越浓重，现今，这道阴影甚至已深入到我的生活中"(7)。丽娜·圣克莱尔从小缺乏安全感，总是感觉自己的房子里充满了不可言明的恐惧。自己的母亲一直在躲避这种恐惧，但还始终没能逃脱，"她们正在一口一口吞噬着妈妈，就像那个遭凌迟处死的死囚一样，直到她从人世消失并且变成鬼魂"(91)。因此，母亲们都希望自己的女儿进入美国主流社会，出人头地。母亲们对子女进行的是一种美国式的同化教育，一种刻意远离中国文化传统的教育。在这种背景之下，母女之间的代沟与相互不理解不可避免。在《喜福会》中，母亲们和女儿们的交流还有另一重障碍——语言。尽管母亲们在到达美国后开始学习了英语，但即便用同一种语言交流，子女们感觉她们是在用两种语言交流。语言交流的障碍在此只是一种代际关系的隐喻，正如丽娜所认为的，母亲对自己这代人的美国梦完全不理解，子女们为了逃离家庭的族裔文化对自己母亲结结巴巴的英语表示嗤笑。与女儿之间的隔阂也使得妈妈感觉到自己与女儿彼此失散，"她和我，我们互相看不到，听不到，互不理解"(60)。

  小说中的母亲们不愿意谈起她们在中国的遭遇，但她们依旧与中国保持着经济和情感上的联系，当面对美国人对中国的歧视和偏见时，她们依然会站出来维护中国。当薇弗莱·龚告诉自己的妈妈，在学校她们班上的男孩子们都说做中国人最苦了的时候，妈妈却告诉自己的女儿中国人是最能干的人群，中国的文化、中医、绘画等，在全世界都享有美誉。在许安梅返回中国探亲之前，她曾被自己的返乡计划激动得热泪满眶，"她要让她弟弟过上大陆标准的富有和快乐的生活。"当她抵达中国之后，她发现她所有的亲朋好友，甚至一些并无多少亲情可言的人也从宁波赶到杭州来看望她们。虽然许安梅已定居美国多年，但她依然关心中国的哥哥并给予其经济帮助。这种经济联系贯穿了美国华裔群体的历史并延续至今，因而它也成为了美国华裔文学作品中最基本的跨国民族主义元素之一。此外，在小说中，作者借吴素云的故事展示了移民的跨国情感。在逃难中，吴素云不得不抛弃她的两个孩子。抵达美国后，她对她过去的历史守口如瓶。但她一直牵挂着自己的孩子并偷偷努力寻找她们。吴素云的故事是对美国华裔群体在美生活状态的一种隐喻，无法言说是她作为少数族裔被主流社会消声的结果，而被抛弃的两个孩子则代表她对故土中国的牵挂、怀念和无法割舍的情感。

在《喜福会》中，谭恩美用她对二代移民的塑造和母女代际关系融合的书写，展示了土生华裔对中国的情感跨国民族主义。在幼年时，由于不了解母亲的人生，吴精美无法理解母亲对自己的期望，她在母亲重压之下对弹钢琴产生了厌恶并最终在与母亲大吵一架后放弃。后来，吴素云将钢琴送给她，但她从来没有打开钢琴弹奏过。但在母亲去世后，吴精美在为钢琴调音时，突然发现有两首曲子非常相似："请愿的小孩"和"臻美"。此时她才意识到"这两首曲子，其实是出于同一主题的两个变奏。"在此，作者用两首曲子来隐喻她们的母女关系，看似不同的曲子最终的相似象征了母女之间的充分理解和她们代表的不同文化的融合。在小说中，吴精美与妈妈关系的缓和和对中国文化的认同，也被作者通过玉这一富有中国文化特色的物件所展现。由于其稀缺特质和温润个性，玉在中国有着不同寻常的象征意义，成为了美好意愿和高贵品质的象征。吴精美的妈妈曾经送给她一块玉，但当时吴精美随手将其放进一个漆器盒中，之后也就忘记了这块玉的存在。吴精美妈妈送给女儿玉的行为，既是母女关系融合的体现，也是母亲与女儿之间文化传承的隐喻。母亲尽管希望自己女儿能够接受美国文化、融入主流社会，但其仍未放弃对女儿进行中国文化的部分传承。吴精美在起初对于这个礼物的漠视也隐含了一代与二代在文化上的差别。但在她的母亲死后，吴精美却对这块玉产生了特殊的感情。吴精美从对母亲礼物的漠视到珍惜，既是作者对代际关系冲突的冲突与融合的书写，也同时是作者对代际关系与二代移民跨国认同之间关系之书写。

除了母女关系之外，谭恩美用吴精美和对她与中国关系的理解来阐释第二代华裔对于中国文化的认同。故事中的龚琳达的女儿在要去中国度蜜月时为自己不像中国人而痛苦。"十年前，她会因为不像中国人而叫好，但现在，她却想迫切做个中国人"（247）。在小说的结尾，吴精美回到中国看望她从未谋面的姐姐，她意识到"我终于看到属于我的那一部分中国血液了。呵，这就是我的家，那融化在我血液中的基因，中国的基因，经过这么多年，终于开始沸腾昂起"（279）。吴精美尽管出生在美国，在学校被所有的同学当作是中国人。但她的母亲却认为"只有你出生在中国，否则，你无法感到和想到你是中国人"（261）。吴精美姐妹之间的感情是她们共同母亲的原因，但也同样是由于她们共同的文化母亲——中国。尽管在《喜福会》中，中国母亲对故国的回忆是痛苦的，但在她们的影响之下，她们的女儿们最终理解了她们的母亲并开始欣赏她们的中国文化遗产。

在汤亭亭的《中国佬》中，作者在"参加越战的弟弟"这个故事中，也同样探讨了二代移民的身份认同和对中国的情感跨国民族主义。在故事中，作者的弟弟从小就受到了中美文化的双重影响。在看电影时，她父亲会带孩子们去看美国电影，而母亲则带我们去看中国电影。家庭的中国文化氛围浓厚，弟弟除了美国名字外，还有一个中文名字"汉桥"，即连接中国（汉）和美国的桥梁；当孩子们去孔子会堂集会或看电影，大家都要一起鞠三个躬，而舞台上还会有人燃上三炷香。接着孩子们要齐唱中国国歌，然后是听几个小时的关于战争和有关华人应担负的职责的演说，接着是为救助中国筹款。

在这种家庭氛围长大的弟弟无意识地接受了中美两国的文化，对中国和美国文化产生了双重认同。为了证明他对美国的忠诚，弟弟在越南战争中加入了美国军队。在部队，弟弟邻床的人告诉弟弟，他睡觉时说着中国话，还大喊大叫，这种睡梦中无意识的语言选择，似乎说明了弟弟从内心深处对中国的认同。当他在部队，第一次到达台湾时，弟弟有了回家的感觉：

  台湾到了。他生平第一次来到了中国人中间。他从小就梦想着找到与自己志趣相同的人，能用上与自己身材匹配的家具。华裔美国人经常会说他们一踏上中国的国土，甚至到了香港，他们的整个生命突然间就有了意义。他们说他们从年轻时候就在为这一次回乡探亲做准备。他们还说，他们认识到了自己所具有的美国特征，但"你还是会发现你还是一个中国佬"（308）。

参加越战的弟弟尽管是美国身份，但由于他的种族身份和他家庭的教育环境，他对中国产生了跨国认同，尽管这种认同只是情感上的。汤亭亭的《中国佬》中到达台湾的弟弟从内心里发现自己还是一个"中国佬"，对二代华裔对中国跨国认同的描述略显夸张。通过书写代际融合和二代移民的逆化移民旅程的感受，谭恩美和汤亭亭书写了二代华裔的跨国民族主义。谭恩美和汤亭亭意识到，尽管二代华裔已是地道的美国人，但他们不能也无法完全与中国和中国文化脱离关系。

第三节 《中国佬》：鬼魂叙事

鬼魂是世界文学中较为常见的现象。即便在美国这个曾经被华裔称为"无鬼之国"（Land Without Ghost）的国度，对鬼魂的书写也是文学中的常用手法。在经典文学作品中，例如，在梅尔维尔的《白鲸》、哈里特·比彻·斯托的《汤姆叔叔的小屋》里都有鬼魂书写。在美国的族裔文学中，尤其是在美国非裔文学中，鬼魂书写更是常见的文学现象。美国土著文学作家路易斯·厄德里奇（Louise Erdrich）的著作《痕迹》（*Tracks*, 1988）和《宾果宫》（*The Bingo Palace*, 1994），莱斯利·马蒙·西尔科（Leslie Marmon Silko）的《死者年鉴》（*Almanac of the Dead*, 1991），非裔作家托妮·莫里森的《宠儿》（*Beloved*, 1987）中都有鬼魂的出现。鬼故事并非某族裔文学的单独现象，相反，它是一种泛族裔现象。鬼魂代表了作家对族裔身份和文化传承的关注。它不仅仅代表了个人内心的渴望，也代表了某个族群的历史意识。

鬼魂可以用来阐明人物内心的压抑。在莎士比亚的戏剧中，鬼魂外化了人物的内心状态。在美国族裔文学作品中，鬼魂有着同样的作用，它试图来恢复和利用被抹去的文化历史。

法国哲学家雅克·德里达（Jacques Derrida）曾提出，我们必须关注鬼魂，因为"我们的存在被它们（鬼魂）所代表的政治、历史和非正义公正所惊扰"（Derrida xvii））。作家们还可以使用鬼魂等现实中不存在的东西来表述现实与过去的关系，从而能更好地书写个体现在的生活。这种鬼魂可以理解为对现实的抵抗、对历史的想象，以及对族裔文化遗产的继承与摒弃。

戈登(Avery Gordon)指出，"鬼魂并非单纯只是死去或者失踪之人，而是一种社会表征，调查鬼魂可以导引我们进入一个意义稠密的场域——这是历史与主体共同组成社会生活的场域。鬼魂或幽灵是一种形式，让失去的，或几乎看不见的，或是对于我们训练有素的眼睛而言似乎不存在的事物以自己的方式让我们知道或看到它的存在"（冯品佳31）。

很多社会学家注意到了鬼魂与移民之间的关系。蔓迪·托马斯(Mandy Thomas)在他的论文《跨越：海外越南人与祖国》(Crossing over: The relationship between overseas Vietnamese and their homeland, 1997)中，记叙了一个移居澳大利亚的越南移民的故事，生动地重现了移民、鬼与祖国之间的关系：

> 陈先生不能忘记越南，他发现适应不了在澳大利亚的生活，当他谈话时，他总是谈起他在越南的亲戚和他以前在越南的生活。陈先生经常被鬼魂困扰，他死去的妻子和孩子每天晚上都和他在一起。(1994年2月4日，美国解除对越南的贸易禁运)一个星期后，我造访了陈先生的家。我很惊讶地看到，当他听到解除禁运的消息时，陈先生立刻从沉默中醒来。他几乎在一夜之间改变了自己的行为，开始与他的家人谈话，参与讨论和决定，也暂时开始考虑他的未来计划，如学习英语。他甚至给我打电话。对于一个在过去三年里甚至不能问候他们的人来说，这是一个显著的变化。"现在我能忘记了，"他告诉他的女儿，"美国人解除封锁，驱走我的鬼魂"。陈先生意识到，不可能再回到战前的时代，美国解除贸易禁运一再表明越南进入了全球化世界，永远不会回到过去。(Thomas M. 154)

在这个故事中，由于贸易禁运，陈先生失去了与祖国的联系，因此对故乡的思念使得他在梦中被鬼魂纠缠。但一旦与故乡联系的通道被打开，他的状态立刻发生了改变。在托马斯看来，这个故事揭示了梦连接起了生活在异国的越南人与他们过去在越南的生活。类似的梦与鬼魂纠缠在移民中也普遍存在。在这些梦中，一个人可以又回到他出生的村庄，与死去很久的人交谈。作为移民生活现实反映的族裔文学作品，对鬼魂意象的使用既是移民生活的真实反映，也是作家的写作策略。

美国华裔文学在鬼魂书写方面历史悠久，且非常普遍。汤亭亭的《女勇士》《中国佬》，谭恩美的《灶神之妻》(*The Kitchen God's Wife*)、《接骨师之女》(*The Bonesetter's Daughter*)、《百种神秘感官》(*The Hundred Secret Senses*)、徐忠雄的《家园》等，或多或少都有着对鬼魂的书写。在这些华裔作品中，经常性出现的鬼魂控诉了族裔群体在被同化过程中所丢掉的族裔遗产，鬼魂对这些族裔成员的后代进行了报复。这也映射了跨太平洋两岸割不断的联系，以及华裔返回故国的欲望，即便这种返回和故国可能只存在于想象中。

从19世纪下半叶开始，华人在美国被剥夺了平等的权利并被彻底边缘化，他们无法发出自己的声音来争取平等的社会权利和地位。同时，由于很多历史原因（例如，移民的非法入境、纸生仔身份等），他们不敢，也没有能力参与美国政治活动。这种"失声"在美国华裔文学中多有反映，其具体体现之一就是无处不在的沉默和秘密，"沉默作为一种压迫形式被置于亚裔美国人身上，它也可以被看作是一种自我/集体保护"（Kim E. 242）。《女勇士》以"你不能把我要给你讲的故事告诉任何人"开始；《喜福会》中的四个母亲都有不能与丈夫和女儿分享的秘密；《中国佬》里的父亲总是沉默不语，"你只说寥寥几句，要么就沉默不言；没有故事。没有过去。没有中国"(7)。在美国华裔文学中，一些土生华裔"美国化"的过程中慢慢丢失了自己的中国文化和传统，尤其是在麦卡锡年代的白色恐怖下，迫于社会的压力和被迫害的可能，很多土生华裔彻底切断了自己与中国的联系。特别是当年的"纸生仔"，很多"纸生仔"甚至从来没有告诉过他们的后代他们自己的个人历史，给后代留下了诸多困惑。为了避免被揭发，很多华人选择了远离政治生活，更有部分移民为了彻底摆脱"纸生仔"对自己造成的影响和伤痛，甚至彻底放弃了有关中国的一切文化遗产，他们有意识地完全模仿美国式的生活，对中国语言、历史、文化有意疏离。

汤亭亭自己也公开声明，《中国佬》中的男性的主要目标是"拥有美国"："我在这部书中要做的是'拥有美国'——这个看起来是书中所有角色的共同血统。从一个华人说中国人在雷夫·埃里克森①之前发现美国到另一个华人在美国购买房屋，这些故事中的美国华裔都在拥有美国。买一栋房子是在说明：美国——而不是中国——是他的国家"(Kim E. 209)。金惠经认同汤亭亭"拥有美国"的观点，认为书中的人物以不同的方式在建立自己的"美国性"，例如，金惠经认为少傻被自己母亲的鬼魂萦绕，他必须回中国安葬母亲，但最终他还是回到了美国；老叔公最终决定留在美国，而不愿回到中国，或者让自己的妻子到美国与自己团圆，在写给妻子的信中，他写到"这儿是我的家，我属于这里"；而那些没有"拥有美国"的人要么是傻子，要么被遗忘(Kim E. 211)。凌津奇也认为，在《中国佬》的"造就更多的美国人"故事中，汤亭亭将四公的鬼魂不断返回马厩的意图在于证明"美国，而不是中国，才是叙事人的'老家'和'祖地'"(凌津奇 200)。

金惠经对《中国佬》的解读建立于同化论和美国文化一元论的基础之上，有其历史局限性，她没能从一个更广泛的角度来解读。如果从汤亭亭对鬼魂书写的角度进行考察的话，作者对土生华裔的情感跨国主义和跨国认同将体现得更加明显。在《中国佬》中，汤亭亭用讲故事的方式将跨太平洋两岸中国与美国联系在一起来讲述美国华人的"美国经历"。作者用跨国萦绕的故事来阐释这种无法割舍和斩断的跨国情感。"其他几个美国人的故事"中的"少傻"由于其二战中在美国陆军服役，他的美国公民身份"稳如泰山"。在战争结束后，得益于美国1945年通过《战争新娘法》，少傻得以将自己在中国的妻子接至美国团聚。他们"买了一幢牧场式平房，买了小汽车，穿着时髦的服装，讲的是英语，看上去比我们更像美国人"(171—172)。从表面来看，少傻已经实现了他的"美国梦"，他们得到了公民身份、房子、车子，特别是他们的语言变成英语，而不

---

① 雷夫·埃里克森(Lief Ericson)，挪威探险家，被认为是第一位登上北美大陆的人。

再是汉语。语言是文化的载体，语言的改变通常意味着文化属性的改变。丹尼尔·贝尔对语言在人们文化身份中的重要性做了如此论断："语言比任何其他因素更具决定性地界定了我们在这个世界上的不同生存方式。语言就是一个人的属性的载体，是观察事物、经历和感觉的某种方式的工具，是形成某种人生观的决定因素。"(薛玉凤 119—120)少傻在对两个国家相连的网络关系中做出生活方式的抉择时，他对英语的选择表明他选择了放弃自己的中国属性，拥抱了美国属性。霍米·巴巴在论述殖民者与被殖民者之间的关系时指出，被殖民者对于殖民者之间所进行的同化政策常常采取"模拟"(mimicry)的策略，"模拟就代表了认同"(Bhabha 86)。虽然少傻与美国社会的关系并非殖民与被殖民的关系，但其选择依然证明了其对中国文化的放弃，少傻夫妇对中文的放弃和对英语的选择是模拟的具体体现之一，也是少傻顺从美国主流社会文化霸权的体现。

尽管少傻试图建立自己的美国属性并割裂自己与中国的关系，但他母亲不断写给他的信却证明了移民与祖籍国之间无法全然断绝的联系。

少傻的母亲不断写信给少傻希望少傻能够回到中国。"如果你现在不回来，以后再也见不到我了。孩子，我一直惦记着你，千万不要等你老了才回来，见着我时你已和我一样老，那我可真受不了"(172)。少傻母亲对少傻的期盼代表了家乡亲人对海外亲人的思念和经济上的依赖。除了这种情感牵连，少傻母亲还不停地写信向少傻要钱，诉说她的饥饿，甚至他的其他亲戚也写信向他寻求帮助。少傻母亲的诉求也证明了汇款在移民生活中的重要性。少傻的母亲责备少傻在美国买了新房子，而且还有了三个女孩和一个男孩。少傻的母亲还希望少傻能把自己的三个女儿卖掉将钱寄给自己。作者用少傻母亲希望卖掉孩子的想法证实了中国的经济和思想上的落后，这也是汤亭亭迎合西方读者的体现之一。但奇怪的是，少傻并非完全没有经济能力帮助母亲，汤亭亭在小说中特意强调了少傻的经济条件，少傻拥有自己的照相机，而且少傻的家庭是第一批拥有淋浴、草坪、车库和小汽车的家庭。从当时的时代背景来看，少傻的经济条件即便在中产阶级中也是较好的。但面对母亲饥饿的哀求，少傻却无动于衷。"孝"是中国传统文化的重要内容，是中国儒家文化的核心，也是中国社会家庭关系的准则之一。中国的孝道要求子女从伦理上和从责任上承担对父母的义务。少傻不愿意赡养父母的行为，显示了其对中国孝道和中国文化的背弃。对待女儿的态度则从另一个侧面证明了少傻对美国主流文化的认同，"尽管少傻有些偏爱儿子，但是作为一个美国人，他也会抚养好、保护好他的女儿的，这一点毋庸置疑"(173)。汤亭亭在此又特意强调了少傻的美国身份——"作为一个美国人"。

在少傻母亲对于饥饿的描述中，我们不难看到作者对当时中国的想象。"我已开始吃草根、树根……我的牙已掉光了。军队、士兵将牛、猪、鸡全抢走了"(173)，面对母亲如此悲惨的描述和乞求，少傻"关上了自己的心扉，付清了住房的抵押贷款。他什么也没有替她做；或许他为她做了许多，但是做得还不够"(同上)。尽管少傻此时有一定经济能力去帮助自己的母亲，甚至亲戚。但少傻却袖手旁观，他甚至希望他的母亲快点死去。少傻不帮助自己亲友，甚至不赡养自己的母亲的行为表明了，他对自己在中国的根、中国的传统文化和价值观的彻底摒弃。但在他母亲死后，原本精神正常的少傻却突然精神失常——他母亲的灵魂到了美国，少傻被母亲的跨国萦绕所左右。少傻的母亲变成了饿死鬼，并漂洋过海到了美国控诉少傻的罪恶。奇怪的是，只有少傻能看到母亲的样子，别的人都看不到。别人只看到少傻对着空气说话，手在空中比画着，与一个不存在的声音交谈着。少傻想用自己的三爷爷训斥变成鬼魂的四爷爷的办法将自己的母亲赶回中国，"回去！回到中国去。回到你在中国的家去，你属于那里"(179)。少傻母亲的魂魄继续控诉着少傻的不孝，她的幽灵缠绕着他。无奈之下，少傻决定送母亲回家。作者在此又描写了一件非常不可思议的事情，"奇怪的是，在那个美国人无法进入中国的年代，他也轻易拿到了中国的签证"(179)。少傻在回家的船上，对着空气说，"看到了吗，妈妈？现在我们要上路回家了。就我们俩。是的，我也回去。终于回家喽。我送你回去。我们又在一起了，妈妈"(180)。少傻返回中国之后，他按照中国的传统仪式为母亲上坟、烧纸，将母亲安葬之后，少傻又奇迹般地恢复了正常。少傻返回中国时，他没有走亲访友，没有观光旅游，"他赶回了美国；回国后他恢复了正常，继续他的美国生活,就像什么事也没有发生过一样"(181)。根据金惠经对此的阐释,少傻返回美国继续美国生活代表了少傻的态度,"拥有美国",但此种理解并不全面,我们不能否认少傻身上体现出了美国性,但少傻在母亲死后精神失常又如何来理解?作者对少傻发疯的书写其实是对少傻跨国性的书写。少傻母亲对少傻的牵挂超越了传统上的国界,少傻返乡也体现了华裔群体的不可割裂的跨国情感。尽管部分华裔群体为了融入美国社会而有意放弃中国文化并割裂与中国关联,但这种努力往往无济于事。他们与中国之间千丝万缕的联系使他们永远也不可能彻底摆脱自身的中国元素。正是通过对移民与他们在中国的家庭成员和家乡经济联系的直接描写和对他们之间跨国情感关系的隐性书写,作者展示了美国华裔身份和文化属性的复杂性。

1897年,在发表于《大西洋月刊》的文章中,杜伊波斯提出了"双重意识"的概念。①在对美国黑人身份的研究中,杜伊波斯认识到美国黑人面临自身族裔属性和美国身份属性之间的冲突。"一个人(黑人)察觉到自己的两面性:他既是美国人,又是非洲人。同一黑人身体中存在两个灵魂,两种思想,两股相互冲突的力量,两种矛盾的理想,这种顽强的力量使其无法被撕裂"(Du Bois 8)。海外华人的族裔属性和生活经历以及与祖籍国的联系决定了华人的身份不可能是单一的。对两种文化、两个国家的双重认同是他们文化属性与认同的核心。

《中国佬》和《喜福会》主要书写的是一代移民和土生华裔的生活经历及代际关系,以及他们对中国的跨国认同和情感上的跨国民族主义。在张翎的《金山》中,作者更是展示了第四代、第五代华裔对中国的跨国认同和他们的跨国民族性。在《金山》的引子中,作者没有选择方家的第四代后裔——方延龄回国处理方家旧居,而是由方延龄的女儿、不列颠哥伦比亚大学社会学系教授艾米·史密斯代替其母亲回国处理。艾米本来对处理方家旧居毫无感情,仅仅把它当作母亲所嘱托的事情而已。而方

---

① W. E. Burghardt Du Bois. "*Strivings of the Negro People.*" The Atlantic August (1897): 194—197.

延龄也只是在很小的时候曾经跟随父母回乡，在其旧居中住过两年而已。加上方家在老家早已无亲人了，方延龄对故居也毫无兴趣。奇怪的是，方延龄在七十九岁生日那天中风。中风之后，突然就不会说平时所说的话了。作者提到，方延龄从小上的是公立学校，后来嫁的男人也都是美国白人，不管在家，还是在工作场所，她说的都是流利的英文，但中风之后，方延龄却突然不会说英语了。她开始用有些走样的粤语说话，而广东话则是她小时候在家里所听到的话。从语言的改变到对中国的牵挂，土生华裔身上永远无法摆脱的是族裔文化遗产和他们对中国的跨国认同。

艾米作为方家的第五代，她对中国并无任何特殊感情，对她来说她没有任何根要寻。在前往中国时，她的男友马克对其说："也许这会成为你的寻根之旅。"但艾米的回答是："像我这样拥有零位父亲，零点五位母亲的人，根是生在岩石之上的半寸薄土里的，一眼就看清了，还需要寻吗？"初见碉楼，艾米在砸开久未开启的门锁时，从门缝里飞出一只黑乎乎的鸟，以至于"艾米双腿一软坐到了地上，两手捧着心口，仿佛心已经落到了掌上"（张翎 7）；"得贤居"在艾米的眼里也是"我见过的最不伦不类的建筑物"。但艾米对故居的恐惧和厌恶逐步被好奇心所替代，也逐渐产生了好感。当艾米意外地在自己的祖居里发现了当年的书信时，"根的感觉猝不及防地击中了她"（354）。艾米对故居的态度从刚开始的"公事公办，速战速决"，到最后要决定在碉楼里举办婚礼。艾米的转变是对家族历史了解的结果和对家族文化跨国认同的体现。这也显示了移民后代返乡与文化传承、身份认同之间的复杂关系。很多移民和他们的后代都会返回祖籍国，这些访问构成了他们族裔身份、亲属关系和跨国联系的一部分。尽管他们返乡的动机各异，但对于父辈故事、民族身份和好奇占有重大成分。这些流散人口的祖籍国之旅逆化了早期移民过程，重建了他们祖辈所保持的跨国民族主义联系。

第四节　林语堂和张纯如的跨国民族主义书写

陈若曦在论述中国海外作家的本土性时，将中国海外作家群追溯至明末清初流亡至日本的朱舜时和陈元赞。在二战及随后的国共内战中，一部分作家如林语堂等流亡至海外，他们主要集中于美国、新加坡、香港等地。改革开放之后，中国的国门打开，更多的中国作家和知识分子迁居海外，如聂华苓、陈若曦、於梨华等。在论及这些作家时，陈若曦认为，尽管这些作家地理上与中国分离，但他们的心理并未离开中国。因此，这些作家依然以中国为主题进行写作，"他们围绕中国、中国人和中国事写作"（Kao 13）。这些海外作家的多数写作主题与中国国内的作家无异。因此，很多学者将海外作家的作品视为中国文学作品的外围。但不容忽视的是，由于所处环境的不同，海外作家与国内作家的作品并不完全相同。

在论述这些作家的写作动机时，陈若曦如此论述：

> 据我了解，多数人写作是因为他们非写不可。他们写作时是为了排遣心中的一股乡愁。人们总是对自己成长的地方怀有感情，一旦离开，他们就开始怀念。这种感情或浓或淡，有时被表达，有时被隐藏，但他们总归会被揭露。文学主题是多愁善感的，当触及他们的家乡和家园的时候，他们的感情更加强烈。他们的感情如此强烈，犹如带着"不停徘徊的深切遗憾"。很多作家在初到海外时，会花两年时间来书写他们对旧日时光的思念，然后才会去比较新旧家园的异同。但是，这种"旧"的家园永远不会消失和遗忘。简单来说，没有乡愁也就没有海外华文文学（Kao 15）。

不可否认，海外作家的这种本土性对于中国文化传播有着重要的作用。但对于大部分海外作家而言，这种对自己或者他人的个人奋斗的书写并没有脱离传统的个人书写，很多时候依然没有逃脱"东方主义"和"汤姆叔叔主义"的模式。但也有少数作家，能够站在一个更高的立场上向西方介绍中国文化，以消除西方对中国长期以来的偏见和误解。

还有作家身体力行，在写作的同时积极参与社会政治，在海外为中国发声，维护中国利益。在这些作家中，林语堂无疑是最为杰出的代表。

作为中国近代史上杰出的作家,他在中文和英文写作上的成就在他的那个年代无人能比,他编著和翻译的中国古典文学书籍,也在西方有着较大的影响力。1976年,林语堂逝世时,《纽约时报》刊文评论道:"在向西方介绍其伟大而苦难的同胞和祖国的习俗、理想、恐惧和思想方面的成就,林语堂的成绩没人能比"(57)。林语堂的一生,求学和工作的地点涉及到中国、美国、德国、法国等地,其个人经历及写作诠释了海外华人的跨国经历和跨国写作。正如《纽约时报》指出的,"尽管他努力让西方理解他那在洪灾和饥荒、战争与政治中挣扎的同胞,但他在中国还是遭受了很多非议。可能是因为他在美国的'成功'(经济和哲学上),也可能是因为他曾宣称'世界是我的家',中国的传统主义者称他为'机会主义者'。也可能是他对中国人的缺点和弱点坦率的反思过于尖锐"(57)。尽管受到诸多指责,但林语堂的人生经历和著作证明了他的跨国民族主义。

林语堂1935年移居美国后,开始他向西方介绍中国文化和思想的写作。先后出版了《吾国与吾民》(*My Country and My People*,1935)、《生活的艺术》(*The Importance of Living*,1937),《孔子的智慧》(*Wisdom of Confucius*,1938)、《京华烟云》(*Moment in Peking*,1939)等多部作品。

1935年,在赛珍珠的帮助下,林语堂出版了《吾国与吾民》,此书为林语堂赢得了巨大的声望。《吾国与吾民》向英文世界的读者详细介绍了中国人的生活背景,包括种族、性格、心理和思想,还从妇女、社会、政治、文学、艺术等方面介绍了中国人的日常生活。这些书写使英语读者对中国文化有了新的认识,也对消除当时西方世界对中国人的误解有着重要的作用。1937年,日本全面入侵中国,林语堂当时选择留在美国。因此,中国国内的很多学者质疑林语堂在日本侵华期间没有回国为祖国效力。钱钟书还借用《吾国与吾民》的英语名字,称其为"卖"国"卖"民。但此时的林语堂并非悠闲地留在美国享受成名后带来的各种好处。相反,林语堂留在美国,借着《吾国与吾民》带给他的声望和地位,在美国主流报刊上发表文章,向西方国家的民众介绍中国人民所经受的苦难,利用影响力向西方国家政府施压,为中国抗战争取更多的支持。

林语堂对中国政治的参与贯穿其一生。

1931年"九一八事变"发生后，林语堂即积极介入国内的政局。当时，林语堂在《中国评论周报》①(The China Critic)开设一个名为"小批评家"(The Little Critic)的专栏。这份英文期刊主要关注社会和政治议题，林语堂利用此便利发表多篇文章谴责日本对中国的侵略，指责国民政府抗战不力和国联的软弱和不作为。1933年1月，林在《中国评论周报》中发表题为"致国联悼文"。在文章中，林语堂批评国联没有有效地应对和制止一些国家的侵略行为，在某种程度上助长了这些国家的暴行。

1935年赴美后，林语堂在赛珍珠的家和纽约度过了一段平静的时光，他得以专心写作《吾国与吾民》。1937年，日本发动全面侵华战争。相对于回国参与抗战的想法，林很清晰地认识到对他来说最好的战场就是大众媒体。他在很多杂志发表文章、接受采访，这些期刊包括《新共和》《大西洋月刊》《美国人》等。他呼吁西方采取正确的立场并对中国人民的抗战提供援助。林语堂在《纽约时报》撰文阐释中日战争的背景，在《时代周刊》发表文章《日本征服不了中国》，向世界人民介绍日本侵略中国的暴行，并预言"最后的胜利一定是中国的"。此外，林语堂看到了西方新闻写作和报道的局限性，他希望用小说来书写中国的民族精神。1938年至1939年，林语堂专心写出了《京华烟云》，深情刻画了中国民众的抗日热情和对日本侵略的痛恨。因此，林语堂在《京华烟云》用言情的方式来讲述了中国的民族精神，谴责了日本的暴行，展现了他的赤子之心。

1937年之后，依靠丰厚的稿酬，林语堂在纽约生活相对轻松。"七七事变"之后，北京沦陷，林语堂以更强烈的责任感在美国宣传抗战。除了用手中的笔在美国呼吁、积极宣传中国抗战，林语堂还积极参加抵制日货等活动，支持中国抗战。在二战中，林语堂花费了大量精力投入到"美国援华联合会"(United China Relief)，他的夫人廖翠凤则加入"中国

---

① 《中国评论周报》是1928年5月31日在上海创办的英文杂志，由张歆海、桂中枢、潘光旦、陈钦仁等人发起。其编辑大多曾留学欧美，他们深受西方文化的影响，具有强烈的民族主义意识。《中国评论周报》针对中日关系发表了大量文章。

妇女救济会"(Chinese Women's Relief Association)为中国抗战募捐资金。仅在1942年的筹款运动中,美国援华联合会为中国筹集到了700万美元的捐款。[①]抗日战争胜利后,由于林语堂对中国抗战事业的卓越贡献,他被当时的南京国民政府授予抗战胜利勋章。

与文化方面的作品相比,林语堂的政治写作相对关注较少,也常常引起争议。在《啼笑皆非》(*Between Tears and Laughter*,1943)中,林一反自己温和幽默的写作风格,对西方的种族主义和帝国主义进行了批判。抗日战争中,中国虽然得到美国的同情以及援助,但美国政府对中国的态度一直比较冷淡。在二战中,美国还大发国难财,一面口头承诺对中国抗战提供帮助,但另一方面却不断地卖给日本大量战争物资。对此,林语堂十分不满,他在《纽约时报》上连续发文批评美国的两面派行为。珍珠港事件爆发后,美国对日宣战,终于承认对华援助"太少,太晚"。然而,美国对中国的抗战仍然继续玩弄两面派的手段。开篇第一章,林语堂写道:"这一月来,惝恍迷离,如在梦寐间。回想起来,一片漆黑,只记得半夜躺在床上憋闷,辗转思维,怎样攻破这铁一般的华府对援华的封锁线。还半夜不寐,揣摩罗斯福总统给我们的闷哑谜"(林语堂 5)。由于其对西方国家的批评,以至于《啼笑皆非》受到了包括《纽约时报》等媒体的批评。

通过超过半个世纪的旅行、讲学、教学和写作,他向西方世界展示了中国和中国人民人性化和现代化的一面。他努力地消除东西方文化鸿沟,纠正美国普通民众对于中国的错误印象。在社会生活上,他积极参与社会实践,用实际行动为中国抗战和现代化努力。但其一直没有忘记自己的祖国。1966年,林语堂返回台北定居。在他的自传体小说《赖柏英》中,他借男主人公之口抒发了自己对故乡的眷恋和自己的游子情怀"我们的童年的日子,童年时吃的东西,我们常去捉虾捉小鲛鱼,——那些简单幼稚的事情,虽然你并不常想,可是那些东西,那些事情,总是存在你心坎的深处的,并没有消失啊"(施建伟 159)。

---

① Yuwu Song. *Encyclopedia of Chinese-American Relations*. Jefferson: McFarland, 2009, p 295.

作为移居海外的第一代华人作家例如林语堂等，他们的跨国认同不言而喻，他们通过自己的身体力行和写作展示出了对中国的认同。移居他国就意味着部分或者全部放弃自己在祖籍国所拥有的一切和所建立的社会关系等，但放弃也可能意味着对失去的东西更加思念。因而，在海外华人作家群里，有明显的两种倾向，要么对祖国充满了期待，要么为了实现自己的美国性而对自己的中国特性全然拒绝，甚至从某种程度上来说，反华和思华成为海外华人跨国写作的两种主要方法。美国土生的华裔作家由于其出生、成长于美国，其自身的文化属性更多的或者说完全属于美国。

所以，他们也被经常想象为完全本土化的人群。但在全球化的时代，正如瑞吉娜·格姆希尔德（Regina Römhild）指出的"文化作为固定疆界产物的理念不再，移动成为流散人口、文化和身份的特征"（Römhild 2）。

在全球化时代，美国华裔作家不可能完全置自己的种族与家族历史于不顾，处于离散状态的华人群体可能从这种生活在此处却对彼处产生支持和联系的处境中受益。得益于她们超越国家的视野，他们往往可以摆脱单一民族国家视野下的写作从而进行跨国写作。

在美国华裔文学作家中，大部分的作家都为自己的"美国性"进行过辩护，也对中国批评家对他们的"中国性"的大力颂扬表示过异议。例如汤亭亭曾极力为自己作品的美国属性辩护（程爱民"论美国华裔文学" 69）。在她的著作《孙行者》中，借主人公阿辛之口反复强调自己华裔美国人的身份。

再比如，以《典型美国佬》《梦娜在希望之乡》和《爱妻》驰名文坛的美国华裔作家任璧莲则公开声称——"美国亚裔作家就是美国作家"（吴冰、王立礼 306）。在接受访问当问及其身份时，她的回答是："我想我是一个彻头彻尾的美国人。"她们对于自身的美国身份有着极强的认同；然而另一方面，这些作家的作品无一例外都是以中国或者华裔为背景，汤亭亭的《中国佬》以早期华人来美艰辛的创业故事为背景，任璧莲的三部作品叙述了不同时期的华裔美国人的生活。

尽管美国华裔文学的众多作家对其美国属性的强调和某些作家对自

身所体现出的"中国性"的拒绝,但华裔美国作家整体而言都经历并书写着跨国民族主义,他们继续着美国华裔文学的传统——书写华裔在美国的生活。从早期的美国华裔作家水仙花到汤亭亭、黄玉雪、谭恩美到较近的任璧莲、张纯如、邝丽莎等,她们依然在书写着华裔在美的酸甜苦辣,或者在大洋彼岸书写着中国的事情,来表达自己的感情和自己对中国的关注。

在另外一些作家的笔下,传统的中国故事依然在异域引发回响,用地方叙事来展示全球现象。最新的作品,比如张翎的《金山》对华裔历史的挖掘、张纯如的《南京大屠杀》对于现实的关注和介入。这些写作在某种程度上也在传播、改造中国文化,探究所谓的"中国性"。她们的跨国写作反映了民族国家边界的衰落和全球化语境下作家写作的跨国性。

杜维明曾经提出过"文化中国"的概念。①在他看来,文化中国可以用三个"象征世界"的连续互动来分析。杜维明认为,第一象征世界由中国大陆、中国台湾、中国香港和新加坡组成,这些社会的文化及族裔以华人为绝对主体;第二象征世界是世界各地的华人社区,其中包括定居在远离中国的华人社会中的华人。在第二象征世界中,占马来西亚总人口比例仅为35%但却拥有政治影响力的华人和占美国人口比例甚微的美国华人属于此范围。杜维明的第二象征世界的组成部分主要是离散华人,这些遍布世界各国的华人定居者尽管已在异国落地生根,很多华人已经成功融入了当地的主流社会,但他们仍旧对中国怀有回归之心,客居心态仍未消失。长期以来,相对于中文,英语以其绝对的优势在国际上享有独特的地位,由于语言的限制,中国的声音无法被传播到全世界,加之西方世界长期对中国的"东方主义"宣传和意识形态的冲突,使得西方民众对中国多有误解。因此,一些对中国有着较强认同的华人作家、记者都从自己的写作和社会参与出发,努力传播中国的声音,消除他国对中国的误解,在这些作家中,美国华裔作家张纯如是最具影响力的代表。

---

① 据考察,"文化中国"可追溯至20世纪70年代,前往台湾留学的马来西亚华裔在台北所创办的《青年中国杂志》的期刊,第三期以"文化中国"为专题。

张纯如(Iris Shun-Ru Chang)是著名的美国华裔作家。张纯如祖籍江苏省淮安，生于美国新泽西州。作为美国土生华裔，她的三部著作都与中国相关，她的人生经历和著作都展示了她的跨国属性和对中国的文化认同和社会认同。《洛杉矶时报》形容她是"最好的历史学家和人权斗士"，是"在美国成长的华裔青年模范"。从张的写作生涯可以看出，她的成长与其家庭环境密不可分。

张纯如出身于书香门第，其外祖父张铁君曾任《中华日报》总主笔。张纯如的父母于1949年离开大陆到达台湾，后都在台湾大学担任教职，并于1962年移民美国。张纯如对于中国的跨国认同与其家庭环境密不可分。张纯如的外祖父对张纯如和其弟弟张纯恺的中国文化教育颇为重视，在张纯如母亲张盈盈所著的《无法忘记历史的女子张纯如》中回忆道："我父亲是个非常骄傲的人，他忠于故土，热爱中国文化。他总是提醒我中国文学和中国哲学的优美之处。他希望我不管走到哪里，都不要忘记自己的中国根"（张盈盈24）。张纯如的外祖父认为西方现代科技比中国先进，但中国拥有五千年的历史，在哲学和道德方面，中国远比西方优越。在家庭的影响下，张纯如从小也对中国的民间传说及文学作品有了浓厚的兴趣。张家对中国习俗和节日同样重视。在过春节时，张纯如还可以收到红包，"纯如和纯恺非常欢迎所有的礼物，他们是中西双重文化的受益者。他们很高兴庆祝中西两种节日"（25）。中秋节，张家会吃月饼赏月，给张纯如讲嫦娥奔月的故事。这些故事让张纯如对中国更加着迷，让她明白自己的先人就来自遥远而神秘的故国。

由于其父母对中国文化的重视，或者说出于一种实用的目的，张纯如五岁开始学习中文。当时在美的华人为了让下一代更好地融入美国社会而倾向于让子女学习完美的英语。而且由于当时认为同时学习英语和汉语可能会使小孩缠杂不清的观念，一些华人选择不让孩子学习汉语。

但张纯如父母认为，多学语言最起码可以为将来就业提升竞争力，而且张纯如母亲经过研究，发现婴儿从小学习多种语言会更加聪明。因此，在很小的年纪，张纯如就开始学习汉语，张家在家的时候说中文，出去的时候说英文。这种当初主要出于就业的考虑在张纯如的身份认同上起到了非常重要的作用。张盈盈后来反思到,张纯如之所以没有觉得自己在美国是少数族裔,一个重要原因就在于其从小接触中国文化。

所以她深知自己根在何处,并为身为美国华裔而自豪。在上五年级时,张纯如对自己的家族史产生了兴趣。其父母向其讲述了自己家庭的历史、个人奋斗史以及他们双方父母在抗日战争中所遭受的苦难,尤其是张纯如外公在日军攻陷南京前幸运逃脱的故事。这些故事可能对张纯如日后写作《南京大屠杀》提供了萌芽。

张纯如作品的主题选择既有自身文化认同的原因,同时也有偶然的因素。在她开始写作《蚕丝》(Thread of the Silkworm)之前,张纯如对钱学森一无所知。由于她的中国背景和卓越的写作能力,当时张纯如所读大学的导师芭芭拉·库里顿教授向哈珀柯林斯出版社的图书编辑苏珊·拉宾娜推荐了张纯如。为了写作,张纯如来到中国的杭州、上海和北京进行实地考察和搜寻资料。在上海交通大学,张纯如搜集了许多钱学森大学时代的相关资料。在北京,张纯如在钱学森秘书家属的陪同下游历了长城和十三陵,中国的历史遗迹深深震撼了张纯如,让她感受到了中国文化的厚重。在北京期间,张纯如参观了钱学森上过的小学和中学以及清华大学档案馆,并参访了诸多当年钱学森的秘书、朋友等。

在《蚕丝》中,作者讲述了中国导弹之父钱学森在 20 世纪 50 年代在麦卡锡主义的恐怖下最终如何回到中国的经历。除了厘清历史的疑问,张纯如在书中还对美国的种族主义提出了指控,称美国对钱学森的怀疑和迫害是"一个世纪悲剧"。图书出版后,受到了评论界的一致好评。《华盛顿邮报》《芝加哥论坛报》都发表了书评,《自然》和《科学》这两份全世界最重要的期刊也发表了关于《蚕丝》的评论。

第一部图书的成功给了张纯如更多的信心。1994 年,张纯如在加州参加一次会议时,决心将南京大屠杀作为自己下一步著作的主题。

1937 年 12 月 13 日,日本侵略军攻陷当时中国的首都南京后,在南京及附近地区进行了持续达到四十多天的大屠杀。日本在南京犯下的罪行罄竹难书,也震惊了全世界。由于历史久远,在南京大屠杀中的死伤数字无法精确统计，但一般认为死亡人数超过30万①。日本在南京的暴行也引起了国际社会的广泛关注。1938年12月18日，《纽约时报》发表题为"南京沦陷后的暴行"(Butchery Marked Capture of Nanking)的文章，报道了日军在南京的暴行。尽管相关资料及很多当年参与大屠杀的日军士兵都承认南京大屠杀的存在，但日本不断高涨的民族主义和极右翼分子，却在不断否认南京大屠杀的历史事实。一些日本右翼分子认为，南京大屠杀是中国出于宣传目的而有意夸大和捏造的。②对南京大屠杀的否认和修正叙述也成为了日本不断高涨的民族主义的重要组成部分。③更令张纯如感到疑惑和愤怒的是，西方世界对南京大屠杀的淡化乃至漠视。当年幼时的张纯如希望了解更多南京大屠杀的资料时，她却发现，她就读学校的图书馆、市里的图书馆没有任何相关资料，学校的世界历史教材里也对南京大屠杀没有任何提及。她的老师对这件事也居然一无所知（张盈盈 141）。西方世界对南京大屠杀的不了解，使得张纯如感觉自己有机会、有责任向世界展示日军的暴行。

《南京大屠杀》于1997年在南京大屠杀60周年之际发表。图书出版后，其连续十周占据纽约时报畅销书排行榜，受到世界各国读者的热捧，美国各大主流媒体都对其进行了评论和报道，但日本右翼团体却极力否认历史史实，攻击《南京大屠杀》带有偏见和不准确。甚至当时的日本驻美国大使齐藤邦彦(kunihiko saito)也公开批评张纯如的书"包含众多极其不准确的描述和一面之词"(228)。愤怒的张纯如在美国公共广播公司(PBS)与他进行了公开电视辩论。此书出版后，张纯如又发起了劝说日本政府向中国道歉和赔偿的活动。

对中国的模糊印象使得张纯如从小就有了双重意识。

当张纯如上小学时，曾有同学问她，如果中国和美国开战，她会站在那一边？张纯如的回答是，她希望中美之间永远不会发生战争，"她说

---

① 人民网 http://pic.people.com.cn/GB/73694/9041587.html
② Fogel, Joshua A. The Nanjing Massacre in History and Historiography. 2000, pp 46—48; Dillon, Dana R. The China Challenge. 2007, pp. 9—10
③ Yoshida, Takashi. *The Making of the "Rape of Nanking"* (2006), pp. 157—58.

她两个国家都爱。1984年,她仍热爱两个国家"(60)。在美国的切身经历使得张纯如对中国、中美关系和美籍华人的关系有着更深的体会。

2001年,中美在海南的撞机事件使得中美之间的关系高度紧张。张纯如在写给妈妈的信中,她写道,尽管美籍华人作为美国公民为美国做出了卓越的贡献,但他们依然被美国主流社会当作外国人看待,"在太平洋两岸,我们都是'陌生人'和'外国人'"(284)。

由于历史原因,在美国的主流媒体中,很少看到华人的正面形象。张纯如在谈及自己书写《美国华人》(*The Chinese in America: A Narrative History*)的原因时表示,美国学校的图书馆里陈列着把华人形容为留着长指甲的怪物的书籍,却没有华人移民史的书籍;好莱坞的电影里充斥着狡诈、暴力和类似变态的华人形象。华人在美国受到的不公平待遇,促使张纯如决心再现华人在美国的真实历史。

2003年,张纯如出版了《美国华人》一书,追溯了华人在美的历史。通过对许多个人的描述,引起了众多华人的感情共鸣,从而揭示了华人在美国被当作"永久外来者"的境遇。序言中,张纯如写道,"我担心这个选题过于宽泛,但我一直对探索自己同胞的历史念念不忘。此外,我也相信,书写一部真实反映美籍华人生活、驳斥那些长久以来渗透于美国新闻报道和娱乐媒体中粗鲁无礼的对中国人的成见,对我个人来说也是一种职责"。

张纯如在书中动情地写道:"如果没有美国华裔的努力,今日的美国会大不相同,擦去每一个美国华裔名人的表面,你就会发现,无论他们的成就多么突出,无论他们对美国社会的贡献多么伟大,几乎所有的人在某些时期被质疑过他们的身份。"(Chang 390—391)张纯如的写作目的,除了要保存华人移民在美国的经历之外,她还想保留自己的家族历史。在写作时,她曾给自己的父母列下一份问题清单,希望能够了解自己的父母是如何离开大陆前往台湾,并又如何到达美国的,在美国的感受如何。

除了用写作来呼吁主流社会给予华裔群体平等的地位,为华人正名外,张纯如还满腔热情地投入各种活动支持华裔发展。1999年1月,美国国会公布了《考克斯报告》（Cox Report）。在报告中，美国宣称中国窃取了美国核武器设计的部分机密。报告解密后，张纯如发现自己的著作《蚕丝》竟然在报告中被引用来暗示钱学森是共产党员和间谍。

出于对历史的尊重，张纯如发表声明澄清自己的研究。1999年3月，美国著名华裔科学家李文和因为涉嫌向中国泄露核机密而被联邦调查局调查，但调查并未找到任何李文和从事间谍活动的证据。

张纯如对此非常气愤，在1999年度的阿斯拜尔大会（Aspire 1999）上，张纯如在演讲中，对《考克斯报告》中对华人的污蔑进行了批评，并解释道自己的写作就是为了消除主流社会对亚裔群体的歧视和偏见。

张纯如对中国的跨国认同和感情，在她面对美国百人会的演讲时表露无遗："作为美籍华人，我们有没有尽力让自己的孩子了解我们的文化遗产和我们对美国的贡献？如果答案是否定的，我们应该问问自己，为什么？如果连身为美籍华人的我们都不在乎我们的历史，谁还会在乎呢？"（张盈盈 301）

1960年，美国华裔学者李玫瑰（Rose Hum Lee）在其专著中写道："到1970年，第三、四、五和第六代人华裔的人数会超过第一代和第二代华人移民，对中国有感情的移民的影响会逐渐减弱。对于在美国出生的华裔和其他美国人而言，中国都是另一个国家"（Lee 1）。李的此番论述有其时代限制，但李的论述符合了大多数华裔研究学者的观点。

20世纪60年代，美国依旧严格限制华人移民，全球化发展尚未提速。李的论述符合了当时对于移民研究的"同化论"观点，这种观点认为，移民最终将同化于主流社会。但在汤亭亭和谭恩美等华裔作家的笔下，二代以后的华裔的融入和对美国社会的认同不可避免。但不可否认的是，土生华裔处于自身的种族和其他原因，会持续保持与中国的联系与认同。

在《喜福会》中的女儿们尽管已经彻底融入了美国社会，她们在语言、价值观方面的转变与她们的母亲们有着诸多冲突，但小说中美国土生华裔对中国跨国的情感联系和大团圆式的结尾，显示了作者对二代跨国民族主义情感的乐观。

《中国佬》中的少傻努力切断自己与中国的联系却被鬼魂萦绕，参加越战的弟弟到达台湾后才真正认识自己，汤亭亭用鬼魂叙事书写了被人们忽视的二代华裔的跨国民族主义。同样，华裔作家如张纯如，她们不再像一代华人作家林语堂一样，将写作重心放于中国，但她们在写作中依然展示了自己与中国无法割裂的关系和情感，展示了二代华裔不同于一代移民的跨国民族主义。

第四章 跨国民族主义与土生华裔身份建构

在对二代移民的研究中,"同化论"一直占据核心位置。作为全世界最大的移民国家,美国被认为是一个"大熔炉",来自不同种族、文化背景的移民在美国将他们各自不同的异质文化融为一个同质的美国文化,移民被美国主流的文化和价值观所同化。从对早期移民进行的研究来看,在美国居住的时间越长,与美国文化接触的机会越多,在美国出生的二代移民越倾向于接受美国身份,更愿意减少自身的族裔身份和文化特性。

1938年,美国历史学家马库斯·汉森(Marcus Lee Hansen)提出了著名的代际规律理论——"第三代移民兴趣准则"(Principle of Third-generation Interest),汉森阐述了种族认同与复兴的代际规律。汉森认为,第二代移民倾向于摆脱自身的族裔身份,但第三代移民却倾向于恢复自身的族裔身份和文化遗产,"儿辈想要忘却的,正是孙辈想要记住的"(Hansen 9)。只有第三代移民才能促进文化复兴,促进美国多元文化的发展。汉森的这一论述,被学术界称之为"汉森定律"(Hansen's law)。

在汉森对二代移民的研究中,汉森认为二代移民:

> 希望忘掉所有的一切:忘掉他讲英语时的外国口音;忘掉仍不时让人回忆起童年艰苦的家庭宗教信仰;甚至忘掉那本该是最愉快的家庭生活习俗。他希望远离所有使他回忆起少年时代的具体事物,希望生活在一个全然不同、完全美国化的环境中,让所有的熟人都毫不怀疑地认为他和其他美国人完全一样(尹晓煌 143)。

在美国出生的二代华裔中,同样存在着相同的现象。美国华人学者周敏指出,"二代移民通常渴望拥抱美国文化,希望获得与他们的美国同龄人完全一样的美国身份"（Zhou 90）。在美国华裔文学中，大多数文学作品对二代华裔的描述几乎都符合此特征，如《父与子》中刘裔昌为了实现完全美国化而不惜否定乃至贬损自己的文化传统；《喜福会》中的女儿们在起初都迫切希望逃离家庭。尽管二代移民对美国化的向往和对中国及中国文化的疏远是个不争的事实，但美国华裔自身所处的华人社会和美国主流社会的双重制约使得二代华裔不可能完全摆脱自己的族裔身份。在移民最初到达美国后，出于生活的便利和主流社会的限制，移民倾向在居住于传统的族裔居住区，与具有相同背景的人群保持聚合。这种生活在异国、但却与本族裔人群保持密切接触的生活现实使得二代华裔不同程度上受到了中国文化的影响，他们的族裔文化在他们的身份建构中也扮演了重要的角色，他们在此过程中的文化身份也备受学者和作家的关注。

与早期移民不同，20世纪60年代兴起的多元文化主义给予了二代华裔更多的机会和可能来建构自身身份。本章将以赵健秀的《唐老亚》《甘加丁之路》和任璧莲的《梦娜在希望之乡》为例，从多元文化视角出发来分析作品中美国华裔二代的身份建构和跨国民族主义。在这三部小说中，二代移民在起初都试图完全美国化，他/她们希望完全摆脱自身的族裔身份，但在成长过程中，他们发现自己不可能完全美国化，也逐步意识到了自身族裔文化的重要性。得益于家庭环境、社会环境和逐步改善的通信条件，他/她们实现了灵活的身份建构，发展了对中美两国的双重认同。

第一节 跨国民族主义与灵活身份

从美国建立开始，美国就被视为一个同质文化社会。尽管美国存在拥有不同文化和身体特征的族裔群体，但早期美国主流社会并未把他们作为美国社会的平等成员。美国1790年通过的《归化法》（Naturalization Act of 1790）将美国公民限定为品行良好的自由白人，将印第安人、契约劳工、奴隶、自由黑人、亚洲人都视为不可归化的人群。通过对"美国人"的种族进行界定、对其他非白人的族裔群体进行种族隔离等，美国确立了白人文化至上的文化观念，此观念将其他族裔群体的文化观念视为低等的、野蛮的和落后的。罗纳德·田垣（Ronald Takaki）将这种文化观念视为意识形态的上层建筑，"一种以某种生活和思想方式为主导的秩序。在这种秩序中，一种现实概念在所有体制和个人中传播其品味、道德、习俗、宗教和政治原则、社会关系等，特别是智慧和道德内涵"（Takaki xiv）。

自20世纪60年代以来，随着美国族裔人口的增多和民权运动的发展，多元文化逐渐成为美国文化研究的主流。多元文化主义指的是一种国家文化建构。在此建构过程中，尽管国家意识到并接受了族群差异，但其核心内涵依然是以美国的文化和价值观为基础。而事实上，多元文化依然没有摆脱民族国家的框架，"不幸的是，大多数作家仍然把西方工业化社会作为讨论多元文化主义、公民身份和民主的专用起点"（Ang 4）。美国华裔学者骆里山也指出"多元文化主义顺应了多元主义的话语，抹平了少数种族和少数族裔间的差异和矛盾。它一方面宣称美国文化是民主的，不同的选民均享有平等的机会，均具有代表的权利，而另一方面它又通过包容的允诺抚平了异议、冲突和他者性，掩盖了排斥的存在。多元文化主义的中心任务就是要维持一致性的存在。这种一致性对当下的霸权所采取的是一种纵容的态度"（王凯 8）。此外，多元文化的概念依然认同了中心和边缘的区别，在美国多元文化研究中，美国的盎格鲁·撒克逊基督教文化依然是美国文化和个人认同的核心，其并未考虑到跨国因素在移民个人身份中的作用。多元文化预设了移民将沿着唯一的同化路线前行，没有意识到移民与世界其他地区的复杂联系。对于移民的自身文化身份，同化论也是占据主流位置，但其并不准确。在现代通信和媒介高速发展的情况下，互联网、电话、报纸、电视等组成的跨国网络有助于跨国人群保持和加深他们的文化身份。美国多元文化的社会环境也使得移民不可能朝着完全同化的方向进行。

在全球化背景下，跨国交流增多，人口对特定地点、特定国度的依附逐渐减弱。因此，个人的身份构建也不再完全受制于民族国家框架下的一元或多元文化模式。美国学者王爱华（Aihwa Ong）在其著作《灵活公民身份：跨国民族性的文化逻辑》(Flexible Citizenship: The Cultural Logics of Transnationality)中就探讨了晚期资本主义和全球化语境下华人公民身份的灵活性和流动性，并创见性地提出了"灵活公民身份"的概念。作者对华人在全球化进程中的主体作用重新定位，解构了华人精英阶层的跨国民族主义实践，从而为全球化语境下的华人跨国文化研究提供了独特的新视野。

灵活公民身份是一种新的公民形式，它对过去建立于民族国家内部政治权利和政治参与的成员身份进行了重新定义。灵活的公民身份建立于全球化下促成人们选择公民身份的主要因素，而不再关注与民族国家框架下个体对特定政府的支持。人们不再基于他们所居住的国家，而是基于经济原因选择自己的公民身份。灵活公民身份的概念是在冷战后的过去几十年里出现的。由于科技的进步，对许多居住于其他国家的移民而言，灵活公民身份已经成为了现实。由于全球化的发展，人们能更加容易地跨越边境，在不同国家间穿梭。在此背景之下，传统的公民身份概念受到了挑战，很多学者都提出了新环境下公民权的新含义。努斯鲍姆（Nussbaum）和阿皮亚（Appiah）以及其他理论家都对纯粹基于政治参与权的公民身份的观点提出了挑战。[1]

王爱华认为，在全球化和晚期资本主义时代，全球化不再仅仅指的是资本、信息和人口的流动，其更大的意义在于作为一种文化逻辑而存在。这种文化逻辑对移民的迁徙、商业网络的建立、族裔身份、政治身份、个人身份影响重大。在全球化时代，公民身份已经成为一种资本和权力积累的手段。从某种程度上来说，是一种生存策略和文化策略。王爱华认为，"灵活公民身份"指的是"有关资本的积累、流动和位移，促使主体对于变化中的政治经济条件做出灵活反应和随机应变的文化逻辑"（尹晓煌、何成洲 195）。在后资本时代，主体的这种文化逻辑并非完全

---

[1] Kwame Anthony Appiah. "Flexible Citizenship among Chinese Cosmopolitans". in Cheah, Pheng; Robbins, Bruce. *Cosmopolitics: Thinking and Feeling beyond the Nation*. Minneapolis: University of Minnesota Press, 1988, pp. 91—116.

出于主体的自我原则，而是各种因素，例如，国家、政府、市场和家庭等合力的结果。因此，对文化逻辑的分析务必需要将其放置在具体权力语境之下，要具体分析文化如何使后资本时代的主体产生意义，后资本主义、全球化、民族国家等因素，又是如何改变和塑造了文化。通过分析流散华人在海外的投资、生存状况后得出结论："华人身份已经变得日益多元化，在中国大陆的人们也成为流散主体，并发现可以用性别、性身份、阶级、文化、美学、空间和社会场所、政治和民族将其归类。"（尹晓煌、何成洲 208）通过研究华人的跨国实践活动，作者推翻了民族主义研究的族裔绝对主义和文化他者化过程，为研究全球化背景下的文化研究提供了新的视角。

王爱华在论述中以中国资本和专业技术人员向太平洋沿岸的移民为例，说明移民需要新的文化积累策略，以帮助他们得到与在祖籍国同样的地位和待遇，来自中国的移民采用了不属于传统中国的策略来把象征资本转化为较高的社会地位。法国社会学家布迪厄皮埃尔·布迪厄（Pierre Bourdieu）认为，经济资本、文化资本、社会资本和象征资本可以相互转化；而王爱华认为，经济资本可以转化为其他资本，而其他资本则无法转化为经济资本。在跨国民族主义运动下，即便移民能够得到文化资本，但由于他们的种族身份，他们无法将文化资本转化为社会资本。除此之外，王爱华又提出了其他两种文化资本——住处（location）和慈善（philanthropy）。移民通过对自己住所的选择和慈善事业来增加自己的文化资本，从而提升自己的社会地位。尽管移民面对着经济和文化上的双重障碍，但移民的文化积累策略对他们在主流的美国社会争取自身权利和形成自己独特身份起了重要作用。

族裔群体的身份建构是个复杂的过程，他们处于双重文化的影响之中。对于移民来说，他们的文化身份变得更加流动和去中心化。跨国身份并不一定固定于某个地方，更可能是一种来积累社会、经济、文化、教育和政治资本的策略。移民的文化属性也不再固定于某个疆域和社会，其属性可以由主体在某种程度上进行改变，处于两种文化之间的现实，使得移民在他们的身份建构中，可以从两种文化遗产中选择更有利于自身发展的文化和策略。本章借用了"灵活公民"的概念，来针对美国华裔作品中对身份建构策略，以及身份建构与历史、文化和社会环境的关系进行探索。

第二节 《唐老亚》中的文化逻辑

与第一代移民不同，土生华裔与中国的关系和对中国文化的认同，并不是通过共同的生活环境、共同的文化或政治信念而建构的，而是通过在家庭和社会中与中国文化的接触、对家族历史的追溯形成的，土生华裔的跨国民族主义也建立于这种文化遗产之上。在《唐老亚》(*Donald Duk*)中，美国华裔赵健秀探索了土生华裔在两种文化中的身份建构，揭露了美国主流社会对美国华人历史的歪曲，践行了自己"写作即战斗"的文学观。

出版于1991年的《唐老亚》讲述了十一岁的主人公唐老亚在美国文化语境和中国文化遗产之间的文化身份寻求历程。唐老亚是一个美国土生华裔，他即将迎来自己的十二岁生日。作者对主人公年龄的设置颇有讲究，在中国农历中，十二岁则意味着他经历了一轮生肖的轮回，他已经不再是小孩。出生在唐人街的唐老亚完全接受了自己的美国文化属性，在小说的开头，唐老亚对于自身的中国符号非常不满，因为自己的名字(Donald Duk)与迪士尼动画中的角色唐老鸭(Donald Duck)几乎雷同，他痛恨自己的名字。因为他的名字，在学校里他被同学取笑，唐人街上的一些坏蛋逼迫他学鸭子叫。小说中，唐老亚在私立学校的华裔同学同样痛恨自己的中国文化传统。这些共同享有中国文化遗产且在美国同属少数族裔的土生华裔本应对对方有着更多的认同和亲近，但在小说中，唐老亚避免与其他华裔同学交往，其他华裔同学同样不与他交往，"学校是中国人能够舒舒服服地痛恨中国人的地方"(Chin 2)。在唐老亚看来，自己的名字就是中国人愚蠢的证明，"只有中国人才会愚蠢到给自己的孩子命名为唐老亚"，"如果中国人聪明，那为什么他们没有发明踢踏舞？"(2)。唐老亚的个人身份建构和对族裔文化的认同完全吻合了"汉森定律"中对于二代移民的描述。历史学家安德鲁·罗尔(Andrew Rolle)对美国意大利移民的采访,印证了移民及其后裔不同的代际关系,以及对自身文化身份的认同:

第一代:

我不知道如何来表述自我。我十六岁……我没有工作,我也没有钱,只受过非常有限的教育……我无法向你表述我的感觉,我感到害怕……我没有钱,我想我只有几美元……我不知道我应该去哪里……去美国,美国是什么样的……美国在哪里?……我该在哪里睡觉?我没有床。哪里有一堆绳子,我在绳子堆里睡觉。

第二代:

我是意大利裔二代移民。我的名字是乔迪·戴斯蒙德(Jodi Desmond),但是我的原名是 Josephina Dessimone,我讨厌这个。在我人生的前十四年,我是 Josephina Dessimone,为此我每时每刻都在反抗。我为我的父母感到羞耻,他们说着结结巴巴的英语。现在我为我过去因为我的父母感到羞耻而羞耻,但当时我不明白。我忽略了他们。

第三代:

作为族裔群体的一员,我感到骄傲,因为你属于某个东西。如果你是普通美国人的话,你没有这种归属。大熔炉不意味着所有的文化都必须结合起来,我们需要丢掉我们的身份。大熔炉意味着所有的文化聚合起来,但我们要保持我们的(族裔)身份,为我们是美国人骄傲。(Rolle 183—84)

作为土生华裔,唐老亚为自己的族裔身份感到耻辱,他痛恨中国文化。唐老亚对于中国文化的拒斥和对美国文化的完全认同,来自于主流社会的偏见、自己对家族历史的无知和学校教育的误导。唐老亚所在学校的历史教师对中国充满了无知和偏见,这也使得对中国文化了解不多的唐老亚对于自己的文化身份更加尴尬。在历史老师看来,中国文化比西方文化低劣，中国文化中的天命观导致了华人缺乏竞争性，不管是工作还是生活，都处于一个被动的地位。这位历史老师在课堂上公然宣称："由于中国的儒家思想和禅宗思想，在美国的华人都非常消极和被动。他们对于美国极端的个人主义和民主毫无准备。从他们踏上美国的土地到20世纪的中期，这些胆小、内敛的华人在那些极富侵略性的、高度竞争性的美国人面前成为了无助的牺牲品"（Chin "Donald Duk" 2）。为了证明自己的观点，这位老师拿美国铁路修建史上华人劳工与爱尔兰劳工比赛的故事来说明自己的观点。对华人历史并不了解的唐老亚不知道这完全是美国主流社会对历史的歪曲，他完全接受了这种说法。美国的种族歧视使得华人形象和中国文化被歪曲，这部分压制和破坏了华裔的族裔意识，使得华裔对中国文化产生怀疑乃至背离。通过对白人文化的赞美和对中国文化的贬斥，学校教育无形中深化了华裔对美国的国家认同，并将其他族裔文化排除在美国文化的范围之外。在论述意识形态国家机器时，阿尔都塞（Louis Althusser）指出，"学校和教堂使用合适的方法进行惩罚、排除、遴选来'规训'羊倌和他们的信众"（Althusser 1490）。在小说中，学校在推广和传播美国主流社会的意识形态方面发挥了重要作用，华裔的历史文化被有意扭曲。

除了有意淡化美国华裔的文化传统和华裔为美国所做出的巨大贡献，学校还通过消除华裔群体的整体记忆来规训土生华裔。美国声称的多元文化作为一种政府政策，事实上剥夺了少数族裔了解、珍惜乃至传承自身族裔文化的机会，唐老亚被主流社会学校的规训使得自己的父亲十分吃惊，以至于认为自己可能从医院抱回来了一个白人男孩，"我不敢相信我养了一个白人种族主义者。他不认为唐人街是美国。我告诉你，小子，唐人街是美国"（89）。除了学校，通过电影、电视及其他媒体传播的美国主流文化，也促使二代族裔群体接受美国文化，放弃自身族裔文化。

从文化角度而言，唐老亚完全接受了美国的文化，因此唐老亚对自己家中的文化语境产生了怀疑和反对。唐老亚的父亲则认为唐老亚过于关注中国和美国的区别，对成为美国人的想法过于执着。然而唐老亚作为土生华裔，他在国籍上是标准的美国人。唐老亚家中的冲突代表了新生华裔与父辈们的文化冲突。在唐老亚看来，自己家庭对美国文化的拒斥是羞耻的，唐老亚感觉自己的家庭在看电视时也不忘了将电视中的人物比作中国人。唐老亚不想像父辈一样，沉溺于中国文化而对自身所处的美国文化语境盲目拒斥，他认为自己出生在美国也就自然是美国人，美国人的身份与中国文化完全无关。

对于华人的身份属性，唐老亚也与父亲完全不同。唐老亚认为做美国人就需要抛弃自身的族裔身份，完全被主流社会的价值观和文化所同化。唐老亚的父亲认为，唐人街就是美国，美国就是唐人街，这种对族裔身份的认同是美国多元文化的体现，唐老亚的父亲并没有将中国文化与美国文化对立：

> "我认为唐老亚可能是最后一个相信为了成为美国人就必须放弃成为中国人的美国土生华裔男孩，"父亲说，"这些新的移民证明了这一点。他们最开始是广东人，并不想成为中国人。当中国占领了南方，他们向南移居到越南、老挝、柬埔寨、泰国。他们学习法语，他们现在又开始学习英语。他们没有放弃任何东西，相反，他们添加。他们将他们所知道的美国东西都吸收起来。那就是他们为什么比美国出生的华人更加强大，比如我儿子，一个努力摆脱一切与中国有关系的东西的孩子，认为他们如果只认识百分之百美国造东西，会说英语的话，人们就不会把他错认为中国人(42)。

在小说中，作者特意用春节这个最富含中国文化特色的节日，来反衬唐老亚对中国文化的疏离。春节庆祝是美国的华人社区每年所举办的最隆重的活动。从19世纪中期开始，春节庆祝逐渐由私人聚会性质的小型活动成长为盛大的公共活动。

早在1851年，中国移民就形成了各种各样的组织，例如，"会馆""堂"等来维护成员的利益，协调社区事务和内部争端。如中华会馆经常为其会员举办节日宴席。这些庆祝活动的举办有利于增强华人的族裔意识与团结，也有利于加强与主流社会以及中国的联系。对于早期举办的这些活动来说，其意义还有在主流社会对华人态度并不友好的美国给华人创造出一种归属感和家庭感。由于早期华人社区的"单身汉社会"特征，在中国传统中讲究"阖家团圆"的春节，很多华人并无家庭生活。但春节庆祝活动给予了这些独身移民归属感，春节时大家共同度过，单身汉还可以去那些在美国建立家庭的移民家中过年。但对唐人街每年最大的庆祝活动，因为并不了解春节对于华人的意义，唐老亚没有任何期待。

新年来临，唐老亚的父亲为了让唐老亚真正懂得中国文化里的天命观，特意用几年时间制作了108架纸飞机，并在每架飞机上画上一位《水浒传》中英雄的图像，他打算在正月十五元宵节的时候，将这些飞机拿到天使岛上的移民检查站旧址将其放飞并引燃。唐老亚对此大感不解，尽管唐老亚的父亲告诉他这是为了展示中国的"天命"，但父亲的解释并没有让唐老亚真正理解，也为唐老亚随后的自我探索埋下了伏笔。唐老亚对中国文化的拒斥与他的美国朋友阿诺德形成了鲜明的对比。唐老亚不喜欢中国食物，不想参加唐人街的舞龙表演，对父亲的放飞飞机活动也没有太多兴趣。相反，阿诺德则对中国食物和唐人街的活动表示了极大的兴趣。在除夕之夜，唐老亚偷偷拿走了父亲108架飞机中的一架——黑旋风，并将其放飞。尽管唐老亚对每架飞机所代表的人物一窍不通，但他无意的选择预示了他与中国文化割不断的联系。唐老亚的叔叔发现唐老亚拿走了那架飞机，在唐老亚乞求其不要告诉爸爸的情况下，叔叔告诉唐老亚要勇于承担责任，并开始给唐老亚讲述《水浒传》故事和他们的家族历史。在叔叔的讲解下，唐老亚才意识到自己家族的姓并不是唐，而是姓李。当李家的第一位移民前往美国修筑铁路时，白人移民检查官不了解中国姓名的规则，把"李德"的"德"当作其祖先的姓。唐老亚没有意识到，自己在美国这个令人嘲弄的姓其实是美国霸权主义的结果。

在谈论《唐老亚》中的记忆政治时，李有成指出："赵健秀的整个计划大抵是以其记忆政治为基础，企图唤起华裔美国人的集体记忆，在找回、重述华裔美国人有意无意间被抹杀、消音的过去之余，同时揭露美国历史——统治阶级所认可的历史——进程中随处可见的'缝隙、断裂与非延续性'"（李有成 127—128）。因此在小说中，赵健秀通过让唐老亚找回被主流社会所抹杀的历史重建自己的身份以对抗主流社会。在唐老亚开始追寻家族历史的过程中，他的叔叔建议唐老亚首先阅读有关铁路修筑的书籍。

1863年，美国开始修建连接西部与东部的太平洋铁路。在铁路修建初期招募的白人工人无法忍受艰苦的工作条件和较低的待遇频繁罢工，招募的爱尔兰移民则经常酗酒、斗殴，且经常罢工要求提高薪酬。无奈之下，太平洋铁路公司首先招募了50名华人劳工参与修建铁路，这50名华工以吃苦耐劳的精神和对较低工资的接受使得华工后来成为了铁路修建的主力军。据统计，在铁路修建期间，大约有10,000至14,000多名华工参加了铁路建设，华工占工人总数的90%。在铁路贯通前的最后阶段，华工接受了爱尔兰劳工的铺轨比赛挑战，华工创造了12小时铺轨10英里200英尺的世界纪录赢得比赛。华工为美国铁路的修建做出了巨大的牺牲，"每根枕木下面都有一具华工的尸骨"，但华工的努力并未得到美国主流社会的承认，在1869年5月10日举行的竣工典礼上，华人被禁止出席。

华工为美国铁路修建做出的巨大贡献与以唐老亚的历史老师为代表的主流社会对华人贡献的漠视形成了鲜明的对比。在小说中，作者让唐老亚通过对历史资料的寻找和重建个人身份，为华人正名。唐老亚对历史的重建呼应了赵健秀个人为重建美国华裔文学的努力，但除此之外，在小说中，赵健秀还通过梦境来揭示华人身份建构中华人历史和中国文化的作用。对自己祖先参与铁路修建的兴趣和相关的图书阅读使得唐老亚开始做有关铁路修建，尤其是最后阶段华人和爱尔兰工人比赛的梦。在梦中，他看到了当年华工修筑铁路所付出的艰辛，看到了《水浒传》中充满了阳刚之气的李逵，看到了华人历史上赫赫有名的夏威夷警探陈查理。在图书馆，唐老亚和阿诺德发现了记录铁路修建历史的图书。唐老亚惊奇地发现，在图书的论述里，尽管华工赢得了比赛，但任何一名华工的名字都没有被记录下来，而爱尔兰的八名工人的名字则被详细记录。唐老亚感到了不公平，当他对父亲抱怨时，父亲说："他们不想让我们的名字写进历史。然后呢？你很吃惊。如果我们不自己书写我们的历史，为什么他们要写呢?"(122)。从家族历史中获取力量的唐老亚决定反抗。当他的历史老师再次在课堂上讲述华人劳工历史时,老师依旧将华人描述为"客居者"、被动、缺乏竞争,唐老亚对他听过多次的歪曲言论开始了反抗,他用精确的日期、数字和历史事实证明了自己老师的错误。在老师认错的同时,唐老亚父亲扮演的关公破门而入,说道"哈哈哈!我闻到屋子里充满了被动性"(151)。至此,唐老亚最终意识到华人的被动形象其实是美国种族歧视的结果,父亲也用自己的行动和戏剧形象重建了唐老亚的文化自信。

霍尔在分析加勒比地区的后殖民移民文学时指出,身份并不是永恒的固定于某一本质化的过去,而是屈从于历史、文化、权力的不断"嬉戏",移民社群经验"不是由本性或纯洁性所定义的,而是由对必要的多样性和异质性的认可所定义的;由通过差异、利用差异而非不顾差异而存活的身份观念、并由杂交性定义的。族裔社群的身份是通过改造和差异不断生产和再生产他以更新自身的身份"(霍尔222)。霍尔认为,美洲和新大陆是族裔散居的开始,也是多样性和混杂性的开始,对于流散人群或者族裔群体来说,身份从来都不是一个绝对的概念。在《唐老亚》中,美国主流社会的规训使得唐老亚完全接受了白人的价值观,他排斥中国文化,痛恨自己的族裔身份。唐老亚将自己的身份定为纯粹的美国身份,没有意识到美国身份的异质性、多样性和混杂性。在成长过程中,他逐步意识到自己无法真正实现与白人一样的身份,无奈之下,他转向中国文化寻求力量。通过对家族历史,尤其是自己祖先参与美国太平洋铁路建设历史的追溯,唐老亚重建了自己的族裔身份与男性气概。赵健秀在唐老亚中对人物形象的塑造显示了其对华裔身份的认识,即美国是一个多元文化社会,"在这个多元文化的社会中,唐人街就是美国,美国就是唐人街,唐老亚不需要放弃当中国人也能当美国人"(林茂竹1)。

第三节 《甘加丁之路》:从背叛到维护

除了在小说上的成就,造就赵健秀在美国华裔文学领域独特地位的原因还有他异于同时代其他大部分美国华裔作家的文学观点。在《大哎咿！华裔与日裔美国文学选集》(The Big Aiiieeeee！: An Anthology of Chinese-American and Japanese-American Literature)的序言中，赵健秀不惜用了大量笔墨来阐述自己的文学观，并对同时代的华裔作家，特别是汤亭亭和黄哲伦展开了激烈的批判。赵健秀认为，以汤亭亭和黄哲伦为代表的美国华裔作家为了迎合主流社会、赢得读者群和声望，不惜歪曲中国文化。赵健秀对于美国华裔文学中的"自我东方主义"十分不满，他对汤亭亭的批评也引起来美国华裔文学史上著名的"赵汤之战"。

在赵健秀看来，"写作即战斗"，他希望能用自己的写作来对抗主流社会对华人的歧视，来阐释华人在美国所发挥的重要作用。在单德兴看来，"赵健秀反抗的对象就是造成历史不公现象的美国白人主流社会，以及接纳、内化、臣服于此价值观的认识——尤其是以往享誉且被视为亚裔美国作家的代表性人物，最显眼的就是女作家黄玉雪及其所代表的创作类型"（单德兴 87）。在《甘加丁之路》(1994)中，他虚构了两个人物——潘多拉·托伊和华盛顿·秦·弗洛里斯来讽刺汤亭亭和黄哲伦(David Henry Hwang)对美国东方主义的迎合和在作品中对美国华裔男性的"阉割化"描写。同时，赵健秀也攻击了他们在作品中对中国文化的篡改和误用(尽管赵健秀本人也在作品中有着同样的误用)。如果说，《唐老亚》是赵健秀通过书写华裔个体对家族历史、中国文化进行身份建构的话，那么《甘》则是通过书写作为整体的华裔如何通过修正西方人对中国文化的误解和反抗西方的"东方主义"来重建华裔群族身份的。

赵健秀的文学观与其自身的经历息息相关。赵健秀的父亲是作为"纸生仔"到达美国的，这也导致了赵健秀母亲家中对其父亲的不认同。赵健秀出生后就被寄养在美国白人家庭，直到六岁才被父母接回家并在外祖母家抚养。在《甘》中，主人公尤利西斯的人生经历与赵健秀极其相似，他们都经历了从小被家庭疏远，长大后开始自身身份的寻找，尤利西斯在铁路上的工作经历也与作者所从事的工作一致。主人公在被主流社会歧视的环境中进行了艰难的身份建构，但这种建构不是被美国主流文化所同化，也不是完全背离美国传统。在对美国主流文化和中国文化传统进行批判的同时，主人公在中美两种文化遗产中建构起了自己的身份。

《甘》中的历史跨度较长，小说描述了关家从20世纪40年代到90年代的生活，其中涉及到了当时美国风起云涌的社会政治运动，美国华裔个人生活和家庭生活。小说主人公尤利西斯的爸爸关龙曼是美国种族主义的牺牲品，对于主流社会的歧视，关龙曼选择了迎合和屈服。关龙曼在得知美国广播公司正在寻找英语熟练、美国观众能够听得懂的华人演员来出演华人侦探陈查理时，他迫切想得到这个角色，同时他也希望能劝说曾经在电影中出演过陈查理的安劳夫·洛伦重新出山。关龙曼对这个角色充满希望，志在必得，他自认为在曾经出演过陈查理儿子的四个人之中，他是唯一合适的人选。尽管在好莱坞，关龙曼只能扮演一些不重要的角色，但他自身的美国化和他对自身资本的运用，使得他相对于其他华人演员而言相对成功。依靠在美国出生的妹妹的帮忙，关龙曼来到了美国。关龙曼能在主流社会中寻求机会，并善于用文化及其他资本来建构自己的身份。当其他粤剧明星拒绝皈依基督教时，关龙曼却选择了皈依。在宗教和其他方面的美国化，使得他更能被美国主流社会所接纳。

陈查理是美国作家比格斯（Earl Derr Biggers）在20世纪20年代所塑造的一个华人形象。在比格斯的笔下和随后的47部陈查理电影和39集电视剧中，陈查理是一个身材肥胖的夏威夷侦探。他经常穿着中国长袍，说着一口洋泾浜英语，经常引用孔子的言论。尽管与当时另一个著名的华人形象——傅满洲相比，陈查理已经展示了美国主流社会对华人态度的改变。在当时美国社会对华人的印象还停留在傅满洲式的时代，陈查理的出现不得不说是一个进步，"事实上，陈查理是美国通俗小说中最早的模范族裔代表之一，他被美国社会同化，从劳工阶层逐步上升为中产。陈查理象征了美国梦：少数族裔可以与美国白人社会交往，生活相对舒适"（Chan J. 51）。但由于小说和电影对陈查理缺乏男性气质的刻画，依然使得陈查理这一形象成为美国华裔被主流社会边缘化的证明，赵健秀认为，陈查理是种族主义之爱的对象，"陈查理是种族主义爱的对象。他是唐人街那类博取白人爱的人。他的言行表明他是白人的马屁精。1924

年出了一个陈查理,从此华裔美国人似乎努力使华人社会普遍存在陈查礼的风气"(赵健秀、梁志英4)。

在小说中,完全被美国所同化的关龙曼对陈查理被"阉割"、毫无男性气质的形象毫不在意。关龙曼将白人看作完美的圣父形象,将白人比作美国华人的基督救星,对于备受质疑的陈查理形象也引以为自豪。事实上,陈查理系列电影于1926年初登银幕后在随后的46部电影中,扮演陈查理的演员有美国日裔、英国人和瑞典人等,但从来没有一个华人扮演过这个角色。分别于1926年和1928年上映的两部陈查理系列电影——《没有钥匙的房间》和《中国鹦鹉》中的陈查理,是由两位日本演员扮演,此后所有的陈查理电影都由白人演员出演,华人没有任何机会。[①]鉴于主流社会对华人的偏见,当时美国人认为,所有华人都是性变态、鸦片贩子和折磨妇女的暴徒。当时的陈查理系列电影也没有脱离这个模式,银幕中的陈查理形象也引起了华人的不满。

因此,在电影的选角上,美国的华人都希望这一角色由华人,而不是像以前一样由白人演员来扮演。华人对陈查理角色由华人扮演的期待和对陈查理角色白人扮演者的憎恨,揭示了华人对美国主流社会对华人、华人文化歪曲的极度不满。曾经的陈查理扮演者——安洛夫·托伊害怕受到华人的追杀,最后只能隐姓埋名,躲在檀香山残度余生。赵健秀将此人塑造为一个臭名远扬、因猥亵罪被判过刑、满身横肉的色情商品店店主,反衬了主流社会对陈查理形象的极度扭曲。以好莱坞为代表的种族歧视使得关龙曼扮演陈查理的梦想无法实现,风信子也认为,在好莱坞电影中,华人永远不可能主演华人。

关龙曼个人身份认同的错乱、男性气质的缺乏,以及主流社会对华人的"阉割",对下一代也造成了影响。关龙曼为了实现自己的目标——

---

① 美国华人作家黄运特认为,没有华人演员扮演陈查理的主要原因在于,当时好莱坞并没有合适的华人演员,而且当时中国的观众并没有对电影中的陈查理形象表示不满和抗议。相反,由于陈查理是好莱坞创作出的第一个异于傅满洲式的正面华人形象而在中国受到热烈欢迎,见 Yunte Huang. *Charlie Chan: The Untold Story of the Honorable Detective and His Rendezvous with American History*. New York: Norton & Company, 2010, pp189—197.

做好莱坞影星、做扮演陈查理的第一位华人努力使自己同化，但他的认同也有矛盾之处。在夏威夷与朋友吃饭时，关龙曼感到，"作为美国人，与说相同语言的伙计们聊天，感觉好极了"（15），吃饭的时候"每张桌子上有一只乳猪，一只茶叶熏鹅，各色鱼肉。因为我们是广东人，所以必须吃米饭"（15）。关龙曼一方面自认是基督徒，标准的美国人，将陈查理视为少数族裔被同化的典范，但另一方面，他却自认是广东人。他的认同在此被作者用饮食来隐喻，他是中国和美国的混合体，而不是纯粹的美国人或者中国人。

男性气质通常被理解为传统上与男性相关的品质、特征或角色。例如勇敢、坚强、权力、荣耀等。澳大利亚社会学家罗伯特·威廉·康奈尔（R. W. Connell）认为，男性气质可以分为四类：支配性、从属性、共谋性与边缘性。支配性男性气质与历史上广为接受的父权制息息相关，它体现了男权制的合法化并保证了男性对于女性的统治。换言之，支配性男性气质只是父权制在社会实践中的具体体现之一，它主要体现在男性和女性在社会中的不同角色和地位。从属性男性气质指的是不同男性群体之间具体的统治与从属的性别关系，其主要来源于异性恋男性与同性恋男性的社会关系和地位对比，但康奈尔同时也注意到，"有一些异性恋的男人和孩子也被从合法化的男性气质圈中驱逐出去，这些小孩由于缺乏一般意义上的男性气质，他们被冠以一系列丰富的贬义词：王八、女人腔、胆小鬼、懦夫，等等"（康奈尔 108）。在意识到男性气质规范定义的困难时，康奈尔认为，社会中存在着另一种男性气质，即共谋性男性气质。在现代社会中，为了从男权体制中获益，男性需要与女性协商，从整体上依附女性。这种新的方式和策略与男权制构成了共谋关系，他们无须承担男权制推行者的风险而可以享受收益。此外，种族关系也是不同男性气质相互作用的场所，处于社会边缘地位的移民群体或弱势群体也被从男性气质中驱逐，"在一个白人统治的背景下，黑人的男性气质对于白人的性别结构只起到符号性的作用"（110）。处于社会边缘地位的华裔，如同被美国主流社会接受的陈查理，他们不管是在社会生活中，还是在电影中，都被剥夺了男性气质，使得下一代无法正确建构自己的身份。

关龙曼的二儿子尤利西斯从小在叔叔家长大。这一方面呼应了赵健秀个人从小寄养在别人家的事实，也隐喻了二代华人的现实处境。对尤利西斯来说，"妈妈、爸爸、妈咪和爹地这些词是我从收音机里听来的，但从未用过，也从未问过"（56）。六岁时，尤利西斯被带回奥克兰的家中，但在他看来，这并非回家，而是父母"把我带离我一直认为是家的地方"（57）。在奥克兰的家中，他并没有感觉到家庭的温暖，尤利西斯感觉到自己的外婆与家人对自己并没有任何感情。父亲在尤利西斯生活中是缺失的，关龙曼每年只回家几次，一般也只是在春节或者旧金山华人堂会举办春宴的时候才会回家小住几天。关龙曼在当地的华人社区属于有头有脸的人物，他也特别希望自己的大儿子小龙曼能与他一起参加宴会，但小龙曼从未参加过。奇怪的是，父亲对尤利西斯却不闻不问，"爸爸并不在乎我去不去，因为我不会中文，不了解唐人街，不知道堂，不知道如何行事，而且我甚至长的也不像华人"（67）。由于尤利西斯从小被寄养在白人夫妇家，因此他的英语说的和美国人一样流利，在街上他也常常被别人认作是日本小孩。尤利西斯对英语的熟练掌握和对汉语的陌生隐喻了美国主流社会的文化霸权，赵建秀在《唉咿！亚裔美国作家选集》曾写道："语言是文化的中介以及人们的感性……白人文化一直用语言（英语）的统治地位压迫亚裔美国文化，使它在美国意识的主流中起不到什么作用"（刘奎兰"写作即战斗"123）。由于尤利西斯对中国语言的陌生使得他无法正常参与自己的家庭生活和华人社区的社区生活，他的少数族裔身份又使得他不能完全被主流社会所接受。

赵健秀对中国文化中的关公形象情有独钟，关公在他的多部作品中都有出现。关公在中国文化中有着重要的地位，在中国文化中关公从一名历史人物演化为神，成为中国文化中与儒家思想创始人齐名的人物，其所代表的忠、义、仁、勇也成为了儒家思想的重要组成部分。在《唐老亚》中，唐老亚在梦中见到了智勇双全的关公，从而坚定了自己反抗的决心；在《甘加丁之路》中，赵健秀将尤利西斯的家族的姓定为关。赵健秀意识到，华裔所遭受到的歧视，也意识到中国文化在华裔反抗主流社会歧视中的重要作用。在小说中，生活在华人社区的尤利西斯家中中国文化气氛浓厚。当尤利西斯的哥哥小龙曼从战场回家时，家中在关公像前供上新鲜水果和香。关家以他们的祖先——关羽为傲，平日里，关公的塑像被放置于外婆家前屋的壁炉架上。但成长于这样家庭的小龙曼同样对自己的家庭、对中国文化充满了憎恶，他没有意识到自身文化遗产的重要。小龙曼(小好莱坞)憎恨7月4日(美国独立纪念日)，也憎恨自己的生日——10月10日(当时的中华民国国庆日)。对美国独立纪念日和对中国纪念日的讨厌说明了其身份的分裂。小好莱坞讨厌好莱坞，讨厌在好莱坞电影里扮演角色的华人。"他喜欢好莱坞历史片，喜欢没有华人的电影，喜欢里面没有'中国'这个词的电影"(72)。

家庭的社会资本对下一代的成长和培养至关重要。詹姆斯·科尔曼认为个人的资本可分为三个方面：金融、人力及社会资本。金融资本指的是能够为个人成长提供物资条件的家庭财富；人力资本指的是父母的教育层次；社会资本指的是父母与下一代之间及家庭成员之间的关系(Coleman S109)。除了家庭内部的社会资本外，家庭之外的社会资本更加重要。家庭外部的社会资本主要是家长与其他社会成员和社区的关系。家庭内外部的社会关系对于个体融入社会至关重要。但小说中的父亲——关龙曼并没有给自己的两个儿子提供足够的资本以进入主流社会。面对社会的偏见和家中父亲的缺失，尤利西斯和哥哥小龙曼都选择了逃离。小龙曼为了逃离家庭，他参加了列车长考试，后来成为列车上的总司闸。在婚姻上，"他娶了一个我们家谁也不喜欢的女人"(72)。对弟弟处境深表同情的小龙曼为尤利西斯在铁路上找到一份工作，帮助其逃离家庭。

尽管对家中的中国文化传统有着诸多排斥，但尤利西斯依然没有逃脱唐人街的教育传统——中文教育。在20世纪50年代，每天在美国学校放学后，尤利西斯和其他几个孩子还必须到奥克兰唐人街的中文学校上课。尤利西斯在中文学校表现并不好，因此也经常被老师体罚。当老师讲授女娲故事时，尤利西斯却对老师的讲解不断挑衅，以"这里是美国"回应老师。当老师讲述《木兰辞》中的"雄兔脚扑朔，雌兔眼迷离。双兔傍地走，安能辨我是雄雌"时，尤利西斯发出了呕吐的声音，让王老师勃然大怒。中文教育在尤利西斯文化认同和身份建构中有着很大的作用。美国土生华裔对中国文化的淡薄，使得他们在起初拒绝学习中国文化，但在学完《三国演义》之后，尤利西斯和其他两个小伙伴却宣称他们就是中文书中的结拜三兄弟，"我们开始用地道的广东话宣誓桃园结义，气死那个蔑视我们、骂我们是美国生的蠢蛋的中文老师"(80)。尤利西斯的小伙伴本尼迪克特·汉出生在中国，后来随自己的父母移民来到美国。他对中国并没有什么积极的记忆，"我不记得中国是啥样。没有一点记忆，记不得一张脸，记不得一个神话故事，连一支摇篮曲也记不得"(81)。对本来说，中国是另一个世界，另一种生活。

与二代移民相比，《甘》中的一代移民大多都对中国保持了浓厚的感情，尤利西斯、本、迪戈的父母都对中国和中国文化饱含感情。由于迪戈生性顽劣，迪戈的妈妈想把他送到基督教创办的春梅收容所，但迪戈的爸爸却宁愿迪戈是个坏孩子也不愿意迪戈是个基督教好孩子。在作家查尔斯·谢泼德所写的收容所宣传材料里，"只有学会诚实的孩子，长大后才有可能成为中国的实业巨头，或者成为伟大的工程师，在中国建造大桥。学会不说谎的孩子长大后甚至可能成为中国的总统！"(89)对此，尤利西斯提出了怀疑，因为春梅收容所里的孩子没有一个是在中国出生的，他们是华裔美国人，但美国的主流社会依然将他们当作中国人看待，他们并没有得到主流社会的承认。不仅是美国主流社会没有将华裔群体视为美国社会成员，华裔成员对自身的身份也有疑惑。在唐人街的华人学校里，马老师如此评价华人的身份：

> 我可以教你们学中文，让你们会读会写，但你们永远不可能成为中国人。现在你们也应该知道了，不管你们的英语说得有多好，也不管你们能背上来西方文明中多少伟大的书，你们也不可能成为白鬼。中国人虐待你们，因为你们不是中国人；白人虐待你们，因为你们不是美国人。显然，你们既不是白人，也不是中国人(103)。

在马老师看来，华裔群体处于中国和美国都不认同的境地。因为出生、成长于美国，他们不是中国人；由于他们的非白人族裔身份，不管他们如何努力去同化，他们也永久不会得到美国主流社会的承认。唐人街的中文教育使得本开始考虑自己的身份。"我已经把中国给忘了，我觉得无愧于心；但就在那片刻间，老马使我觉得失去了点什么，使我觉得自己忘了十岁前的生活，忘了我对中国的记忆"。(103)本意识到自己既不是中国人也不是美国人，因此对他来说，"一切都是可能的。无须愧疚。我们纯粹是自我创造物"(103)。作为纯粹的自我创造物，身份也可能是自己创造的。由此，以本、尤利西斯为代表的华裔二代群体才完成了自身身份的构建。

在《唐老亚》中，小主人公是通过追寻家族历史和中国文化来建构自身身份，其依靠的社会资源依然是唐人街和美国历史，并没有逃脱美国的地理范围。《甘》中主人公的身份建构则受到了来自中国的影响，中国文化、中国的政治事件都被这些二代移民利用以实现自我身份。《甘加丁之路》将现实与小说融合，重现了亚裔学生为争取平等权利的斗争。在小说中，黑豹党在唐人街中心的朴次茅斯广场扎下营寨，对着照顾孩子玩耍的老太太们宣布："华人是美国非白种人中的汤姆大叔"，这引起了美国华裔对自身身份的焦虑。历史上著名的黑豹党(Black Panther Party)由休伊·纽顿(Huey P. Newton)和他人于1966年10月15日在加州奥克兰一起创立，其宗旨主要是反对美国对黑人的种族歧视，为美国黑人争取平等权利。他们呼吁改善黑人的教育、住房和工作机会，并通过了"儿童免费早餐项目"促使美国政府开始为全国儿童在学校提供早餐。在黑豹党的发展过程中，为了筹措资金枪支，黑豹党在旧金山地区贩卖《毛主席语录》。根据马克·基切尔(Mark Kitchell)1990年拍摄的纪录片《60年代的伯克利》(Berkeley in the Sixties)介绍，黑豹党在旧金山的唐人街以每本20美分的价格购买一本《毛主席语录》，然后以一美元的价格拿到加州大学伯克利分校出售。①

---

① Janet Maslin. "Berkeley: Tie-Dye to Just Ties." *New York Times*, September 26, 1990.

第四章 跨国民族主义与土生华裔身份建构

赵健秀在小说中用尤利西斯和其小伙伴60年代在唐人街的作为表达了他对当时黑豹党行为的不满和对其为争取黑人权利采取的暴力手段的不赞同。在小说中，尤利西斯自封为唐人街黑虎队司令和他的朋友们购买红宝书，他们成群结队地唱着当时在中国流行的革命歌曲。然而，黑豹党看似轰轰烈烈的社会运动，事实上只是尤利西斯和伙伴们在当时社会运动和思潮下的一种骗局。在小说中，尤利西斯自己也坦承，唐人街黑虎队和亚非拉革命是投机取巧，是为了在向贫困宣战运动中捞点小好处。在尤利西斯的心中，革命与演戏无异，唐人街黑虎队，自己和自己的朋友在电视新闻上说的都是胡话。在当时的社会思潮消散，手中不多的钱用完之后，黑虎队的高尚社会动机也就不复存在，黑虎队也就销声匿迹了。这与现实中黑豹党的发展历程类似。这种塑造似乎说明了赵健秀更倾向于通过和平途径、通过纠正社会对华人的偏见来确立华裔身份。

除了参与运动为华裔正名，尤利西斯还用写作与主流社会进行战斗。在《甘》的第三部分"地府"中，赵健秀以潘多拉·托伊之名发表了《神经质的、充满异国情调的、色情的东方味》一文。在文中，潘多拉承认自己是个喜欢性爱的华裔女子，以能够吸引西方男性的目光为荣。在"迪戈·张：《傅满洲弹西班牙吉他》"中，作者更是借黄玉雪受美国国务院支持进行世界巡讲进行了深刻批判。小说中的美国之面剧院从"向贫困宣战"的款项中丢给本几个小钱，这种款项使得唐人街黑虎队兴旺了三年，但却未能使这帮人同化。因此这些钱又被用来扶持那些来自最肮脏、最不受人注意的族裔中的流浪艺人，象征性地给予他们一些权力。本所创造的戏剧《傅满洲弹西班牙吉他》就是这种东方主义的产物之一，对此所有人心知肚明。在戏剧的编排上，导演与尤利西斯发生了冲突。本创作的戏剧里依然充满了异国情调：傅满洲需要白人俘虏说出果味饮料粉的秘方，否则他就要让他的女儿用性交的方法来折磨俘虏。在这个方法没有奏效之后，傅满洲则掀起了自己的长袍，露出自己贴身穿的胸罩、女士内裤、吊袜带和黑色渔网袜，然后扑向了那个白人。美国佬在惊恐之中被迫交出了秘方。此剧本完全是西方对中国偏见和歧视的表现，剧中充满异国情趣、性爱上瘾的东方女性，穿着女性内衣、有同性恋倾向的东方男人。为此，本和尤利西斯进行了激烈的交锋。尤利西斯攻击潘多拉大肆宣扬假的中国文化，宣扬自己对中国文化的仇恨，以引起白人的关注和喜爱，这种宣扬又加深了西方对中国文化的误解。为了批评汤亭亭和黄哲伦相同的创作模式，赵健秀在文中将潘多拉和本尼迪克特塑造为沉瀣一气的同居者。小说中，赵健秀借尤利西斯之口对汤亭亭有意歪曲中国文化进行了激烈的批判：

> 你母亲裹足了吗？潘多拉的母亲裹足了吗？裹足从来不流行，不常见。中国童话里从来没有赞扬小脚妇女，连提都不提，因为人们不裹足。对人们来说，使妇女裹足一直是性变态行为，美国的唐人街里没有一个女人裹足。而白人清教徒却在塞勒姆把妇女当作巫婆溺死。现在，在白人基督徒的北滩地区做皮肉生意的妇女，比中国历史上裹足妇女的总数还要多。（297）

中国古代的裹脚习俗开始于公元969—975年南唐李煜在位的时期。宋代之后裹脚习俗由宫廷传入民间，后逐渐盛行，成为中国父权制下禁锢女性的一道枷锁。"太平天国"运动中曾禁止女性缠足，但由于太平天国运动的失败，裹足并未得到废除。辛亥革命后，孙中山于1912年令内务部通告各省禁止缠足，此后缠足习俗逐渐消失。作为中国文化中的糟粕，缠足满足了西方社会的猎奇心理，也成为西方文化贬低中国文化的一个例证。因此，一些华裔作家为了吸引读者，不惜在当代的文本中塑造在现实中早已消失的裹脚妇女形象。例如，在哈金的小说《等待》中，作者依然塑造了裹小脚的妇女形象。根据小说中的描述，女主人公生于1936年，当时离民国废除裹脚习俗已经过去了24年，尽管不能否认个例的存在，但当时绝大多数女性是不裹脚的。因此，读者有足够的理由怀疑哈金迎合西方猎奇心理的动机。在《甘》中，本也坦承自己想在美国成功的写作动机。潘多拉的《村庄之声》中，对于中国文化、历史的误读也使得尤利西斯气愤不已。最后，尤利西斯开始拍僵尸电影，用笔名勒鲁瓦·莫诺写作。但在写《第三世界活死人之夜》时，尤利西斯使用了自己的真实姓名，而这部僵尸小说没有被当作僵尸小说来看，而被看成了对潘多拉·朵伊的论战。

移民融入主流社会的过程取决于移民的个人意愿，更取决于主流社会对他们的接受度。当社会对移民持开放态度，为他们提供较多的教育、就业等机会时，融入就较为简单。当社会无法提供足够融入机会，移民则会被边缘化，走向另一端。在《甘》中，社会并没有为尤利西斯这样的二代移民提供足够的融入机会，而尤利西斯的家庭中，父亲的缺失和社会资本的匮乏使尤利西斯无法融入主流社会，这也为其利用外部力量重建身份提供了机会。在唐人街，尤利西斯通过接受中文教育接触并理解中国文化，中国政治事件的跨国传播也让尤利西斯短暂实现了自己的身份。在与潘多拉、本关于剧本中中国元素的争论中，尤利西斯完成了自己文化属性的跨国构建，成为中国文化的坚定捍卫者。在《甘》中，赵健秀以写作公开介入政治，用写作来对抗主流社会的文化霸权。赵健秀用主人公尤利西斯个人意识的成长，对主流社会历史上对华人身份的刻板化刻画的反抗以及对美国华裔作家迎合主流社会偏见的"自我东方主义"进行批评来重构美国华人历史，重建华人族裔身份。

第四节 《梦娜在希望之乡》：流动身份

任璧莲（Gish Jen）是当代著名的美国华裔作家。从时间和主题来看，她的前三部长篇小说可以视为三部曲：《典型的美国佬》（Typical America）的时间背景放置在20世纪40年代末；《梦娜在希望之乡》（Mona in the Promised Land）时间设定在20世纪60年代；《爱妻》（Love Wife）的时间背景被放在了20世纪末和21世纪初。从内容上看，《典型的美国佬》主要是一代移民的"美国梦"，《梦娜在希望之乡》则是二代移民在20世纪60年代多元文化背景下的身份建构；《爱妻》则聚焦于已经成年、完全美国化的二代华裔卡耐基的多种族家庭。从纵观上看，这三部小说事实上是不同时期华裔身份历史变迁的写照。在对《梦娜在希望之乡》的研究上，国内外学术界普遍认同小说中的身份流动观念。例如，冈萨雷斯（Begoña

Simal González)认为，文化仪式和典礼在梦娜流动身份建构中发挥了重要作用（González 225—242）。在小说中，作者用梦娜对于身份的选择探索了美国华裔身份建构的复杂过程和诸多影响因素。在个人身份建构上，尽管个人无法决定自己的民族，但其依然可以通过教育、宗教等实现自己的身份建构。这种个人无法选择的族裔身份与个人身份选择的流动性之间的冲突，丰富了人们对于二代移民身份认同的理解。

在《梦娜在希望之乡》中，梦娜没有被自己的种族身份所束缚。她在多元文化观念流行的60年代建构了自己的身份。梦娜从小生活在美国犹太区，在多元文化的影响下，梦娜选择了自己的身份——犹太人。这种对身份的自我选择部分上呼应了60年代多元文化蓬勃发展的事实，也证明了个人身份的流动性。正如梦娜所言："美国人意味着想要成为什么都可以，而我恰巧选择了犹太人。"（Jen "Mona" 49）但梦娜的这种选择却并非随意，这种文化选择其实也是一种生存策略。梦娜曾经为作为华裔而自豪，但为了逃避家庭的束缚和利用犹太人更高的社会地位，梦娜转变成了美国华裔犹太人，如王爱华所言，这是"主体对于变化中的政治经济条件做出灵活反应和随机应变的文化逻辑"（尹晓煌、何成洲 195）。在《梦娜》中，小说的主人公都在建构自己的流动身份，但这种流动身份的建构并没有固定的模式。尽管美国化是这种身份变动的主要方向，但不可否认的是，这种灵活建构有着很强的功利因素。何秀莲（Jennifer Ann Ho）指出，小说中梦娜在被同化进美国主流文化的过程中，并没有拒绝她的中国遗产，梦娜在自己的美国华裔认同中加入了犹太文化（Ho 113）。小说中的其他人物，包括梦娜的父母、凯莉等，都利用了自身的资源和周围环境所能提供的条件来建构自我。

20世纪60年代的美国是一个社会剧烈变化，各种社会思潮盛行的时代。美国在六十年代通过了两部法律——《公民权利法案》（Civil Rights Act, 1964）和《选举权利法》（National Voting Rights Act, 1965）。这两部法律结束了美国的种族隔离制度，从立法形式上保障了黑人的选举权。这对整个美国社会的发展产生了巨大的影响。女权运动是六七十年代的另一主要社会浪潮。二战期间，因为大量男性直接参加战争，妇女不得不走上工作岗位。二战结束后,男性劳动力的回归影响了美国妇女的就业。女性独立意识的觉醒,成为她们致力于女权运动的动机。美国的女权运动要求女性与男性享有同样的权利和社会地位,女权运动的持续促进了美国社会妇女地位和整个国家文明程度的提高。在60年代后期,年轻人开始反抗当时保守的社会规范。他们创造了"反文化"来推进美国的社会变革。反战运动、民权运动、拉丁裔和墨西哥裔运动等多元文化思潮,使60年代成为美国历史上最丰富多彩的时代。在民权运动和女权运动的带领下,各个族裔群体的身份意识有了明显提升,这也直接反映在文学上,尤其是族裔文学方面。美国的民权运动、妇女解放运动促使美国以白人为主体的一元文化向多元文化的方向发展,触发了各个族裔人群对其身份的思考。在此大背景下,美国的非裔文学和华裔文学都取得了长足发展而又产生了深远的影响,对这一时期的族裔经历进行书写也成为族裔文学书写和探讨的核心。就任璧莲的小说而言,在《梦娜在希望之乡》中,拉尔夫·张已经成为美国的中产阶级,他的子女已经长大成人,整部小说的视角也转向了他的下一代——他的两个女儿梦娜和凯莉。从表面来看,张家已经实现了自己的"美国梦",他们在一个相对较好的地段有了自己的房子,张家在《典型的美国佬》结尾时倒闭的炸鸡店,在《梦娜在希望之乡》中变成了一家生意兴隆的餐馆。随着张家经济状况的好转,张家也迁移到了纽约郊区生活。在张家居住的斯卡斯代尔,40%的人口是犹太人,亚裔只占当地人口的很少比例。在小说的开头,张家人对自己的住房条件已经相当满意,"他们喜欢自己的房子,房子有砖烟囱、木门和用水泥覆盖的墙——他们之前从来没有住过粉刷过的房子"(Jen "Mona" 14)。在"美国梦"的物质层面,独立的房屋是个人成功的最好体现,经济条件的改善,也加强了张家对于其美国身份的认同,"他们的房子属于成功公民类型的。记住'五月花'条约,房子好像在用美妙的声音低语"(4)。

　　王爱华认为,移民可以通过对自己的住所地点的选择来增加自己的文化资本,从而提升自己的社会地位。张家在经济条件好转之后搬离了华人居住区,在犹太居住区购买新房。张家努力为自己子女成长提供资本以便梦娜能离开单纯的华人社区向主流社会靠拢。此外，移民以及后裔可以通过保持自己的族裔文化遗产和参与跨国民族主义活动来实现自己在移居国的社会和经济地位提升。在梦娜的身份建构中，梦娜充分利用了自己的文化资本，利用了自身所具有的中国文化遗产。在梦娜居住的老社区，梦娜经常是被取笑的对象，但在新的社区，梦娜却俨然成为专家。刚进入社区，为了和其他女孩成为朋友，梦娜发挥了自身的优势。梦娜告诉芭芭拉她会空手道，更为夸张的是，梦娜告诉芭芭拉她能够靠意念来使自己的手像钢铁般坚硬；她可以用茶使人怀孕；她会说上海话。梦娜对中国文化的利用和吹嘘很快使她有了新的朋友。尽管身处犹太社区，梦娜也明白自己的非犹太人身份，但梦娜也知道自己的优势，周围的人喜欢她是因为她不需要用除臭剂，她可以告诉别人中餐的食物和做法，有些家庭主妇还会邀请梦娜去品尝他们所做的中餐。

　　为了确立在同学中的地位，梦娜无意识地曲解了中国文化。梦娜的妈妈告诉梦娜中国人吃西红柿的方法与美国人不同，但梦娜知道自己的同学对此并无兴趣，因为"这不够恶心"，因此梦娜用道听途说来的东西——中国人活吃猴脑来吸引别人。梦娜的这点生活哲学来自她的朋友，这位朋友曾经告诉梦娜，"每个人都会有有价值的东西"，而梦娜的优势在于她所拥有的中国文化。在生活哲学上，梦娜一样选择了对自己有利的东西来建构自己。尽管与谢尔曼的交往并不像男女朋友，但对拥有朋友的渴望使得梦娜接受了芭芭拉的建议，"要变得受人欢迎，你胸部首先要大，你妈妈让你使用她的罗德与泰勒百货卡和拥有一个男朋友"。①当谢尔曼离开美国返回日本时，谢尔曼希望梦娜能够转换成日本人，而梦娜希望谢尔曼应该转化成美国人。谢尔曼说："你只想把一切都告诉你的朋友。你只是为了变得更加受欢迎才找男朋友的。"(21)尽管梦娜有心利用自己的中国文化，但美国文化还是主导了梦娜的文化属性。当日裔同学谢尔曼·松本问她："你是美国人吗?"莫娜的回答非常肯定："我当然

---

① 罗德与泰勒百货(Lord & Taylor)是一家创建于1826年的高档百货商店，总部位于美国纽约第五大道。

是美国人。每个出生在这里的人都是美国人,那些从原来的身份转换过来的也是美国人。"(15)在梦娜看来,从"他者"到"美国人"的转变如此简单,"你只需要学习一些规则和说话方式","如果我想的话,我可以变成犹太人。我只需要转换,如此而已"(14)。

当时社会思潮的发展也催生了梦娜家人对美国的认同。在小说的开始,当张家人在选购房屋时,经纪人的话隐含了主流社会对少数族裔的歧视——"有钱!有很多熟食店!""换句话说,有钱的犹太人,她宁愿住在别的地方"(3)。但张家对此没有太被冒犯。因为华人是新的犹太人,作为美国当时社会所塑造出来的"模范少数族裔",张家对此并无反感。在学校里,老师的态度依然隐含了对少数族裔的歧视。梦娜在学校里想成为志愿者,但她的老师菲比小姐却提问梦娜是不是中国人,当梦娜回答,"当然我是中国人,我是华裔",菲比追问梦娜的父母是不是中国人,当听到梦娜父母是移民的答案时,菲比重复了"移民"这个单词。在学校和社会的经历,特别是主流社会的偏见使得梦娜开始认真思考自己的身份。但梦娜的选择不是随便的,而是对身边人群进行综合考量的结果。

由于其独特的民族特质,美国犹太人和华裔被当作美国社会的"模范少数族裔"。犹太人和华人都注重家庭、自我奋斗和教育,与其他族裔群体相比,犹太人和华人收入水平、子女教育水平等都较高。因此,美国主流社会常常将犹太裔和华裔在一起进行比较,文学研究中也有学者经常将美国犹太文学和华人文学一起进行研究。例如,导论中提到的俞毓庆的博士论文《美国族裔文学的阶段:犹太裔和华裔美国文学》、奥斯特(Judith Oster)的《跨越文化:美国华裔和犹太文学中的身份创造》(Crossing Cultures: Creating Identity in Chinese and Jewish American Literature),美国华裔文学作品中也有许多对犹太人的正面描述。尹晓煌认为,美国华人作家对犹太人感兴趣的原因在于,华人对犹太文化的好奇和相似的族裔身份(尹晓煌 217)。但更重要的原因在于,犹太人在美国享有更高的地位,梦娜通过身边的同学发现了美国犹太人比华人社会地位高的事实。梦娜的犹太朋友——丹妮尔和芭芭拉的父亲都在华尔街工作，赛斯的父亲是造纸企业的老板。尽管犹太人还没有享受到白人一样的社会地位，但他们的经济实力使得犹太人与其他族裔相比，享有更好的社会地位和声望。另外，梦娜希望成为犹太人的另一个理由是，华人对政治的不参与和犹太人参与政治的策略。梦娜的妈妈海伦认为，参加游行示威等会导致骚乱，而犹太人就比较聪明，他们不参加游行，他们只给大人物写信来改变自身的处境。

在对梦娜的描述中，任璧莲使用了"陌生土地的陌生人"（stranger in a strange land）这个词语，来形容以梦娜为代表的华裔在美国的境况。无独有偶，英国新生代作家查蒂·史密斯（Zadie Smith）的长篇小说《白牙》（*White Teeth*）中，也使用了同样的词语来形容英国的主流社会对少数族裔二代移民的不接纳。成长过程中的梦娜不仅要面对主流社会的歧视，就连梦娜想皈依的犹太教，教徒也对梦娜的动机表示了怀疑。梦娜和朋友芭芭拉一起参加犹太教堂活动时，一位教徒对作为华裔的梦娜在犹太教堂的出现表示了怀疑。那位教徒问梦娜："你没有家吗？"梦娜说，这是"他乡之家"（home away from home）。那位教徒却说："我明白了。这是你的度假地。有些人去棕榈滩度假，你来这里。"（33）在此，梦娜对犹太教皈依的动机被理解为处于下层的华人寻求休闲场所的需要。不仅是陌生的教徒，就连犹太教的霍洛维茨拉比也将梦娜皈依犹太教视为青春期叛逆。

梦娜对犹太教的皈依有着复杂的社会和文化原因，但利用犹太人较高的社会地位来建构自我的目的扮演了更加重要的角色。梦娜的实用主义取向在梦娜、芭芭拉和阿尔佛雷德的讨论中得到深刻展现。为了说服阿尔弗雷德皈依犹太教，芭芭拉说：

"梦娜现在是犹太人了，你看她的人生变化了多少？"

"你在试图转化我们吗，修女？"

"她在教育你"，梦娜说，"这样你就会有大房子、大车库和园丁了。"

"我们永远不会有大房子或者大车库的，"阿尔弗雷德解释说，

"我们永远不会成为犹太人,看,即便我们像梦娜一样想去隆鼻。我们是黑鬼。"(137)

在梦娜看来,成为犹太人的好处在于房子、车库和园丁这些经济上的收益。此外,梦娜的选择还可能在于与同学之间的关系。与梦娜希望变为犹太人不同,梦娜的姐姐凯莉在自我身份建构中有了不同的策略。凯莉考入哈佛大学之后,受到室友娜奥米影响,她的美国化进程被转向。凯莉在上大学之后第一次回家过感恩节,凯莉对家中的过节习惯表示了质疑:凯莉认为张家不应该再有圣诞树,因为圣诞树是压迫的象征。再说,圣诞树也不是中国的文化。凯莉还质疑了妈妈当年在上海上女修道会学校,是法国的帝国主义行为,是西方人对东方的压迫和妖魔化。

凯莉对她自身中国遗产的复兴还体现在凯莉放弃了学法语而开始学习中文。在假期期间,梦娜去拜访在罗德岛上兼职的凯莉,她惊奇地发现自己的姐姐已经完全变了。凯莉穿着和服式的外套打太极,当她希望梦娜闭嘴时,凯莉将手放在嘴唇边,这个动作以前是被妈妈禁止的,因为海伦认为那是下层人士的动作;凯莉的餐饮习惯也发生了改变。梦娜对此大感不解:"为什么你变成中国人了?我以为你讨厌做中国人。"凯莉告诉梦娜她的确讨厌做中国人,但是"中国方式和中国人是不同的"(167)。海伦的改变回应了"汉森定律"中少数族裔群体后裔对其族裔文化的复兴。古德温(A. Lin Goodwill)指出,"在亚裔美国人的认同形成的过程中,他们的自我形象会随着年龄的增长(从少年到青年再到成年)有所变化,对亚洲的认同也会随着自身的成熟而日益强烈"(冯元元、郭英剑102)。

尽管《梦娜》的重点在于对张家两个女儿身份探寻的刻画,但张家夫妇的处事方式更是灵活性和流动性的典范。张家夫妇对美国认同极深,他们更换房屋,对子女的教育等的干涉都是为了子女能更好地进入美国主流社会,他们为了实现目标,灵活地在中美两国的文化之间选择。当梦娜质疑母亲上教会学校时,海伦反击道说她不在乎,"尽管我们受了洗礼,但我们依旧是佛教徒、道教徒和天主教徒。我们想做什么就做什么"

(42)。海伦的实用主义思维一览无余。梦娜正式皈依犹太教后不敢向家人坦白,海伦从别人的口中得知后大发雷霆,"你知道吗?你给我们家带来了耻辱,你这样做。你觉得别人会怎么想我们","你怎么可能成为犹太人?中国人不做这种事"(45)。海伦对梦娜的批判部分原因在于害怕梦娜的举动为自己的家庭带来不好的名声,和对女儿没有转变为"白种美国人"的不满。在与海伦的争吵中,梦娜辩解说她们不再是完全的中国人了,父母需要接受孩子们的转变。但海伦却认为自己说的转变是转变成美国人,而不是犹太人。在对凯莉大学专业的选择上,拉尔夫夫妇则再次运用了中国文化对凯莉进行引导。拉尔夫夫妇希望凯莉能成为医生,但凯莉表示自己对学医不感兴趣。海伦则用中国的孝道来教育,告诉凯莉,父母是如何辛苦工作送她上学,自己也没有儿子可以送进医学院。拉尔夫则用生活哲学来告诉她:你必须有饭碗。你必须自己挣钱,否则,你的丈夫就会像对待奴隶一样对待你。他们夫妇还用特雷萨姑姑的例子来说明,成为医生是多么的前途光明。在梦娜的入学选择上,拉尔夫夫妇同样希望梦娜能进入哈佛,是因为哈佛大学靠近麻省理工学院,这样可以在那里找到未来的丈夫。

总之,在《梦娜在希望之乡》中,任璧莲用梦娜在美国自我选择和建构身份的过程,阐释了自己对华裔身份建构的理解,考察了土生华裔的身份建构策略以及背后的原因。在他们的身份建构中,得益于当时多元文化的宽松社会环境,他们可以自由地选择自己的身份。但这种选择并非完全自由,其背后有着极其复杂的动机。华人的种族特征和文化属性,更重要的是,美国主流社会对于包括华裔、非裔在内的少数族裔人群的歧视,使得他们无法完全实现自身的美国属性。书中的主人公采取了不同的策略来建构自身身份,梦娜先是利用中国文化来增加自身资本,后又转换为犹太人换取更高的社会地位和爱情。凯莉在非裔室友的影响下开始思考生活中美国主流社会中的东西方关系,以及历史上美国霸权的影响,再对中国文化发展出跨国认同。梦娜的父母则在中美两国文化中自由穿梭,灵活运用两种文化的优势来促使自己家庭的美国化。

结　论

　　全球化的发展不仅改变了全世界的经济和政治面貌，使地球成为"村"，更重要的是，它对人类生活方式、思维方式的改变。全球化背景下人口的不断加速流动和此过程对个体身份的改变，也促使人们从民族国家的思维模式中跳出，从一个更大的、去中心化的全球视角来理解人类自身身份的多重属性。作为文化生产的一部分，文学也不可避免成为作家和评论家观照现实和反思人类生活方式的场地。全球化不断向纵深推进背景之下的文学研究，尤其是族裔文学研究的民族国家范式也逐渐被更多的学者所质疑，从全球化背景下移民研究理论演化而来的跨国民族主义研究视角成为文学研究的新趋势。

　　美国华裔文学几乎从诞生之日起，跨国民族主义就成为了它一个不可或缺的因素。但由于美国和中国不同的历史背景，不同时期移居美国的华人也有着截然不同的特点，因此美国华人的跨国民族主义在不同时期的文本中有着不同的表现。这就要求研究者不能将整个美国华裔文学作为一个整体进行跨国民族主义研究，而需要分时期来研究美国华裔文学文本中不同作家对于美国华人跨国民族主义的书写。

　　早期的美国华裔文学作品（尤其是早期的劳工文学中）并未有明显的跨国民族主义元素，"客居"是19世纪中期至20世纪初期美国华裔文学的中心词。19世纪中期以后，美国经济的拉力和中国国内状况的推力，促使大量华人前往美国及其他国家寻求更好的生活。但美国主流社会对华人的歧视，特别在1882年至1924年美国限制移民时期，美国的歧视性的移民政策致使华人劳工无法在美国合法购置房产、土地，无法将自己的妻子带入美国，更无法被归化为美国公民。因此，移民不得不放弃自己长期居留美国，甚至成为美国公民的梦想。因此，在这一时期，"衣锦还乡""叶落归根"成为当时美国华裔文学的主题。《埃仑诗集》中的华工在移民检查站的木板墙壁上书写了自己对美国财富的向往、对家乡的思念和被歧视、羁押的悲愤。当这些劳工意识到自己遭受的歧视部分原因出自当时中国较低的国际地位时，他们朴素的民族主义开始萌芽。《西学东渐记》的作者容闳尽管已经加入美国国籍、完全美国化，但从其个人人生经历和自传来看，容闳依然没有摆脱自己的中国身份和客居意识。容闳在美国时完全按照美国人的方式生活，回到中国则按照中国方式行事。在他为中国富强努力奋斗一生后，容闳最终却被中、美两个国家同时疏离。容闳将中美两国都视作其故乡，这符合跨国民族主义对于移民认同的界定，但容闳的个人认同和行为依然没有摆脱"非此即彼"的民族国家模式。《花鼓歌》中的王奇洋在美国唐人街的"飞地"之中构建了自己的中国家园，尽管王奇洋已经意识到自己没有任何"叶落归根"的希望，他依然拒绝同化，将自己的中国属性与美国属性完全对立。与王奇洋相类似的人物还有《父与子》中的父亲，他在唐人街和所居住的多族裔社区中表现出了截然不同的文化属性。尽管中国传统文化在早期移民的客居心态中缺失扮演了重要角色，但导致华人移民客居心态的主要原因在于，美国主流社会对华人群体的异化和歧视，早期美国华人作家出于为华人在美国主流社会争取认同，改变主流社会对华人"不可同化"的印象和论断，他们没有对美国主流社会提出激烈的批评，而是用温和的口吻塑造华人的模范特质以求被接受。

  进入 20 世纪后，尽管书写美国华裔争取被美国主流社会的认同依旧是美国华裔文学的主题，美国华裔文学作品中都体现了很强的跨国民族主义元素。在 20 世纪 60 年代后，随着美国族裔政治、经济地位的提升和美国主流社会对少数族裔接纳度的提高，美国华裔作家不再局限于书写美国华人融入美国的过程。20 世纪 70 年代末以后，以汤亭亭为代表的美国华裔作家逐步意识到美国华人与中国无法割舍的联系和认同，她们在书写华人"拥有美国"的同时，也通过对华人移民美国历史的追寻来建构华人的跨国民族性。在作品中，美国华裔作家们书写了第一代移民"家园"概念的变迁，他们参与中国国内政治经济活动以及跨太平洋两岸的互动与社会经济变化。在汤亭亭的笔下，美国华人在努力融入美国的同时建立和维系了跨国的家园。作为女性作家，汤亭亭在通过描绘华人建设美国，来书写华人男性"男子气质"以纠正美国主流社会对华人根深蒂固偏见的同时，注意到了美国华人在建立和维系多重家园过程中对女性造成的创伤，展示了华人的跨国民族主义。张系国、张翎等作家更是通过华人对中国政治的参与展示了美国华人对中国的认同，彰显了华人跨国民族主义的深度与广度。

一代移民与祖籍国保持了密切联系，因此他们的跨国民族主义毋庸置疑。但对于出生在美国的移民后裔而言，他们出生于美国，认同美国价值观。他们与祖籍国之间的联系也逐步减少，因此学者们在二代移民的跨国民族主义上有不同意见。美国华裔作家注意到了土生华裔身份和文化认同的复杂性，意识到他们对中国产生认同的新机制和新形式。因此，在第二代土生华裔的书写上，美国华裔作家主要用代际矛盾和融合以及鬼魂叙事来书写他们对中国的跨国情感和认同。谭恩美在《喜福会》中用代与代之间的冲突和融合喻指中美两种文化之间的融合，土生华裔在文化属性上的改变和对中国文化的跨国认同。《中国佬》用鬼魂叙事挑战了过去学界对二代华裔的文化属性认知，展示了土生华裔与中国无法割舍的联系。作为二代华裔作家，张纯如用自己的作品和社会实践证明了，二代移民与中国之间的关联、跨国认同。从张纯如个人的写作以及其母亲张盈盈所著的回忆录中，读者可以看到二代华裔文化认同形成过程中，家庭环境和中国因素所扮演的重要的作用。

土生华裔的身份构建一直是美国华裔作家关注的问题。20 世纪 60 年代之后的美国多元文化背景之下，土生华裔身份属性中"美国性"与"中国性"不再对立，土生华裔的身份不再是两种文化的冲突，而是主动地对两种文化进行选择利用的结果。尽管 20 世纪 60 年代后美国所宣称的多元文化主义实质上并没有脱离过去民族国家一元文化的架构，作为国家政策的多元文化并没有为移民提供平等的机会，学校依然体现了美国一元文化的霸权意识形态。在夹缝中成长的华裔群体，不得不转向自身的中国文化属性寻求自我建构的力量和资源，中国国内政治事件的影响力也超越了国界，影响了移民个人身份建构。在此过程中，土生华裔逐渐意识到自身的文化属性并不是"非此即彼"，而是"既此亦彼"。在《唐老亚》《甘加丁之路》和《梦娜在希望之乡》中，美国的土生华裔群体在当时相对宽松的社会环境中灵活运用自己的中国文化属性和美国文化属性，构建了自己的灵活公民身份，体现了土生华裔的灵活身份构建和跨国认同。

总之，跨国民族主义作为一种跨国实践和思维模式，其在不同时期的美国华裔文学文本中有着不同的表现。对于第一代移民来说，他们的跨国民族主义实践活动主要包括汇款、回国探亲、参与中国国内的政治活动等。这些活动对于促进中国社会、政治、经济和文化的进步与发展作用重大。第一代移民通过汇款改变了家乡的社会经济结构，改善了家乡的教育事业、公共事业及宗教事业，提高了妇女在家中的话语权和社会地位。与第一代移民相比，第二代移民融入主流社会的程度较高，很多土生华裔有意无意地疏远了自身与中国的联系，这也部分符合了多数社会学家对二代移民研究的结论，即二代移民更加渴望摆脱自己的族裔身份，融入主流社会。但在美国华裔文学的众多文本中，二代华裔依然体现出了对中国的跨国认同。第一代移民的跨国民族主义主要体现于实践层面，而土生华裔的跨国民族主义则体现于对中国、中国文化的逐步认同，体现于精神层面。

通过对美国华裔文学中的跨国民族主义进行历史性的考察，我们发现美国华裔文学中的跨国民族主义是在全球化的发展和华人在美国的融入程度、社会地位不断提高的背景下实现的。全球化下，美国华人与中国不断加深的联系，美国主流社会在不同历史时期对华人不同的态度，华人对平等权利的要求等，促使了美国华裔作家需要从跨国视角来审视美国华人的双重认同。美国华裔文学对华人的跨国民族主义书写，既是与主流社会的协商，也是对主流社会的反抗。

在早期美国华人文学作品中，主流社会对华人的歧视，使得华人不得不通过直接或间接的书写进行反抗，为华人争取平等的权利和地位而呐喊。在早期移民时期，由于清政府的积贫积弱无法给予海外华人任何支援，拘禁于天使岛的华工只能用悲愤和"君子报仇，十年不晚"的心态来应对美国的种族歧视。对于当时相对享有较高社会地位的容闳也同样如此，在以英文读者为对象的自传中，可能出于顾忌到当时美国法律对异族婚姻的禁止和白人的反对，容闳对自己在美国建立家庭的事实只字不提，而对自己促使中国进步的努力进行了详尽介绍。

在美华人意识到中国的落后是造成自己在美受到歧视的原因之一。因此，他们有意愿来支持中国的发展，从而间接提高自己在美国的社会地位。美国华裔作家敏锐地注意到了这种现象，因此描写华人对中国的联系和对祖国政治的参与，成为美国华裔文学的主题之一。在20世纪60年代之前，由于华人尚处于一个非常弱势的地位，美国华裔文学作家需要塑造华人"模范少数族裔"的形象来为华人争取社会认同，黄玉雪的《华女阿五》当属此类作品的典范。尽管作家们注意到了华人的跨国民族主义实践和跨国认同，限于当时的时代背景，他们未能对此进行直接书写，因此他们采用了间接的方式书写来反抗种族歧视，展示中美两国的互动。在一代移民的跨国民族主义中，美国主流社会对华裔的歧视、华人重视家族感情的观念密不可分。主流社会的歧视使得华人必须向自己的祖籍国寻求实质上的帮助和情感归属，他们也意识到自身所遭受歧视的部分原因在于中国的落后。因此，在美国华裔文学中，表现他们在美国的艰难融入和对中国的回望与支持就成为普遍的主题。《金山》中方家五代人在中美两国的经历书写了不同代际移民之间不同的跨国民族主义和跨国民族主义的同步成长过程。

20世纪60年代后，尤其是80年代后，由于美国多元文化的发展给予了族裔文学更多的关注，加之中国国际地位的上升，也促使了美国华裔作家能够有一个宽松的环境书写华人的跨国民族主义。尽管此阶段涌现的华裔作家如汤亭亭等有迎合美国主流社会的一面，但不可否认的是，他们作品中有着明显的跨国民族主义元素，他们对早期华人形象的塑造，既是对华人美国性的塑造，但同时通过华人与中国直接的联系和难以割舍的亲情的书写，展示了华人复杂的身份建构和文化认同。进入90年代后，华裔在美国地位的上升和中国国际地位的逐步提高，使得华裔作家能够直接对华人的身份建构和文化认同进行探索,对海外华人对中国的认同进行直接书写。二代作家如张纯如等,可以直接对主流社会进行批判,为美国华裔争取平等权利。同时,也能够在国际上为中国发声,纠正西方长期以来对中国的偏见。读者群主要为中国读者的华人作家,更无须顾忌美国读者对自己作品的接受,他们更有意愿和情感来对华人与中国的关系进行探索。

美国华裔作家在不同程度上参与、书写了海外华人的跨国民族主义实践及跨国认同,他们的书写为理解海外华人复杂的身份建构提供了新的思路。在美国华裔文学中,这些作家并没有否定民族主义,更没有否定美国华人的美国性,他们用美国华人的跨国民族主义书写,为理解华人的身份和文化认同提供了一种新的视角,即全球化背景的移民认同可以是多重的,多元文化的,从而将美国华裔文学的研究从民族国家的架构中解放出来。通过与主流社会的协商,美国华裔作家展示了华人在对家园的理解、对国家的认同和效忠上的多重可能。也正是在美国社会和中国社会的跨国认同和双重认同中,美国华裔文学在对不同代际华人身份的探索中,日渐书写出美国华裔群体及华裔作家的精神成长史。

在讨论跨国民族主义及美国华裔文学中的跨国民族主义时,我们还应该注意到,这些讨论可能带来的消极影响。跨国民族主义强调跨越国界的社会实践与认同,这有可能导致主流社会对族裔群体的不信任感。有时,这种不信任会导致族裔群体成为美国种族歧视和排外主义的替罪羊。由于中美两国文化隶属于不同的体系,中美两国主要人群属于不同的种族,华人更容易成为美国种族主义的受害者。此外,从15世纪开始的全球化进程,在当今的世界也受到了越来越多的质疑和挑战,从20世纪90年代开始,反全球化的浪潮就开始萌芽。2004年,亨廷顿还对全球化和跨国民族主义充满了乐观,亨廷顿注意到参加"达沃斯论坛"的世界精英的思维模式,他创造了"达沃斯人"(Davos Man)这个词语来指代这些主张全球化、参与跨国实践的社会精英,"这些跨国民族主义者不需要对民族国家的忠诚,他们将国界视为正在消失的障碍,把民族国家政府看作过去的残余,其唯一的作用就是促进这些精英的全球运作"

(Hungtington 8)。但仅仅在十余年后的 2016 年，英国启动了脱欧进程，饱受移民问题困扰的德国、法国等国的保守主义力量逐步增强。更为重要的是，代表美国保守主义和民粹主义的特朗普当选美国总统，举起了反全球化的大旗。特朗普当政之后，他推行了"美国优先"政策，将美国所面临问题都归咎于他国、本国移民等因素，从而实施了众多逆全球化的政策。2018 年之后，中美贸易摩擦升级，民粹主义裹挟的逆全球化思潮逐步被付诸行动。2020 年初爆发的新冠疫情也成为逆全球化思潮的重要推手。尽管全球化的潮流不可逆转，但全球范围内反全球化力量的增强和民族主义的重新抬头，会在何种程度上影响到少数族裔群体的是生活处境、生活研究和文学研究的跨国民族主义转向，仍然值得忧虑和思考。

引用文献

英文文献

Al-Ali, Nadje and Khalid Koser. *New Approaches to Migration? Transnational Communities and the Transformation of Home.* London: Routledge, 2003.

Albrow, Martin. *The Global Age, State and Society beyond Modernity.* Cambridge: Polity Press, 1996.

Althusser, Louis. "From Ideology and Ideological State Apparatuses." *The Norton Anthology of Theory and Criticism.* Eds. Vincent B. Leitch. New York: Norton and Company, 2001.

Anderson, Benedict. "Exodus." *Critical Inquiry* 20.2 (1994): 314—327.

Ang, Ien. *Between Nationalism and Transnationalism: Multiculturalism in a Globalising World* (Centre for Cultural Research Occasional Paper Series, Paper Volume 1, No. 1). Penrith: University of Western Sydney, 2010.

Anzaldua, Gloria. *Borderlands/La Frontera: The New Mestiza.* San Francisco: Aunt Lute, 1987.

Appadurai, Arjun. "Global Ethnoscapes: Notes and Queries for a Transnational Anthropology." *Recapturing Anthropology.* Eds. Richard G. Fox. Santa Fe, NM: School of American Research Press, 1991.

—. *Modernity at Large: Cultural Dimensions of Globalization.* Minneapolis: University of Minnesota Press, 1996.

Ascencio, Fernando L. *Bringing It Back Home: Remittances to Mexico from Migrant Workers in the United States.* Trans. Anibal Yanez. San Diego:

Center for U. S. -Mexican Studies University of California, 1993.

Atherton, Gertrude Franklin Horn. *California: An Intimate History*. New York: Nabu Press, 1914.

Auerbach, E. "Philology and Weltliteratur." Trans. E. Auerbach and M. Said. *The Centennial Review* 13.1(1969): 1—17.

Bammer, Angelika. "Editorial: The Question of 'Home'." *New Formations* 17(1992): vii-xi.

Barrington, Lowell W., Erik S. Herron and Brian D. Silver. "The Motherland Is Calling: Views of Homeland among Russians in the Near Abroad." *World Politics* 55.2 (2003): 290—313.

Basch, L., N. Glick Schiller and C. Szanton Blanc. *Nations Unbound: Transnational Projects, Postcolonial Predicaments and Deterritorialized Nation-States*. Amsterdam: Gordon and Breach Science Publishers, 2000.

Bhabha, Homi. *The Location of Culture*. London: Routledge, 1994.

Bourne, Randolph S.. "Trans-National America." *The Atlantic Monthly* July(1916): 86—97.

Brah, Avtar. *Cartographies of Diaspora: Contesting Identities*. London: Routledge, 1996.

Brogan, Kathleen. "American Stories of Cultural Haunting: Tales of Heirs and Ethnographers." *College English* 57.2 (1995): 149—165.

Bryceson, Deborah and Ulla Vuorela. *The Transnational Family: New European Frontiers and Global Networks*. Oxford: Berg, 2002.

Chan, Jachinson. *Chinese American Masculinities: From Fu Manchu to Bruce Lee*.

New York: Routledge, 2001.

Chan, Jeffrey Paul, Frank Chin, Lawson Fusao Inada, and Shawn Wong. Eds. *The Big Aiiieeeee!: An Anthology of Chinese American and Japanese American Literature*. New York: Meridian, 1991.

Chang, Iris. *The Chinese in America: A Narrative History*. New York: Penguin Books, 2004.

Cheang, Joseph Kai-Hang. "Examining the Literature of Resistance: The Politics and Poetics of Chinese American Identity in the Works of Frank Chin and David Henry Hwang." Diss. Southern Illinois University at Carbondale, 2012.

Chen, Xiangyang. "Constructions of Chinese Identity in *Eat a Bowl of Tea* and *Chinese Box*." *Re-Reading America: Changes and Challenges*. Eds. Weihe Zhong and Rui Han. Cheltenham: Reardon, 2004. 215—226.

Cheun, King-Kok. *Articulate Silences: Hisaye Yamamoto, Maxine Hong Kingston, Joy Kogawa*. Ithaca: Cornell University Press, 1993.

—. *Asian American Literature: An Annotated Bibliography*. New York: Modern Language Association, 1988.

Chin, Frank. *Donald Duk*. Minneapolis: Coffee House Press, 1991.

—. *Aiiieeeee! An Anthology of Asian-American Writers*. New York: Anchor Books, 1975.

Chow, Karen Har-Yen. "Asian American Transnationalism in John Woo's Bullet in the Head." *Journal of Narrative Theory* 30.3 (2000): 364—384.

Chu, Louis. *Eat a Bowl of Tea*. New York: Lyle Stuart, 1990.

Chua, Cheng Lok. "Golden Mountain: Chinese Versions of the American Dream in Lin Yutang, Louis Chu, and Maxine Hong Kingston." *Ethnic Groups* 4(1982): 33—59.

Clifford, James. "Diasporas." *Cultural Anthropology* 9.3(1994): 302—338.

—. *Routes: Travel and Translation in the Late Twentieth Century*. Cambridge: Harvard University Press, 1997.

Cohen, Robin and Nicholas Van Hear. *Global Diasporas: An Introduction*. London: Routledge, 2008.

Coleman, James S. "Social Capital in the Creation of Human Capital." *American Journal of Sociology* 94(1988): S95—S120.

Crevecoeur, J. Hector St. John de. *Letters from an American Farmer*. New

York: Dutton, 1957.

Da, N. Z. "Transnationalism as Metahistoriography: Washington Irving's Chinese Americas."*American Literary History* 25. 2(2013): 271—293.

Derrida, Jacques. *Specters of Marx*. Trans. Peggy Kamuf. London: Routledge, 1994.

Duara, Prasenjit. " De – Constructing the Chinese Nation". *Australian Journal of Chinese Affairs* 30(1993): 1—26.

Du Bois, W. E. B.. *The Souls of Black Folk*. New York: Oxford University Press, 2007.

Faist, Thomas. "Developing Transnational Social Spaces: the Turkish – German Example."*Migration and Transnational Social Spaces*. Eds. Ludger Pries. Aldershot: Ashgate, 1999. 36—72.

Fitzgerald, David. "Citizenship à la Carte." Working Papers on Global Migration and

Transnational Politics. Arlington, VA: Center for Global Studies, George Mason University, 2008.

Francia, Luis H. "Inventing the Earth: The Notion of 'Home' in Asian American Literature." *Across the Pacific: Asian Americans and Globalization*. Eds. Evelyn Hu – Dehart. Philadelphia: Temple University Press, 1999. 191—218.

Foner, Nancy. "What's New About Transnationalism?: New York Immigrants Today and at the Turn of the Century."*Diaspora: A Journal of Transnational Studies* 6. 3 (1997): 355—375.

Gerstle, Gary. *American Crucible, Race and Nation in the Twentieth Century*. Princeton: Princeton University Press, 2001.

Gellner, Ernest. *Nations and Nationalism*. Ithaca: Cornell University Press, 1983.

González, Begoña Simal. "The (Re) Birth of Mona Changowitz: Rituals and Ceremonies of Cultural Conversion andSelf-Making in*Mona in the Promised*

Land." *MELUS* 26.2 (2001): 225—242.

Goodman, Bryna. "The Locality as Microcosm of the Nation?: Native Place Networks and Early Urban Nationalism in China." *Modern China* 31.4 (1995): 387—420.

Gordon, Avery F. *Ghostly Matters: Haunting and the Sociological Imagination*. Minneapolis: University of Minnesota Press, 2008.

Guarnizo, Luis, Alejandro Portes and William Haller. "Assimilation and Transnationalism: Determinants of Transnational Political Action among Contemporary Migrants." *American Journal of Sociology* 108.6 (2003): 1211—1248.

Gunn, Giles. *Beyond Solidarity: Pragmatism and Difference in a Globalized World*. Chicago: Univeristy of Chicago Press, 2001.

Hall, Stuart. "Conclusion: The Multi-Cultural Question." *Un/settled Multiculturalisms*. Eds. Barnor Hesse. London: Zed Books, 2000. 209—241.

—. "Cultural Identity and Diaspora." *Identity: Community, Culture, Difference*. Eds. Jonathan Rutherford. London: Lawrence & Wishart, 1990. 222—237.

Han, Hsiao-min. "Roots and Buds: The Liteartue of Chinese Americans." Diss. Brigham Young University, 1980.

Hansen, Marcus Lee. *The Problem of the Third Generation Immigrant*. Rock Island: Augustana Historical Society, 1938.

Heidegger, Martin. "Building Dwelling Thinking." *Basic Writings*. Eds. Farrell Krell. London: Routledge, 1993. 347—363.

Herb, Guntram. "National Identity and Territory." *Nested Identities: Nationalism, Territory, and Scale*. Eds. Guntram Herb and David H. Kaplan. Lanham: Rowman and Littlefield Publishers, 1999. 9—30.

Ho, Jennifer Ann. *Consumption and Identity in Asian American Coming-of-Age Novels*. New York: Routledge, 2005.

Hom, Marlon K. *Songs of Gold Mountain: Cantonese Rhymes from San Francisco Chinatown*. Berkeley: University of California Press, 1987.

Hsiao, Ruth Yu. "Facing the Incurable: Patriarchy in *Eat a Bowl of Tea.*" *Reading the Literatures of Asian America*. Eds. Shirley Geok-lin Lim and Amy Ling. Philadelphia: Temple University Press, 1992. 151—162.

—. "The Stages of Development in American Ethnic Literature: Jewish and Chinese American Literatures." Diss, Tufts University, Ann Arbor, 1986.

Hsu, Madeline Yuan-yin. *Dreaming of Gold, Dreaming of Home: Transnationalism and Migration between the United States and South China*, 1882—1943. Stanford: Stanford University Press, 2000.

—. "Gold Mountain Dreams and Paper Son Schemes: Chinese Immigration under Exclusion." *Chinese American: History and Perspectives* (1997): 46—60.

Huang, Su-ching. "Mobile Homes: Spatial and Cultural Negotiation in Chinese/Asian American Literature." Diss. The University of Rochester, 2002.

Huntington, Samuel. "Dead Souls: The Denationalization of the American Elite." *National Interest* 75 (Spring 2004): 5—18.

Jay, Paul. *Global Matters: The Transnational Turn and Literary Studies*. Ithaca: Cornell University Press, 2010.

Jen, Gish. *Mona in the Promised Land*. New York: Knopf, 1996.

—. *The Love Wife*. New York: Vintage Books, 2004.

Jepperson, Ronald L., Alexander Wendt and Peter J. Katzenstein. "Norms, Identity, and Culture in National Security. *The Culture and National Security: Norms and identity in world Politics*. Eds. Katzenstein. New York: Columbia University Press, 1996. 33—75.

Kaiser, Robert. *The Geography of Nationalism in Russia and the USSR*. Princeton: Princeton University Press, 1994.

Kao, Hsin-sheng C. *Nativism Overseas: Contemporary Chinese Women Writers*. Albany: State University of New York Press, 1993.

Kasinitz, P., M. Waters, J. Mollenkopf and M. Anil. "Transnationalism and the Children of Immigrants in Contemporary New York." *The Changing*

Face of Home: The Transnational Lives of the Second Generation. Eds. Peggy Levitt and M. Waters. New York: Russell Sage Foundation, 2002. 96—122.

Khaw-Posthuma, Bonnie. "Unbinding the Feet: The Physical and Symbolic Representation of Bound Feet in Chinese-American Literature." Diss. The Claremont Graduate University, 1998.

Kim, Elaine H. *Asian American Literature: An Introduction to the Writings and Their Social Context*. Beijing: Foreign Language Teaching and Research Press, 2006.

Kim, Jung Ha. "What's with the Ghosts?: Portrayals of Spirituality in Asian American Literature." *Spiritus: A Journal of Christian Spirituality* 6.2 (2006): 241—248.

Lai, Him Mark, Genny Lim and Judy Yung. *Island: Poetry and History of Chinese Immigrants on Angel Island*, 1910—1940. Seattle and London: University of Washington Press, 1991.

Lafargue, Thomas E. *China's First Hundred: Educational Mission Students in the United States*, 1872—1881. Washington: Washington State University, 1987.

Lee, Rose Hum. *The Chinese in the United States*. Hong Kong: University of Hong Kong Press, 1960.

Lesser, Jeffrey. *Searching for Home Abroad: Japanese Brazilians and Transnationalism*. Durham: Duke University Press, 2003.

Levenson, Joseph R. *Confucian China and its Modern Fate: The Problem of Intellectual Continuity*. Berkeley: University of California Press, 2016.

Levitt, Peggy. "Social Remittances: Migration Driven Local-Level Forms of Cultural Diffusion." *The International Migration Review* 32.4 (1998): 926—948.

Levitt, Peggy and M. Waters. *The Changing Face of Home: The Transnational Lives of the Second Generation*. New York: Russell Sage Foundation, 2002.

Levitt, Peggy and N. Glick Schiller. "Conceptualizing Simultaneity: A

Transnational Social Field Perspective on Society. " *International Migration Review* 38. 3(2004) : 1002—1039.

Levitt, Peggy, Josh DeWind and Steven Vertovec. "International Perspectives on Transnational Migration: An Introduction". *International Migration Review* 37. 3(2003) :565—575.

Li, Melody Yunzi. "Home and Identity En Route in Chinese Diaspora: Reading Ha Jin's *A Free Life.*" *Pacific Coast Philology* 49. 2 (2014) : 203—220.

Li, Guicang. "The Literature of Chinese American Identity. " Diss. Indiana University of Pennsylvania, 2002.

Li, Shu-yan. "Otherness and Transformation in Eat a Bowl of Tea and Crossings. "*MELUS* 18. 4(Winter 1993—1994) : 99—110.

Lim, Shirley Geok-lin, John Blair Gamber, Stephen Hong Sohn and Gina Valentino. *Transnational Asian American Literature: Sites and Transits.* Philadelphia: Temple University Press, 2006.

Lin, Mao-Chu. *Identity and Chinese-American Experience: A Study of Chinatown American Literature since World War II.* Diss. University of Minnesota, Ann Arbor, 1987.

Ling, Amy. *Between Worlds: Women Writers of Chinese Ancestry.* New York: Pergamon Press, 1990.

Ling, Jinqi. "Reading for Historical Specificities: Gender Negotiations in Louis Chu's Eat a Bowl of Tea. "*MELUS* 20. 1(Spring 1995) : 35—51.

"Lin Yutang, 80, Dies; Scholar, Philosopher". *The New York Times*, 27 March 1976. <http://www. nytimes. com/1976/03/27/archives/lin-yutang-80-dies-scholar-philosopher-lin-yutang. html? _r = 0>.

Lowe, Lisa. *Immigrant Acts: on Asian American Cultural Politics.* Durham: Duke University Press, 1996.

Lowe, Pardee. *Father and Glorious Descendant.* Boston: Little Brown and Co. , 1943.

Lum, Yansheng Ma and Raymond Mun Kong Lum. *Sun Yat-Sen in Hawaii: Activities and Supporters*. Honolulu: University of Hawaii Press, 1999.

Lyons, Terrence. "Transnational Politics in Ethiopia: Diasporas and the 2005 Elections." *Diaspora: A Journal of Transnational Studies* 15. 2 (2006): 265—284.

Mauss, Marcel. *The Gift: Forms and Functions of Exchange in Archaic Societies*. London: Routledge, 1998.

Murphy, Peter. "The Seven Pillars of Nationalism." *Diaspora* 7. 3 (1998): 369—415.

Nonini, D. M. and Aihwa Ong. *Ungrounded Empires: The Cultural Politics of Modern Chinese Transnationalism*. New York: Routledge, 1997.

Oakes, Pamela J. "Filial Duty and Family Survival in Timothy Mo's *The Monkey King* and *Sour Sweet*." *Bearing Dream, Shaping Visions: Asian Pacific American Perspectives*. Eds. Linda A. Revilla, Gail M. Nomura, Shawn Wong and Shirley Hune. Pullman: Washington State University Press, 1993. 141—152.

Ong, Aihwa. *Flexible Citizenship: The Cultural Logics of Transnationality*. Durham: Duke University Press, 1999.

Park, Robert E. "Human Migration and the Marginal Man." *American Journal of Sociology* 33. 6(1928): 881—893.

Peng Bisiar, Nan. "Beyond Virtue and Vice: The Literary Self in Chinese-American Literature." Diss. Bowling Green State University, Ann Arbor, 1990.

Pfaff, Timothy. "Talk with Mrs. Kingston." *New York Times Book Review*, June 18, 1980, 25—27.

Pinder, Sherrow O. *Whiteness and Racialized Ethnic Groups in the United States: The Politics of Remembering*. Lanham: Lexington Books, 2012.

Piore, Michael J. *Birds of Passage: Migrant Labor and Industrial Societies*. Cambridge: Cambridge University Press, 1979.

Portes, Alejandro. "Immigration Theory for a New Century: Some Problems and Opportunities. "*International Migration Review* 31. 4 (Winter 1997) : 799—825.

—. "Introduction: The Debates and Significance of Immigrant Transnationalism. "*Global Networks: A Journal of Transnational Affairs* 1. 3 (2001) : 181—193.

Portes, Alejandro, Luis E. Guarnizo and Patricia Landolt. "The Study of Transnationalism: Pitfalls and Promise of an Emergent Research Field. " *Ethnic and Racial Studies* 22. 2(1999) : 217—237.

Prigg, Benson Webster. "Transactional Analysis: A Viable Approach for Discussing Human Autonomy in Fictional Texts. " Diss. Bowling Green State University, 1991.

Radner, Susan G. "*The Joy Luck Club* by Amy Tan". *The Radical Teacher* 41 (Spring 1992) : 41—42.

Rapport, Nigel. *Transcendent Individual: Towards a Literary and Liberal Anthropology*. London: Routledge, 1997.

Richardson, Susan B. "The Lessons of *Donald Duk.*" *MELUS* 24. 4 (1999) : 57—76.

Rolle, Andrew F. *The Italian Americans: Troubled Roots*. New York and London: Free Press, 1980.

Römhild, Regina. "Global Heimat Germany: Migration and the Transnationalization of the Nation-State. " *Transit* 1. 1 (2005) : 1—8.

Rumbaut, R. G. "Severed or Sustained Attachments? Language, Identity, and Imagined Communities in the Post-Immigrant Generation. " *The Changing Face of Home: The Transnational Lives of the Second Generation*. Eds. Peggy Levitt and M. Waters. New York: Russell Sage Foundation, 2002. 43—95.

Rushdie, Salman. *Imaginary Homelands*. London: Granta Books, 1991.

Schiller, Nina Glick, Cristina Blanc-Szanton and Linda Basch. *Towards a Transnational Perspective on Migration: Race, Class, Ethnicity, and Nationalism Reconsidered*. New York: New York Academy of Sciences, 1992.

Shih, David. "*Eat a Bowl of Tea* by Louis Chu." *A Resource Guide to Asian American Literature*. Eds. Sau-ling Cynthia Wong and Stephen H. Sumida. New York: Modern Language Association of America, 2001. 45—53.

Shu, Yuan. "Identity, Locality, and Chinese American Literature." Diss. Indiana University, 1999.

Siu, Paul C. P. "The Sojourner." *American Journal of Sociology* 82 (1952):34—44.

—. and John Kuo Wei Tchen. *The Chinese Laundryman: A Study of Social Isolation*. New York: NYU Press, 1988.

Siu, Helen F. "Cultural Identity and the Politics of Difference in South China." *China in Transformation*. Eds. Tu Wei-ming. Cambridge: Harvard University Press, 1994. 19—44.

Siu, Lok. "Diasporic Cultural Citizenship: Chineseness and Belonging in Central America." *Social Text* 19.4 (2001): 7—28.

Sklair, Leslie. *Globalization: Capitalism and Its Alternatives*. Oxford: Oxford University Press, 2002.

Smith, Michael Peter and Luis E Guarnizo. *Transnationalism from Below*. New Brunswick: Transaction Publishers, 1998.

Soehl, Thomas, and Roger Waldinger. "Inheriting the Homeland? Intergenerational Transmission of Cross-Border Ties in Migrant Families." *American Journal of Sociology* 118.3(2012): 778—813.

Sollors, Werner. *Multilingual America: Transnationalism, Ethnicity, and the Languages of American Literature*. New York: New York University Press, 1998.

Strange, Susan. *The Retreat of the State: The Diffusion of Power in the World Economy*. Cambridge: Cambridge University Press, 1996.

Takaki, Ronald. *Iron Cages: Race and Culture in Nineteenth-Century America*. New York: Knopf, 1979.

Tan, Amy. *The Kitchen God's Wife*. New York: Penguin Books, 2006.

Tang-Quan, Sharon. "Transpacific Utopias: The Making of New Chinese American Immigrant Literature, 1945—2010." Diss. University of California, Santa Barbara, 2013.

Thomas, Mandy. "Crossing Over: The Relationship between Overseas Vietnamese and Their Homeland." *Journal of Intercultural Studies* 18. 2 (1997): 153—176.

Tsagarousianou Roza. "Rethingking the Concept of Diaspora: Mobility, Connectivity and Communication in a Globalized World." *Westminster Papers in Communication and Culture* 1. 1 (2004): 52—66.

Tu, Wei-ming. *The Living Tree: Changing Meaning of Being Chinese Today*. Stanford: *Stanford University Press*, 1995.

Ven, Hans van de, Diana Lary and Stephen MacKinnon. *Negotiating China's Destiny in World War II*. Stanford: Stanford University Press, 2015.

Vertovec, Steve. Transnationalism. New York: Routledge, 2009.

Virasin, Prisna. "Between Bruce Lee and the Houseboy: The Creation of Chinese American Masculnities through Literature." Diss. The University of Texas at Arlington, 2004.

Wakeman, Frederic. "Transnational and Comparative Research." *Items* 42. 4 (1988): 85—88.

Wang, Gungwu, "Migration and Its Enemies." *Conceptualizing Global History*. Eds. Bruce Mazlish and Ralph Buultjens. Boulder: Westview Press, 1993. 131—151.

Wang, L. Ling-Chi. "Roots and the Changing Identity of the Chinese in the United States."*The Living Tree: The Changing Meaning of Being Chinese Today*. Eds. Tu Wei-ming. Stanford: Stanford University Press, 1994. 185—212.

Wepman, Dennis. *Immigration*. New York: Facts On File, 2008.

Wickberg, Edgar. "Global Chinese Migrants and Performing Chineseness."*Journal of Chinese Overseas* 3. 2 (2007): 177—193.

Wolf, Diane L. "There's No Place Like 'Home': Emotional Transnationalism and the Struggles of Second-Generation Filipinos." *The Changing Face of Home: The Transnational Lives of the Second Generation*. Eds. Peggy Levitt and Mary C. Waters. New York: Russell Sage Foundation, 2002. 255—294.

Wong, Alvin Ka Hin. "Queering Chineseness, Unthinking Neoliberalism." *GLQ: A Journal of Lesbian and Gay Studies* 14. 2 (2008): 428—430.

Worthy, Edmund H., Jr. "Yung Wing in America." *Pacific Historical Review* 34. 3(1965): 265—287.

Wu, Qing-yun. "A Chinese Reader's Response to Maxine Hong Kingston's *China Men*." *MELUS* 17. 3(1992): 85—94.

Yin, Xiao-huang. "A Case Study of Transnationalism: Continuity and Changes in Chinese American Philanthropy to China." *American Studies* 45. 2 (Summer 2004): 65—99.

—. "Gold Mountain Dreams: Chinese-American Literature and its Sociohistorical Context, 1850—1963." Diss. Harvard University, 1991.

—. "Writing a Place in American Life: The Sensibilities of American-Born Chinese as Reflected in Life Stories from the Exclusion Era." *Chinese American Transnationalism: The Flow of People, Resources*. Eds. Sucheng Chan. Temple University Press, 2006. 211—236.

Yue, Gang. "Hunger, Cannibalism, and the Politics of Eating: Alimentary Discourse in Chinese and Chinese American Literatures." Diss. University of Oregon, 1993.

Zhou, Min. "Growing up American: The Challenge Confronting Immigrant Children and Children of Immigrants." *Annual Review of Sociology* 23 (1997): 63—95.

中文文献

阿尔君·阿帕杜莱:《消散的现代性:全球化的文化维度》,刘冉译,上海:上海三联书店,2012年。

安娜贝拉·穆尼、贝琪·埃文斯：《全球化关键词》，刘德斌等译，北京：北京大学出版社，2014年。

彼得·邝、杜桑卡·米赛耶维奇：《中国人在美国的发财史》，谭启龙译，南京：江苏人民出版社，2012年。

本尼迪克特·安德森：《想象的共同体》，吴叡人译，上海：上海世纪出版集团，2011年。

蔡青：后殖民语境下美国华裔女性文学中的疾病书写分析[D]. 东北师范大学，2010年。

蔡晓惠：美国华人文学中的空间形式与身份认同[D]. 南开大学，2014年。

陈爱敏：《"东方主义"视野中的美国华裔文学》，《外国文学研究》2006年第6期，第112—118页。

——《"东方主义"与美国华裔文学中的男性形象建构》，《外国文学研究》2004年第6期，第78—83页。

——《流散书写与民族认同——兼谈美国华裔流散文学中的民族认同》，《四川外语学院学报》2008年第2期，第77—81页。

——《认同与疏离：美国华裔流散文学批评的东方主义视野》，北京：人民文学出版社，2007年。

——《生态批评视域中的美国华裔文学》，《外国文学研究》2010年第1期，第65—72页。

陈晓晖：当代美国华人文学中的"她"写作：对汤亭亭、谭恩美、严歌苓等华人女作家的多面分析[D]. 福建师范大学，2003年。

陈欣欣：《林语堂：孤行的反抗者》，北京：清华大学出版社，2015年。

陈学芬：自我与他者：当代美华移民小说中的中美形象[D]. 河南大学，2013年。

程爱民、邵怡、卢俊：《20世纪美国华裔小说研究》，南京：南京大学出版社，2010年。

程爱民：《论美国华裔文学的发展阶段和主题内容》，《外国语》2003

年第6期,第46—54页。

——《美国华裔文学研究》,北京:北京大学出版社,2003年。

丁夏林:美国华裔文学中的族裔经验与文化认同[D].南京大学,2012年。

——《血统、文化身份与美国化:美国华裔小说主体研究》,天津:南开大学出版社,2012年。

董美含:90年代后美国华裔女性小说研究[D].吉林大学,2011年。

范守义:《义不忘华:北美华裔小说家水仙花的心路历程》,《国外文学》1997年第4期,第106—111页。

方红:《华裔经验与阈界艺术:汤亭亭小说研究》,天津:南开大学出版社,2007年。

费小平:《美国华裔文学中的家园政治》,《当代文坛》2007年第5期,第138—144页。

冯品佳:《她的传统:华裔美国女性文学》,台北:书林出版有限公司,2013年。

冯元元、郭英剑:《教育对美国华裔作家身份建构的影响》,《外国文学》2008年第3期,第99—108页。

丰云:《跨国主义视野中的新移民文学》,《东岳论丛》2010年第11期,第84—87页。

——《跨国主义视野中审视华人移民文学的回归主题》,《文艺理论与批评》2014年第6期,第103—107页。

——论华人新移民作家的飞散写作[D].山东大学,2007年。

冯亦代:《第二代美国华裔的写作》,《读书》1993年第2期,第132—135页。

付明端:从伤痛到弥合[D].上海外国语大学,2010年。

盖建平:早期美国华人文学研究:历史经验的重勘与当代意义的呈现[D].复旦大学,2010年。

——《早期美国华人文学研究:历史经验的重勘与当代意义的构

建》，天津：南开大学出版社，2014年。

高红梅：《文化过滤与当代美国华裔文学》，《小说评论》2015年第2期，第196—202页。

葛剑雄：《简明中国移民史》，福州：福建人民出版社，1993年。

关合凤：东西方文化碰撞中的身份寻求[D]．河南大学，2002年。

郭继德：《美国华裔剧作家黄大卫》，《中国戏剧》1990年第11期，第58—59页。

何成洲：《全球化与文学：视角、立场与方法》，《当代外国文学》2014年第2期，第152—160页。

侯金萍．华裔美国小说成长主题研究[D]．暨南大学，2010年。

胡勇：《变形的龙：从〈女勇士〉的艺术与文化接受谈华裔文学的跨文化特征》，《四川外语学院学报》2000年第1期，第27—31页。

——《文化的乡愁：美国华裔文学的文化认同》，北京：中国戏剧出版社，2003年。

黄桂友、吴冰：《全球视野下的亚裔美国文学》，北京：外语教学与研究出版社，2009年。

黄玉雪：《华女阿五》，张龙海译，南京：译林出版社，2004年。

江晓明：《新起的华裔美国女作家马克辛·洪·金斯顿》，《外国文学》1981年第1期，第2—4页。

蒋道超：《从文化沉默到文化融合：美国华裔作家小说主题探讨》，《南京师大学报（社会科学版）》2001年第4期，第114—119页。

金学品：呈现与解构[D]．华东师范大学，2010年。

康奈尔：《男性气质》，柳莉等译，北京：社会科学文献出版社，2003年。

孔秉德、尹晓煌：《美籍华人与中美关系》，北京：新华出版社，2004年。

李奥·亚瑟迪那塔、余文福：《美国和印度尼西亚的华裔文学》，《呼兰师专学报》1995年第4期，第29—33页。

李贵仓：《文化的重量：解读当代华裔美国文学》，北京：人民文学出版社，2007年。

李红燕：任璧莲小说中的身份焦虑[D]．苏州大学，2011．

黎锦扬：《花鼓歌》，刘满贵译，济南：山东文艺出版社，1999年。

李丽华：华裔美国文学的性与性别研究[D]．上海外国语大学，2012．

李淑芳：《美国文坛一颗华裔新星：论艾米·谭及其作品〈幸运俱乐部〉》，《琼州大学学报》1994年第2期，第101—105页。

李亚萍：20世纪中后期美国华文文学的主题比较研究[D]．暨南大学，2004．

李有成：《〈唐老亚〉中的记忆政治》，《文化属性与华裔美国文学》，单德兴、何文敬编，台北：中央研究院欧美研究所，1994年。

梁伯华：《正义的天使张纯如》，武汉：湖北人民出版社，2011年。

梁茂信：《美国移民政策研究》，长春：东北师范大学出版社，1996年。

梁漱溟：《中国文化要义》，上海：上海世纪出版集团，2005年。

林涧：《语言的铁幕：汤亭亭与美国的东方主义》，上海：复旦大学出版社，2007年。

林茂竹：《食物、族裔、男性气概：赵健秀《唐老亚》中的烹调景观》，《育达商业科技大学学报》2009年第9期，第1—24页。

林语堂：《啼笑皆非》，徐诚斌译，西安：陕西师范大学出版社，2004年。

令狐萍：《芝加哥的华人：1870年以来的种族、跨国移民和社区》，何家伟等译，广州：世界图书出版公司，2015年。

凌津奇：《叙述民族主义：亚裔美国文学的意识形态与形式》，吴燕译，北京：中国社会科学出版社，2005年。

刘葵兰：《变换的边界：亚裔美国作家和批评家访谈录》，天津：南开大学出版社，2012年。

——《历史是战争，写作即战斗——赵建秀《唐老亚》中的对抗记忆》，《国外文学》2004年第3期，第120—126页。

刘心莲：性别、种族、文化[D]．华中师范大学，2004.

刘增美：族裔性与文学性之间[D]．南京师范大学，2011.

陆薇：渗透中的解构与重构：后殖民理论视野中的华裔美国文学[D]．北京语言大学，2005.

——《走向文化研究的华裔美国文学》，北京：中华书局，2007年。

迈克尔·格洛登等：《霍普金斯文学理论和批评指南》，王逢振等译，北京：外语教学与研究出版社，2011年。

梅晓云：《奈保尔笔下"哈奴曼大宅"的社会文化分析》，《外国文学评论》2004年第3期，第66—73页。

南平：永远的"他者"：跨文化视野中的金山客形象[D]．苏州大学，2006.

倪大昕：《论华裔美国文学作品中移民的心态》，《天津外国语学院学报》1997年第3期，第62—66页。

——《华裔美国文学一瞥》，《世界文化》1996年第3期，第11—12页。

倪立秋：新移民小说研究[D]．复旦大学，2008.

潘雯：《流动于跨国时代：美国华裔文学批评的发展历程》，《华文文学》2011年第4期，第58—65页。

——《跨国的文学研究：林英敏的〈两个世界之间〉》，《华文文学》2013年第5期，第53—60页。

——走出"东方/性"：美国亚裔文学批评及其"华人话语"建构[D]．复旦大学，2013.

潘志明：《跨国主义亚裔美国文学批评之我见》，《当代外国文学》2012第4期，第24—31页。

蒲若茜：《族裔经验与文化想象：华裔美国小说典型母题研究》，北京：中国社会科学出版社，2006年。

萨克文·伯科维奇：《剑桥美国文学史》（第一卷），蔡坚译，北京：中央编译出版社，2008年。

——《剑桥美国文学史》（第六卷），张宏杰、赵聪敏译，北京：中央编译出版社，2009年。

亓华：《华裔美国女作家对中国传统的男权文化的解构：论汤婷婷的女权主义小说〈女勇士〉》，《北京师范大学学报（社会科学版）》1999年第3期，第63—68页。

钱锁桥：《华美文学：双语加注编目》，天津：南开大学出版社，2011年。

——《美国华人文学之跨国情怀》，《美籍华人与中美关系》，孔秉德、尹晓煌编，余宁平等译，北京：新华出版社，2004年，第65—84页。

乔治·拉伦：《意识形态与文化身份：现代性和第三世界的在场》，戴从容译，上海：上海教育出版社，2005年。

饶凡子：《流散与回望：比较文学视野中的海外华人文学》，天津：南开大学出版社，2007年。

任璧莲：《多元文化主义语境下的当代华裔美国文学——美籍华裔作家任璧莲访谈录》，《国外文学》1997年第4期，第112—113页。

——《典型的美国佬》，王光林译，南京：译林出版社，2000年。

任贵祥：《华侨与中国民族民主革命》，北京：中央编译出版社，2006年。

容闳：《西学东渐记》，徐凤石、恽铁樵等译，北京：三联书店，2011年。

塞缪尔·亨廷顿：《谁是美国人：美国国民特性面临的挑战》，程克雄译，北京：新华出版社，2010年。

单德兴：《故事与新生：美国华裔文学与文化研究》，天津：南开大学出版社，2009年。

——《开疆与辟土：美国华裔文学与文化：作家访谈录与研究论文集》，天津：南开大学出版社，2006年。

——《书写亚裔美国文学史：赵健秀的个例研究》，纪元文编，《美国文学与思想研讨会论文选集》，台北：欧美研究所出版，1997年。

施建伟：《林语堂廖翠凤》，北京：中国青年出版社，1995年。

石平萍：《当代美国少数族裔女作家研究》，成都：成都时代出版社，2007年。

——《美国亚裔作家就是美国作家》，吴冰，王立礼编，《华裔美国作家研究》，天津：南开大学出版社，2009年。

——《母女关系与性别、种族的政治：美国华裔妇女文学研究》，开封：河南大学出版社，2004年。

斯图亚特·霍尔：《文化身份与族裔散居》，《文化研究读本》，刘象愚、罗钢主编，北京：中国社会科学出版社，2000年，第208—223页.

宋伟杰：《臣服·激愤·婉讽：美国华裔英文文学三作家、三群落、三阶段》，《美国研究》1995年第1期，第79—105页。

宋晓英. 精神追寻与生存突围[D]. 山东师范大学，2006.

谈瀛洲：《金斯顿的〈中国佬〉及其他》，《书城》1996年第1期，第24—26页。

谭恩美：《接骨师之女》，张坤译，上海：上海译文出版社，2006年。

——《喜福会》，程乃珊等译，上海：上海译文出版社，2010年。

汤亭亭：《女勇士》，李剑波、陆承毅译，桂林：漓江出版社，1998年。

——《中国佬》，肖锁章译，南京：译林出版社，2000年。

唐海东：异域情调·故国想象·原乡记忆[D]. 复旦大学，2010.

唐蔚明：《显现中的文学：美国华裔女性文学中跨文化的变迁》，天津：南开大学出版社，2010年。

王光林：《错位与超越：美、澳华裔作家的文化认同》，天津：南开大学出版社，2004年。

王家湘：《评艾米·谭新作〈灶神婆〉》，《外国文学》1992年第1期，第90—91页。

——《浅谈美国华裔作家作品之主题》，《外国文学》1993年第2期，第73—78页。

王凯：多元文化主义语境下的当代美国华裔文学[D]. 中央民族大

学，2015.

王理行、郭英剑：《论 Chinese American Literature 的中文译名及其界定》，《外国文学》2001 年第 2 期，第 88—91 页。

王立礼：《汤亭亭：〈第五部和平之书〉》，《外国文学》1994 年第 5 期，第 89—92 页。

王丽亚：《论后殖民文学中的"跨国转向"》，《外国语文》2015 年第 4 期，第 1—6 页。

王守仁：《英国文学批评史》，南京：南京大学出版社，2012 年。

王亚丽：边缘书写与文化认同[D]．陕西师范大学，2012.

卫景宜：西方语境的中国故事：论美国华裔英语文学的中国文化书写[D]．暨南大学，2001.

——《美国华裔作家汤亭亭小说的迁徙主题》，《外国文学》2003 年第 6 期，第 70—76 页。

——《西方语境的中国故事》，杭州：中国美术学院出版社，2002 年。

——《中国传统文化在美国华人英语作品中的话语功能：解读〈女勇士〉—花木兰》，《中国比较文学》1999 年第 4 期，第 73—85 页。

魏全凤：《边缘生存：北美新生代华裔小说的存在符号学研究》，苏州：苏州大学出版社，2013 年。

翁德修：《边缘人的呐喊：美国华裔文学一瞥》，《五邑大学学报（社会科学版）》1999 年第 3 期，第 63—67 页。

吴冰、王立礼：《华裔美国作家研究》，天津：南开大学出版社，2009。

吴冰：《哎——呷！听听我们的声音！——美国亚裔文学初探》，《国外文学》1995 年第 2 期，第 37—45 页。

伍慧明：《骨》，陆薇译，南京：译林出版社，2004 年。

向忆秋：想象美国：旅美华人文学的美国形象[D]．山东大学，2009.

邢楠：严歌苓小说研究[D]．东北师范大学，2009.

徐刚：多元文化语境下的华裔美国文学话语流变研究[D]．吉林大学，2016．

徐颖果：《跨文化视野下的美国华裔文学：赵健秀作品研究》，天津：南开大学出版社，2008年。

——《离散族裔文学批评读本：理论研究与文本分析》，天津：南开大学出版社，2012年。

薛玉凤：《美国华裔文学之文化研究》，北京：人民文学出版社，2007年。

阎光耀、方生：《美国对华政策文件选编》，北京：人民出版社，1990年。

杨春：《汤亭亭小说艺术论》，北京：外语教学与研究出版社，2009年。

杨华：二十世纪美国华人文学中的中国形象[D]．山东大学，2012．

尹晓煌：《美国华裔文学史》，徐颖果译，天津：南开大学出版社，2006年。

尹晓煌、何成洲编：《全球化与跨国民族主义经典文论》，南京：南京大学出版社，2014年。

于秀娟：反东方主义面具后的东方主义[D]．南开大学，2009．

袁荃：唐人街叙事与华裔美国人的文化身份：赵健秀、伍慧明与陈耀光研究[D]．北京外国语大学，2015．

曾理：《两个世界，还是一个世界？：论美国华裔文学作品中华人的"文化认同"问题》，《华侨华人历史研究》2002年第1期，第9—15页。

詹乔：论华裔美国英语叙事文本中的中国形象[D]．暨南大学，2007．

张纯如：《南京大屠杀》，谭春霞、焦国林译，北京：中信出版社，2015年。

——《蚕丝：钱学森传》，鲁伊译，北京：中信出版社，2011年。

张栋辉：论严歌苓新移民小说的跨域书写[D]．山东大学，2011．

张翎：《金山》，北京：十月文艺出版社，2009年。

张龙海:《美国华裔文学的历史和现状》,《外国文学动态》1999年第2期,第4—9页。

——《美国华裔文学研究在中国》,《外语与外语教学》2005年第4期,第41—44页。

——《属性和历史:解读美国华裔文学》,厦门:厦门大学出版社,2004年。

——《透视美国华裔文学》,天津:南开大学出版社,2012年。

张琼:《从族裔声音到经典文学:美国华裔文学的文学性研究及主体反思》,上海:复旦大学出版社,2009年。

——矛盾情结与艺术模糊性[D]. 复旦大学,2005.

张系国:《昨日之怒》,北京:中国文联出版公司,1986年。

张延军:《美国梦的诱惑和虚幻:华裔美国女作家作品研究》,天津:南开大学出版社,2014年。

张盈盈:《张纯如:无法忘却历史的女子》,鲁伊译,北京:中信出版社,2012年。

张卓:美国华裔文学中的社会性别身份建构[D]. 苏州大学,2006.

——《社会性别身份与美国华裔文学研究》,《西南民族大学学报(人文社科版)》2008年第2期,第138—142页。

张子清:《美国华裔小说初探》,《当代外国文学》1992年第2期,第149—157页。

——《与亚裔美国文学共生共荣的华裔美国文学》,《外国文学评论》2000年第1期,第93—103页。

——《中美文化的撞击与融汇在华裔美国文学中的体现》,《外国文学评论》1996年第3期,第126—134页。

赵健秀:《甘家丁之路》,赵文书译,南京:译林出版社,2004年。

赵健秀、梁志英:《种族主义爱与种族主义恨》,《文艺报》2003年6月17日,第4版。

赵文书:Positioning Contemporary Chinese American Literature in Contested Terrains,南京:南京大学出版社,2004年。

——《和声与变奏：华美文学文化取向的历史嬗变》，天津：南开大学出版社，2009年。

——《跨国研究语境下华美文学研究的几点思考》，《世界文学评论（高教版）》，2013年第1期，第9—12页。

朱刚：《二十世纪西方文论》，北京：北京大学出版社，2006年。

朱立立：《在美国想象与中国想象之间：冷战时期台湾旅美作家群的认同问题初论》，《文学评论》2006年第6期，第186—192页。

周敏、刘宏：《海外华人跨国主义实践的模式及其差异——基于美国与新加坡的比较分析》，《华侨华人历史研究》2013年第1期，第1—19页。

庄国土：《从移民到选民：1965年以来美国华人社会的发展变化》，《世界历史》2004年第2期，第67—77页。